서울대 지원자들이
가장 많이 읽은 책
20

서울대 지원자들이 가장 많이 읽은 책 20

박균호 지음

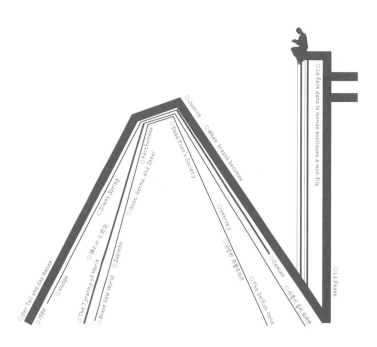

○ Der Teil und das Ganze
○ 1984
○ Nudge
○ 공부의 발견
○ The Tyranny of Merit
○ Silent Spring
○ Brave New World
○ Sapiens
○ Guns, Germs, and Steel
○ Factfulness
○ Dead Poet's Society
○ Justice
○ When breath becomes
○ entropy
○ 판결을 다시 생각한다
○ Demian
○ The Selfish Gene
○ 아픔이 길이 되려면
○ La faim dans le monde expliquée à mon fils
○ La Peste

센시오

머
리
말

지금은 대학 졸업반이 된 딸아이와 보낸 그립고 아름다웠던 추억을 꼽으라면, 손을 잡고 동네 서점에 갔던 일들이 떠오른다. 우리는 함께 책을 고르고 읽었다. 책은 여러 면으로 신비로운 물건이다. 책을 사러 가는 길, 책을 고르고 읽는 시간, 읽은 책과 읽어야 할 책을 보관하는 취미 등 책에 관련된 시간과 활동은 모두 즐거움과 추억을 선사한다. 그리고 그 즐거움과 추억은 오랫동안 우리의 삶을 윤택하게 만든다.

제발 책을 많이 읽으라는 잔소리보다는 아이 손을 잡고서 서점으로 소풍을 가서 책을 구경하고 도란도란 이야기를 나누었다. 그랬더니 아이는 독서를 의무로 생각하지 않고 즐거운 놀이로 생각했다. 책을 친구로 독서를 놀이로 생각하는 아이에게 따로 무슨 공부가 더 필요하겠는가. 이렇게 독서는 생각하기에 따라서 의무가 아닌 즐거움이 될 수 있는 유익한 놀이다. 독서를 즐거움으로 여긴다면 이보다 더 효과적이고 적극적인 공부 방법이 또 있을까 싶다.

대학 입시에서 우수한 성적을 받은 수험생들의 이야기 중에서 빠지지 않는 것이 하나 있다. 책을 열심히 읽었다는 것이다. 실제로 많은 대학에서 입시 제도를 몇 번이나 바꾸더라도 변하지 않는 기준이 하나 있다면 바로 책을 많이 읽는 학생을 선발하려는 것이다. 왜일까? 독서야말로 모든 학문의 기초 소양이며 대학에서의 수학 능력을 가늠할 수 있는 가장 정확한 수단이기 때문이다.

책을 많이 읽어야 한다는 명제에 반기를 드는 사람은 거의 없다. 하지만 어떤 책을 어떻게 읽어야 하느냐는 질문에는 대답을 주저한다. 저마다 판단 기준이 다르기 때문이다. 좋은 책, 가치 있는 책, 재미있는 책에 대한 판단은 사람마다 다르다. 읽는 방식도 취향도 제각각이다. 사실 독서에는 왕도도 없을뿐더러 정해진 길도 없다. 그저 읽고 싶은 대로 읽으면 된다. 재미가 없으면 읽다가 그만두어도 된다. 독서가 중요하다고 해서 뼈를 깎는 수양을 할 필요는 없다.

독서가 좋은 학습이 될 수 있겠지만 그렇다고 공부를 위한 독서를 할 필요는 없다는 생각이다. 그저 내가 좋아하는 책을 골라서 읽다 보면, 자연스럽게 나이를 먹듯이 책을 보는 안목과 책을 읽는 즐거움이 늘어난다.

그런 의미에서, 조금이나마 가벼운 마음으로 독서를 즐기기를 바라는 마음에 이 책을 펴내게 되었다. 서울대학교에서는 매년 지원자가 가장 많이 읽은 책 목록을 공개해 왔다. 정답을 제시하는 것이라기보다는 다른 친구들은 어떤 책을 읽고 어떤 고민을 하는지 참고하라는 의도일 것이다.

서울대학교에 지원한 학생들이 가장 많이 읽은 책 스무 권을 직접 읽어 본 소감은 명료했다. 우리 청소년들은 새로운 생각, 약자에 대한 배려, 미래에 대한 설계를 중요한 덕목으로 여긴다는 것이다. 확실히 젊은 피는 낡은 관습과 가치관에 거부감을 느끼고 새로운 가치관을 정립하려고 노력한다는 것을 알 수 있었다. 또한 우리가 미처 의식하지 못한 상태에서 약자를 무시하거나 배려하지 않는 태도를 바꾸어 보려는 의도가 선명히 느껴졌다. 덧붙여 미래를 예측한 고전을 통해서 우리 청소년들이 앞으로 살아야 할 미래에 대해 충실히 설계하겠다는 의지를 엿볼 수 있었다.

이 책에 소개된 스무 권을 낱낱이 살펴보면 많은 돈을 벌거나 사회적으로 성공하는 법에 대해 알려 주는 책은 한 권도 없었다. 어떻게 하면 모든 사회 구성원이 서로 배려하고 협력하며 살 수 있는지에 관한 책이 많았다. 기성세대의 생각처럼, 오늘날의 청소년은 이기적이고 세속적인 성공에 치중한 가치관을 가지고 있지 않았다. 나는 여기에 소개한 책들을 읽는 시간을 통해서 청소년들이 많이 읽는 책이 무엇인지 주목하는 일도, 세대 간 소통의 길을 여는 한 방법이 될 수 있겠다는 생각이 들었다.

동시대를 살아가는 동년배가 어떤 책을 읽는지 보면 자신의 독서 활동을 되돌아보고 부족한 점을 채울 수 있는 계기를 마련할 수 있다. 또 자신이 미처 살피지 못한 분야를 새로 알게 될 수도 있고 자신과 다른 생각을 하는 사람의 주장을 살펴봄으로써 타인에 대한 배려와 세계 시민으로서 갖춰야 할 덕목을 확장해 나갈 수 있다. 나도 마찬가지지만, 인간은 혼자 살아갈 수 없는 존재이며, 독서 활동을 통해 다른 사람과의 관계를 맺을 수 있다. 그러한 과정을 통해 우리 인간은 성장하기 마련이다.

나는 이 책에서 소개한 스무 권의 책을 여러분에게 공유하면서 단 한 줄의 메시지라도 가슴에 닿길 바라는 마음을 담았다. 그리하여 여러분이 성장하는 데 조금이라도 도움이 되길 바란다.

1
전체주의를 예견하며
미래를 비판하다

조지 오웰《1984》

□□□

《1984》는 조지 오웰이 불운한 시기에 불운한 미래를 그린, 일견 디스토피아 소설이다. 전체적으로 암울할 수밖에 없는 내용이지만 의외로 한번 잡으면 놓기 어려울 만큼 흥미로운 이야기가 전개된다. 《1984》는 가상의 전체주의 독재 국가 오세아니아에서, 주인공 윈스턴 스미스가 겪는 사건을 다루는 책으로, 지금 우리가 겪는 현실 세계를 예리하게 예측했다. 그런데 왜 하고 많은 미래 중에 1984년일까. 확실하진 않지만, 소설이 완성된 시점인 1948년의 숫자 두 자리를 바꾸었다는 말이 그나마 설득력 있다.

비참하지만 재미난 책

조지 오웰은 1946년에 《1984》를 집필하기 시작했는데, 이 시절 오웰은 사랑하는 아내가 사망한 충격과 고통으로 시름하고 있었다. 더구나 그의 지병인 폐결핵이 악화되었기 때문에 사회생활을 전혀 하지 못하고 요양원에서 근근이 목숨을 이어간 시기이기도 하다. 실제로 오웰은 이 소설을 1948년에 완성하고, 2년 뒤에 아내를 따라 세상을 떠났다. 《1984》년은 1949년에 발표된 소설이라고는 믿기지 않을 만큼, 70년이 훌쩍 지난 현재의 상황을 예리하게 예견했다. 따라서 독자들이 이 소설의 출간 연도를 의식하지 않고 읽는다면, 지금 시대에 발표한 소설이라고도 생각할 수 있을 만큼, 정확하고 세밀하게 개인을 감시하고 통제하는 독재 권력을 묘사한다. 1949년에 발표한 이 소설이 묘사한 137개의 설정 중에서 이미 100개가 1978년에 현실화되었다니, 이 소설이 가지고 있는 예지력을 짐작하고도 남는다.

아울러 소설 전편에 흐르는 스릴러 영화를 보는 듯한 현실감과 긴장감은 손에 땀을 쥐게 한다. 또한 목숨을 건 두 주인공의 사랑 이야기는 어떠한가. 게다가 오웰은 독자들에게 주인공 윈스턴이 거대 권력에 대항해 반란을 일으키리라는 기대를 잔뜩 심어 준다. 하지만 결국에는 거대 권력에 굴복하게 되는 윈스턴을 보고 독자들은 맥이 탁 풀리기도 한다. 별다른 반전이 없다는 것이 이 소설이 가지고 있는 가장 큰 반전이다.

우리나라 청소년들은 오웰의 소설 중에서 《동물농장》을 더 많이 접했겠지만, 개인적으로는 재미와 작품성에서 《1984》가 더 윗길이라고 생각한다. 또 《1984》가 출간된 이후 출간된 감시와 처벌을 다룬 책 치고, 《1984》에 영향을 받지 않은 책이 없다는 주장에도 어느 정도 수긍이 된다.

혼자 있을 수 있는 자유

《1984》에서 기술하는 전체주의 권력의 개인에 대한 감시와 탄압 방법 중에서 우리들의 눈길을 가장 먼저 끄는 것은 개인을 절대로 혼자 내버려 두지 않는다는 규율이다. 혼자 생활하는 것을 기이한 행동으로 여기며 잠잘 때를 제외하고는 단체 오락 활동이라도 참여해야 한다. 어떤 형태든 혼자서 산책하거나 고독을 느끼는 낌새라도 보이는 것 자체가 생명을 위협받는 위험한 행위에 속한다. 혼자 지내지 못하게 하는 것이 무슨 대수냐고 생각할 수도 있겠지만, 개인을 탄압하고 감시하는 데에는 이만한 규율이 없다. 감시와 그에 따른 처벌의 악순환 구조를 쳇바퀴 돌게 하려면, 개인을 늘 끊임없이 단체 속에 있게 만들어야 한다.

일찍이 19세기 러시아의 대문호 도스토옙스키도 수용소 생활을 하면서 가장 고통스러웠던 기억으로 단 십 분도 혼자서 지내는 순간이 없었다는 것을 꼽았다. 도스토옙스키가 경험한 19세기의 시베리아 수용소는 가축우리보다 열악한 환경이었다. 그런데도 혼자 지낼 수 있는 자유가 없다는 것을 가장 괴로웠던 기억으로 토로했다는 것은, 인간으로 하여금 사색을 하고 자신만의 시간을 가지지 못하는 것이 얼마나 인간을 피폐하게 만드는지 짐작할 수 있다.

과거를 지배하는 자가 미래를 지배한다

전체주의 권력은 과거를 철저히 조작한다. 이는 《1984》에서 고발하는 전체주의하에서 개인을 탄압하는 수단으로써 사용되는 주요 정책이기도 하다. 전체주의 정권은 왜 과거를 조작할까? 우선 비교의 대상을 없애기 위함이다. 우리는 흔히 '구관이 명관'이라는 말 한마디로 현재의 상황을 과거의 좋았던 시절과 비교하면서 비판한다. 전체주의 정권은 아예 과거를 개조하고 제거함으로써 피지배자들에게 비교의 대상을 지우는 셈이다. 타국과의 교류나 과거를 조작하고 지우는 작업을 통해 피지배자들이 선조보다 더 행복하고 물질적으로 풍족한 사회에 살고 있다고 스스로를 믿게 만들 수 있다. 전체주의 정권이 과거를 개조하는 또 다른 중요한 이유는, 자신들이 완벽하다는 사실을 입증하기 위한 안전장치가 필요하기 때문이다.

이게 무슨 말인가 하면, 전체주의 정권에서의 과거는 언제나 현재 상황에 맞추어 수정된다는 뜻이다. 결국 전체주의 사회에서 현재는 언제나 과거 권력자들이 예상한 그대로의 모습이다. '현재 상황이 권력자가 예상한 정확한 결과물이다'라는 명제를 실현시키기 위해서, 과거의 통계와 기록은 늘 수정되어야 한다. 따라서 현재를 지배하는 전체주의 정권은 과거를 지배하는 셈이다.

과거를 개조하고 철저하게 차단하면 개인은 불과 이십 년 전 상황에 대한 기억마저 거의 사라진다. 현재 본인이 살고 있는 시대와 다른 시대를 비교할 수 있는 능력을 잃어버리는 것이나 다름없다. 과거에 대한 기억이 사라지면, 자연스럽게 현재의 삶이 과거보다 더 좋아졌다는 정권의 선전에 비판 의식을 가지지 못한다. 과거를 차단당하고 개조당한 개인은 이미 정권의 주장에 반박할 자료나 기준이 없기 때문이다. 그저 정권이 주장하는 선전을 사실로 받아들일 수밖에 없는 처지가 된다.

오일팔 민주화 운동을 생각해 보자. 진상이 상당 부분 밝혀진 현재에도, 과거 군사 정권이 조작한 거짓이 다양한 매체를 통해 확대 재생산되고, 이를 비판 없이 받아들이는 이들도 쉽게 볼 수 있다. 과거에 대한 조작은 인쇄술의 발달로 훨씬 더 수월해졌다. 군사 정권은 오일팔 민주화 운동에 대한 가짜 뉴스를 언론과 방송을 통해 쉽게 조작했다. 대량으로 배포되는 신문과 불특정 다수에게 전해지는 방송이야말로 가장 효율적으로 여론과 진실을 조작할 수 있는 수단이다.

《1984》에서 언급된 것처럼 전체주의 정권은 텔레비전을 통해서 24시간 내내 국민에게 일방적인 정보를 제공함으로써 국민을 정부에 복종하는 존재로 만든다. 과거 우리 군사 정권도 언론 통폐합을 통해서 정부에 비판적인 여론을 제거한 경험이 있다. 오로지 정부를 찬양하는 언론만 남겨서 국민을 정부의 정책에 무조건 복종하는 존재로 전락시키고자 했다. 당시 우리 국민도 정부에 호의적인 방송에 하루 종일 노출되었기 때문에 정부에 비판적인 시각을 갖기가 쉽지 않았다.

《1984》에서 자주 등장하는 신조어도 국가가 국민을 통제하는 수단으로 애용된다. 신조어라고 하면 새로운 어휘를 만든다고 생각하게 되지만, 이 소설에서 말하는 신조어는 기존에 있는 어휘를 줄여 나가는 경우다. 가령 good의 반대말 bad를 없애 버리고, ungood이라는 단어를 만들어서 국민에게 사용을 강요한다. 일찍이 철학자 비트겐슈타인은 언어의 한계가 곧 세계의 한계라고 말했다. 사람은 누구나 익히고 사용하는 어휘의 숫자가 늘어나면 사고가 깊어지기 마련이다. 국가는 어휘를 줄여서 국민이 사고하지 못하게 하고, 국민은 스스로가 처한 현실에 대한 비판 의식 없이 정부가 시키는 대로 사는 노예의 삶을 살게 된다. 물론 아주 새로운, 말 그대로의 신조어가 만들어지는 경우도 있다. '표정죄facecrime'가 그 대표적인 예인데, 표정죄는 사상죄로 국민을 더욱 옥죄이려는 수단으로 이용된다. 조금 다른 맥락이지만, 표정죄를 보니 군사 정권 시절 유행했던 '심기 경호'가 생각났다. 최고 권력자의 기분까지 신경 쓰는 경호를 일컫는데, 다분히 권력자에 대한 아부와 절대 충성에서 나온 악습이다.

자식이 부모를 감시하는 세상

《1984》에 등장하는 전체주의 정부는 사상죄가 존재한다. 사상죄가 공포, 그 자체인 이유는 자기가 의도하지도 않았음에도 연루되기 십상이기 때문이다. 무의식중에 내뱉은 잠꼬대만으로도 사상죄를 저지른 죄수가 된다. 이 소설에 등장하는 파슨스라는 인물이 그렇다. 빅 브러더라는 독재자를 타도하자는 잠꼬대를 했다는 이유로 파슨스는 체포된다. 하지만 이보다 훨씬 더 충격적인 대목이 우리를 기다린다. 파슨스는 자신의 억울함을 토로하기는커녕 자신의 잘못을 찾아내 준 정부에 고마움을 느낀다. 뿐만 아니라 자신을 고발한 딸을 똑똑하게 키웠다고 자랑스러워한다.

독재 정부라고 해서 가족이라는 제도를 없애지는 못한다. 그들은 부모에게 예전처럼 사랑으로 자식을 양육하라고 권장한다. 하지만 자식들은 조직적으로 부모와 대립하게 만들어, 부모를 감시하고 부모의 잘못을 고발하도록 교육한다. 자식이야말로 부모와 함께 살며 늘 가까이서 지켜보기 때문에 가장 훌륭한 사상경찰의 역할을 수행할 수 있다. 따라서 국민은 자신을 가까이서 지켜볼 수 있는 밀고자에 둘러싸여 사는 셈이다.

《1984》에는 가까운 사람을 통한 감시 이외에도 텔레스크린이라는 감시 도구를 사용해서 국민의 일거수일투족을 관찰한다. 《1984》가 지나간 이야기가 아니라 바로 우리들의 이야기라고도 볼 수 있는 대목이다. 현재 우리는 거미줄처럼 촘촘하게 설치된 감시 카메라에 여과 없이 노출된 상태로 살아간다. 물론 범죄를 예방하는 긍정적인 효과도 있겠지만, 사생활이 고스란히 노출되고 녹화된다는 끔찍한 사실에 무덤덤할 정도로 감시 카메라에 대한 거부감이 없다.

십 대들이 흔히 아르바이트로 일하는 곳인 편의점을 생각해 보자. 많은 업주들은 가게에 감시 카메라를 설치해 종업원의 일과를 감시한다. 가게 주인이 언제나 자신을 지켜보고 있다는 사실을 염두에 두고 일하는 고단함은 생각보다 크다. 항상 감시를 받는 것은 비단 사회적 약자에만 해당하지는 않는다. 꽤 오래전의 일이지만 수억 원의 연봉을 받는 프로 운동선수마저 구단으로부터 감시 카메라를 통한 감시와 통제를 받았다는 신문 기사는 적지 않은 논란을 일으켰다.

권력 투쟁에 이용만 당하는 하층 계급

인류사에 있어서 가장 비극적인 사실 중 하나는, 하층 계급이 주인이 되는 세상은 거의 존재하지 않았다는 사실이다. 우리 역사만 해도 그렇다. 오천 년 역사 동안 적지 않은 민중 봉기가 있었지만, 그들의 나라가 들어선 시대가 과연 있었는가. 더욱더 비극적인 것은 나라가 흔들리는 국난이 있을 때 나라를 구하기 위해서 하층 계급은 자의든 타의든 앞장섰다. 러시아, 중국, 북한의 공산 정권의 탄생도 그렇다. 러시아 볼셰비키 혁명은 제정 러시아를 붕괴시키고 무산 계급이 주인이 되는 나라를 표방했지만 결국 스탈린이라는 독재자를 탄생시켰다. 중국과 북한도 겉으로는 무산 계급의 혁명에 의해서 건설된 정권이지만 또 다른 특권층을 탄생시키지 않았는가. 그렇다. 국난이 극복되면 어김없이 또 다른 기득권 세력이 등장했고, 하층 계급은 전과 마찬가지로 여전히 핍박받는 존재로 되돌아가야 했다.

특정한 상층 계급이라고 해서 영원한 권력을 누리지는 못한다. 조선의 역사만 살펴보아도 많은 당파가 정권을 잡았다가 다른 당파에 의해서 제거되는 상황이 되풀이됐다. 상층 계급이 흔들리면,

중간 계층은 정의와 자유를 위해서 투쟁하는 것처럼 자신들을 포장한다. 대의명분을 내세워 하층 계급을 자신들의 편으로 끌어들여서 목적을 달성한다. 하층 계급은 자신들의 힘으로 세상을 바꾸겠다는 의지로 투쟁하지만, 결국 정권이 바뀌면 다시 예전으로 되돌아가야 했다. 따라서 상층 계급, 중간 계급, 하층 계급 중에서 하층 계급만이 어느 한순간이라도 자신들의 세상을 만들지 못했다.

국민을 오히려 핍박하는 애정부

《1984》에 등장하는 애정부는 법과 질서를 담당하는 관청이다. 독재 정권일수록, 국민에게 폭력적인 기관일수록, 그 이름을 아름답게 정하는 경우가 많다. 가령 과거 우리나라 예를 살펴보자. 군사 정권 시절 만든 사회정화위원회는 명칭과 반대로, 법 절차를 무시하고 국민의 기본권을 마구 침탈한 좋은 사례다. 애정부도 마찬가지다. 애정부는 명칭과는 반대로 국민을 마구 체포하고 무시무시한 고문을 가해서 허위 자백을 받은 다음 사형을 집행한다. 《1984》에 나오는 애정부는 과거 우리 국민에게 폭정을 가했던 사법 권력의 여러 행태와 여러모로 닮았다.

여기서 특기할 만한 것은 애정부 건물의 구조다. 애정부 건물은 아무나 접근할 수 없으며 창문마저 없었다. 일단 체포되면 밤과 낮을 구분할 수 없을뿐더러 자신이 몇 층에 있는지도 알지 못하게 한다. 1980년대 민주화 운동 과정에서 서울대학교 박종철 군이 고문을 받다가 세상을 떠난 곳, '남영동 대공분실'이 실제 우리 사회에 존재한 애정부다. 수감자가 자신의 위치를 파악하지 못하게 설계한 부분부터 남영동 대공분실은 《1984》에서 묘사한 애정부 건물과 닮았다. 우선 남영동 대공분실은 밖에서 보면 무슨 용도로 사용되는 건물인지 알 수 없도록 철저히 위장됐다. 간판은 'OO 해양연구소' 따위로 위장했으며, 철저하게 고문과 협박이 용이하게 설계되어 수감자를 극도의 공포심에 휩싸이게 했다.

대공분실에 끌려간 인사들은 철재로 만든 나선형 계단을 걸어서 조사실로 올라갔다. 위압적으로 울려 퍼지는 본인의 발자국 소리 압도당해, 본인이 몇 층에 도착했는지도 가늠하기 어려웠다. 무엇보다 대공분실 건물의 악랄함은 매우 좁은 창문에서 시작된다. 체포된 인사가 고통을 못 이겨 자살하지 못하게, 머리도 통과할 수 없을 정도로 좁게 만들었다. 그 좁은 틈을 통해서 간신히 들어오는 햇빛조차 수감자에게 견딜 수 없는 절망과 공포감을 느끼도록 설계했다. 고문을 하기에 최적화된 대공분실에서 온갖 협박과 고문을 당하다 보면, 《1984》에서처럼 조사자가 시키는 대로 거짓 자백을 할 수밖에 없었다고 한다. 1949년에 출간된 《1984》가 말하는 애정부 건물의 구조와 고문의 방식은 1980년대 우리나라 군사 정권 치하에서의 상황과 정말 비슷하다. 그러다 보니 남영동 대공분실을 설계한 건축가가 혹시 《1984》의 애독자는 아니었는지 의심될 정도다.

《1984》의 주인공 윈스턴은 애정부 건물에 끌려가 끔찍한 고문을 당한 끝에 '육체적인 고통보다 더 끔찍한 것은 없다'고 절규한다. 그러나 살다 보면 차라리 육체적인 고통을 받는 것이 훨씬 낫겠다는 순간을 우리는 자주 겪는다. 부모님이나 선생님이 한 시간 동안 혹독하게 훈계를 한다면 차라리 꿀밤을 한 대 맞는 편이 낫겠다는 생각을 누구나 하지 않는가 말이다. 그런데도 윈스턴이 육체적인 고통의 끔찍함을 호소한 것은 그만큼 애정부 건물과 고문이 주는 고통이 끔찍하다는 증거가 되겠다.

우리는 간혹 학교를 감옥에 비유하는 경우가 있는데, 이는 교사와 학교가 학생을 자율적인 존재로 여기지 않고 감시하고 통제해야 하는 존재로 여기는 악습에서 비롯된 것이다. 감시야말로 학생의 자율성과 동기 부여를 사정없이 뭉개 버린다. 이렇듯《1984》는 현재 우리 삶에서도 어렵지 않게 볼 수 있는 현실을 꼬집기에 청소년들에게도 많은 공감을 불러올 수 있을 것이다.

2
능력주의는
과연 공정한가

마이클 샌델 《공정하다는 착각》

□□□

바야흐로 능력의 시대다. 어느샌가 우리 사회에는 '능력주의'란 말이 자연스레 자리 잡았다. 권력과 부가 대물림되었던 전통 사회의 악습을 타파하기 위한, 대안이나 반발로 탄생한 능력주의는 누구나 능력만 있으면 원하는 권력과 부를 쟁취할 수 있다는 환상을 심어 주었다. 그런데 과연 그럴까? 이 책은 능력주의가 가지고 있는 허점을 지적하며 능력주의 사회라고 해서 모든 사람에게 공평한 기회를 주지는 않는다고 주장한다. 그러나 이 책의 목표는 능력주의의 허점을 지적하기보다는 승자에게는 약자에 대한 배려심을 패자에게는 실패에 대한 굴욕감을 덜어 주기 위한 것에 가깝다.

정문은 공정한가?

미국 고등학생들이 초조하게 대학 입시 결과를 기다리던 2019년 3월, 미국 연방 검찰은 놀라운 뉴스를 발표했다. 무려 33명의 부자 학부모들이 스탠퍼드, 예일, 서던캘리포니아 등 소위 명문 대학에 자식을 입학시키려고 교묘한 입시 부정을 저질렀다는 소식이었다. 학부모들은 윌리엄 싱어라는 입시 전문가에게 거액을 지불하고, 가짜 성적표와 운동 스펙 등을 꾸며서 자식들을 뒷문으로 명문 대학에 입학시켰다. 미국의 부자 학부모들은 뒷문이 아니더라도, 거액의 기부금을 대학에 헌납하고 자식들을 입학시키는 옆문이라는 방법을 쓰기도 한다. 그러나 옆문은 뒷문에 비해서 확률이 떨어지는 방법이기 때문에, 학부모들은 돈이 좀 더 적게 들면서도 좀 더 확실한 뒷문을 선택했다. 공정성의 관점에서 보면 옆문이나 뒷문 모두 바람직한 것은 아니다.

그렇다면 오로지 자신의 성적에 따라 입학하는 정문은 과연 공정한 방법인가? 샌델은 아니라고 말한다. 얼핏 보면 우리나라 대학 수학 능력 시험이나 미국의 대학 수학 능력 시험, SAT처럼 국가가 관리하는 표준화된 시험은 그 자체로 능력주의를 상징하는 것처럼 보인다. 즉 부모의 사회 경제적인 위치나 인종, 세대, 계층과는 상관없이 누구라도 지적인 능력과 노력만 기울인다면 성공적인 결과물을 보장하는 시스템이라는 믿음이 있다.

그러나 현실은 다르다. 우리나라 대학 수학 능력 시험과 미국의 SAT 모두 부모의 경제적인 능력과 성적이 비례 관계를 보인다. 즉 부잣집 자식일수록 더 좋은 성적을 거둘 가능성이 크다. 돈을 더 많이 투자할수록 자식들에게 입시에 더 도움이 되는 봉사 활동과 교외 활동, 입시 정보 등을 제공할 수 있기 때문이다. 그 결과 미국 아이비리그 입학생의 삼분의 이 이상이, 소득 상위 20퍼센트 안에 들어가는 가정 출신이다. 우리나라 사정도 비슷하다. 2022학년도 서울대학교 수시 전형 합격자의 48퍼센트, 즉 절반가량이 특목고, 자사고, 영재고, 외국어 고등학교 출신이었다. 정시 전형의 인원을 좀 더 늘렸더니 이 추세는 더욱 심해졌다. 어린 시절부터 촘촘한 사교육과 엄청난 사교육비를 투입해야만 들어갈 수 있는 특목고에 입학해서 무사히 졸업을 해야 명문 대학에 입학할 가능성이 커진다는 말이다. 공정해야 할 대학 입시가 능력주의를 반영하지 못하고 있는 셈이다.

대학 간판이 의미하는 것

부자들은 자식들이 굳이 좋은 대학을 나오지 않아도 부를 대물림하는 데 장애가 되지 않음을 안다. 그런데도 많은 돈을 자식 교육에 투자하고 뒷문이라는 무리수를 두는 이유는 따로 있다. 부자들이 자식들에게 안겨 주고 싶은 것은 대학 간판이 아니라 '혼자 힘과 노력으로 이 자리에 섰다'는 믿음이다. 이것이 능력주의라는 포장으로 위장한 대학 입시 제도의 폐해이다. 정당한 노력과 스펙으로 명문 대학에 입학했다는 자부심을 가짐과 동시에, 혼자 힘으로 일궈 낸 성과라는 믿음을 갖게 되고, 그 성과를 이루지 못한 사람에 대한 잘못된 인식을 낳는다. '그들은 노력과 재능 부족으로 명문 대학에 가지 못했다'는 인상을 가진다는 것이다.

이런 현상은 우리 사회에서 성공과 실패를 어떻게 정의해야 하느냐에 대한 함의와 맞닿아 있다. 자신보다 성공하지 못한 사람을 어떻게 바라봐야 하는가 문제에 대해서도 생각해 봐야 한다. 능력주의로 포장한 대학 입시 제도는 엘리트를 교만에 빠지게 하고, 약자에 대한 배려심을 부족하게 만들기 쉽다. 한 예로 몇 년 전 방영된 드라마 〈스토브리그〉를 살펴보자. 실질적인 구단주 역할을 하는 권 상무는, 구단주의 조카라는 이유로 야구단의 단장과 사장 위에 군림하며 권력을 휘두른다. 드라마에서 단장은 권 상무에게 "어떤 사람은 3루에서 태어났으면서 마치 자신이 3루타를 친 것으로 착각한다."라고 일갈한다. 권 상무는 경영 수완이 뛰어났지만, 그 경영 수완을 발휘할 수 있는 자리에 오른 것은 오로지 구단주의 조카라는 행운 덕분이다. 그런데도 마치 자신의 힘만으로 그 자리에 오른 것처럼 자신의 능력을 과시하는 행태를 보인다. 그리고 약자에 대한 배려도 거의 보이지 않는다.

종교가 말하는 능력주의

칼뱅의 직업 소명설에 영향을 받은 서양에서는 부가 곧 신의 은총이라고 생각했다. 그리고 많은 성공한 부자들은 신의 축복을 받았다고 자부했으며 자신이 부유하고 건강하다는 것 자체를 신에게서 축복받았다는 증거로 내세웠다. 그리고 이 믿음은 충분한 노력과 신에 대한 믿음만 있다면 누구나 성공할 수 있다는 확신을 주었다. 우리가 모두 건강하고 부자라면 이런 사고방식은 큰 문제가 되지 않는다. 그러나 만약 우리가 병이 들고 가난하게 살게 된다면 본인의 '믿음 부족'이나 '노력 부족'을 떠올릴 수밖에 없다.

샌델은 건강과 부를 자신의 믿음과 신의 은총에서 비롯된다는 생각이야말로 능력주의 사고방식이라고 지적한다. 이런 사고방식은 자신이 가진 부와 사회적 위치에 대한 오만에 빠지게 만든다. 신이 자신과 함께한다는 생각에, 건강이 나쁘고 가난한 사람은 신에 대한 믿음과 노력이 부족한 사람이라고 판단하기도 한다. 한마디로 가난하고 병든 사람은 모두 자업자득이라며, 업신여긴다는 것이다. 심지어 코로나19, 쓰나미 같은 재난의 희생자들을 향해서도 연민보다는 인과응보의 잣대로 바라보기도 한다.

재능은 자신만의 성취인가?

마이클 조던은 농구에 대한 특별한 재능으로 천문학적인 돈을 벌었다. 우리나라에도 축구나 야구 등 스포츠 분야에서 남다른 재능으로 일반인은 평생 꿈꿀 수도 없는 큰돈을 번 사람들이 많다. 그렇다면 이 사람들은 오로지 자신의 능력만으로 큰돈을 벌었으니, 공정한 게임을 거쳤다고 말할 수 있을까? 샌델은 이들도 자신의 능력만으로 성공을 한 것은 아니라고 말한다. 조던은 '운이 좋게도' 자신이 특별히 잘하는 운동을 좋아하는 사람이 매우 많은 나라, 그에 따른 어마어마한 금전적 보상이 주어지는 시장이 형성된 나라에 태어났다. 조던이 미국에 태어난 것은 자신의 노력 덕분이 아니다.

이런 가정을 해 보자. 세계 정상급의 팔씨름 선수나 양궁 선수는 조던이 농구에서 발휘하는 재능을 팔씨름과 양궁에서 보여 주고 있다. 하지만 그들이 아무리 활을 잘 쏘고 팔씨름으로 상대를 압도해도, 이들을 위해서 기꺼이 지갑을 여는 사람들은 많지 않으며, 이것은 그들의 잘못이 아니다.

이런 상황을 또 어떤가. 미국에는 골프나 테니스로 일반인들은 상상하기조차 힘든 돈을 버는 선수가 많다. 이들은 오로지 자신의 노력과 재능만으로 성공을 거두고 있는가? 역시 사실이 아니다. 만약 골프나 테니스 스타가 엄청난 훈련 비용을 감당할 수 있는 가정에서 태어나지 않고, 가난한 나라의 가난한 부모에게서 태어났다면? 그랬다면 그들은 골프나 테니스 선수가 되겠다는 생각을 감히 하지 못했을 가능성이 높다. 다른 많은 운동과 마찬가지로 골프나 테니스는 선수로 대성하려면 본인의 노력과 재능도 중요하지만, 부모의 경제적인 뒷받침도 매우 중요하기 때문이다.

능력주의를 더 공평하게 만들기

능력주의로 포장한 대학 입시 제도가 부모나 본인의 사회 경제적인 위치와 상관없이, 오로지 본인의 능력만을 측정하는 시스템이 아니라는 사실은 더 이상 비밀이 아니다. 소득 계층이 한 단계 올라갈 때마다 대학 수학 능력 시험 점수도 한 단계 올라가는 현상은 미국, 일본, 우리나라에서 공통적으로 나타나는 현상이다. 또 능력주의를 표방하는 현재의 고등 교육은 전혀 계층 상승의 동력이 되지 못한다. 오히려 현재의 교육 시스템은 부자가 더 쉽게 부를 대물림할 수 있는 수단으로 악용된다. 대부분의 대학들은 계층 이동과 부의 재분배가 아닌 기득권을 더욱 공고히 하는 데 기여하고 있다. 학교 공부 이외에 과외 활동이 많이 필요한 수시 전형은 물론, 우리가 좀 더 정직하고 공평하다고 생각하는 정시 전형에서도 부잣집 자식들이 가난한 집 자식들보다 더 높은 성적을 거두고 있다. 물론 농어촌특별전형이라든가 사회적 배려 대상자에 대한 전형을 실시함으로써 좀 더 균형감 있게 학생을 선발하려는 시도가 없는 것은 아니지만 이런 전형으로 선발되는 학생은 전체 모집 인원의 극히 일부에 지나지 않는다.

능력주의 입시를 효율적으로 좀 더 공정한 제도로 바꾸는 방법은 가난하지만 재능이 있는 학생들을 좀 더 많이 선발하는 것이다. 미국 대학들은 최근 수십 년 동안 흑인과 라틴계 학생에 대한 선발을 늘려 왔다. 그러나 정작 저소득층 자녀에 대한 증원은 눈에 띄게 늘어나지 않았다. 그나마 소수 인종이나 집단에 대한 우대 정책도 부유층에게 집중되었다. 즉 소수 인종이지만 부모가 부유한 집 자제들이 혜택을 독차지한다.

미국이 이 문제를 해결하는 방법은 간단하다. 현재 부자들이 누리고 있는 동문 자녀, 기부금 입학자, 체육 특기생 전형의 몫을 저소득층에게 돌려주면 된다. 그도 아니면 부모의 사회 경제적인 능력에 영향을 많이 받는 SAT 점수 반영 비율을 낮추고, 내신 성적 반영 비율을 높이면 된다. 실제로 몇몇 미국 대학들이 이 방법을 시도한 결과, 좀 더 많은 저소득층 학생을 선발하였으며, 이 제도로 인한 재학생의 학력 저하는 극히 미미한 것으로 밝혀졌다.

흥미롭게도 우리나라는 반대다. 우리나라 사람들은 내신 반영 비율이 높은 수시 전형이 정시 전형보다 더 불공정하다고 생각한다. 물론 우리나라 정시 전형이 부모의 사회 경제적인 위치에서 완전히 자유로운 공정한 경쟁의 장은 아니다. 대학 수학 능력 시험에 대한 비중을 줄이고, 좀 더 가난한 학생들에게 기회를 주는 것만으로 사회적 이동성에 대한 엔진을 획기적으로 개선하기는 어렵겠지만, 부의 편중성을 어느 정도 줄이는 데는 도움이 될 것이다.

제비뽑기가 대안이 될 수 있을까?

그렇다면 다소 엉뚱하게 비칠 수는 있지만 이런 방법은 어떨까? 만약 스탠퍼드나 하버드대학에 4만 명이 지원한다고 가정해 보자. 우선 도저히 하버드나 스탠퍼드에서 수학할 능력이 되지 않는 1만 명을 솎아 낸 다음, 나머지 3만 명에 대해 제비뽑기를 통해서 합격자를 선별해 보는 것이다. 이 방법은 일정한 수학 능력이 된다면 모두 합격자 명단에 오를 만한 자격이 있다고 보는 것이다. 제비뽑기로 학생을 선발한다면, 우리를 신음하게 만드는 화려한 스펙과 어마무시한 사교육비를 양산하는 능력주의의 폭거로부터 어느 정도는 해방되지 않을까? 물론 이 방법을 적용한다면 학업 능력의 저하라든가 입학생 출신에 대한 다양성을 확보하기 어렵다는 비판도 제기될 수 있다.

그러나 일찍이 조너선 스위프트는 《걸리버 여행기》를 통해서 인재를 선발함에 있어서 이 방법을 제안했다. 즉 공무원을 선발할 때 능력만을 따진다면 교육의 기회를 독차지한 상류층 자제가 합격자의 대부분을 차지할 것이 분명할 것이니, 능력보다는 '일정한 실력을 갖춘' 인성이 좋은 사람을 우선 선발하자는 것이다. 스위프트는 신이 세상을 만들 때, 극소수의 특별한 인재만 할 수 있는 업무를 애초에 염두에 두지 않았다고 주장한다. 즉 세상의 웬만한 일들은 보통의 실력을 갖춘 사람이라면 누구나 수행할 수 있으니, 굳이 특정 계층이 독차지할 수 있는 인재 선발 방식을 버리자는 것이다.

여러 가지 방법을 통해서 명문 대학에 입학하는 좀 더 공정하고 약자에 대한 배려가 담긴 입시 방법을 시도한다고 해도 여전히 문제는 남는다. 명문 대학 입학을 애초에 생각하지 않는 대부분의 고등학생은 어떻게 할 것인가? 이들은 일반적으로 사회적 명성이 높고 돈을 많이 벌 수 있는 직업이 아닌, 남들이 알아주지 않는 평범한 길을 걸어야 한다. 좀 더 공정한 사회가 되기 위해서는 4년제 대학을 졸업하지 않고도 성공적인 인생을 살 수 있는 길을 열어 줘야 한다. 이 목표를 이루기 위해서는 기술 및 직업 교육 기관이나 직업 훈련소를 대폭 확충하고, 이들에 대한 지원을 확대해야 한다고 샌델은 주장한다. 또 명문 대학을 졸업하고 얻을 수 있는 사회적 명성과 혜택을 직업 학교를 졸업한 사람도 누리게 해 줘야 한다고 말한다. 변호사나 금융 전문가뿐만 아니라 배관공, 전기 기

술자, 치과 위생사 등도 존중받는 사회를 만들어 가야 한다는 것
이다.

능력주의로 철저하게 무장한 대한민국

사실 우리나라도 이 아름다운 이상향을 꿈꾸지 않은 것은 아
니었다. 이미 십수 년 전부터 기술인도 명문 대학 출신처럼 우대
받는 사회를 꿈꾸었다. 그러나 우리가 잘 알다시피 이 시도는 눈
에 띌 만한 사회 구조의 변화를 끌어내지는 못했다. 여전히 좋은
대학을 나와야 꿈꿀 수 있는 직업은 부와 명예를 독차지하고, 기
술인은 극히 일부를 제외하면 여전히 사회 경제적으로 존중을 받
지도 충분한 경제적인 보상도 받지 못하는 것이 현실이다. 또한
센델은 명문 대학에 입학한 학생들에 대한 교육 방향의 전환도 필
요하다고 역설한다. 자신의 성공이 스스로의 힘만으로 일군 것이
아니라는 것을 인식하고, 약자를 배려하는 심성을 길러야 한다고
말한다. 그러기 위해서는 전문성을 향상하는 교육과 아울러 시민
의식을 고취하고 사회적인 책무를 강조하는 윤리 교육도 필요하
다. 그래야 자신이 최고라는 오만함을 넘어선 겸손을 갖춘 인재로
성장하기 때문이다.

《공정하다는 착각》은 애초부터 미국인 저자가 미국에서 나타
나는 현상을 중심으로 저술했기 때문에 대부분 미국의 사례를 다
룬다는 단점이 있다. 물론 입시 제도에 대한 관심과 우려는 미국

이나 우리나라나 비슷해서 공감되는 부분이 많은 것은 사실이다. 또 불공정한 사회 시스템을 비판하는 문제 제기 또한 많은 사람들의 지지를 받는다. 그러나 불공정한 시스템을 좀 더 공정한 시스템으로 만들기 위한 대안이 다소 현실성이 떨어진다는 비판도 면하기 어려운 책이다.

더구나 우리나라는 어쩌면 미국보다 더 철저한 능력 우선주의를 채택하는 사회라는 점도 이 책이 좀 더 폭넓은 지지를 받지 못하는 이유로 작용한다. 물론 능력주의 사회를 표방한다고 해서 오로지 자신의 능력으로 이루어지는 것은 아님을 인정하고, 타인에 대한 배려와 사회적인 연대로 눈을 돌리자는 담론을 제기한 공은 그 누구도 부정하기 어렵다.

3

더 나은 사람과 사회를 위한
행동주의 경제학 이론

리처드 탈러와 캐스 선스타인 《넛지》

□□□

사람은 언제나 자신이 옳은 선택을 한다는 오해를 자주 한다. 고전 경제학자들 또한 사
람을 언제나 합리적인 결정을 하는 존재로 생각하고 경제학 이론을 펼쳐 나가는 경우가
많다. 그러나 사람은 우리가 생각하는 것만큼 똑똑하지 않다. 사람은 본성적으로 자주
잘못된 선택을 하고 실수를 반복하는 경향이 있다. 《넛지》는 사람이 여러 가지 이유로
실수를 자주 저지르는 존재라는 인식을 바탕으로 기술한다. 《넛지》는 사람에게 약간의
도움을 줌으로써 더 나은 사람이 되게 할 수 있으며, 나아가 더 나은 사회를 만들 수 있
다는 행동주의 경제학을 바탕으로 나온 책이다.

행동주의 경제학이라는 학문

이 책을 쉽게 이해하는 방법은 이 책의 제목 넛지[nudge]를 사전에서 찾아보는 것이다. 넛지는 팔꿈치로 쿡 찌르다는 뜻을 가지고 있는데, 말하자면 강요하지 않고 부드러운 개입을 통해서 사람들로 하여금 더 좋은 선택을 하도록 유도하는 장치이다. 이 책의 공동 저자인 리처드 탈러는 '사람은 기본적으로 좋지 않은 선택을 하도록 설정되어 있을지도 모른다'는 생각을 가지고 있다. 굳이 탈러의 말을 인용하지 않더라도 인간은 불안정한 존재이기 때문에, 사소한 결정에서 인생의 향방에 영향을 줄 수 있는 중요한 결정에 이르기까지, 타고난 편견에 휘둘려 잘못된 결정을 하는 경우가 많다.

경제학자들은 인간으로 하여금 불합리하고 도움이 되지 않는 선택을 하게 되는 심성을 오래 연구해 왔다. 시간이 지날수록 인간의 불완전성은 경제학의 중요 연구 과제로 부상했고, 1970년대에 이르러 많이 배우고 똑똑한 사람들도 종종 비합리적인 결정을 하게 된다는 사실에 주목한 행동 경제학이라는 학문이 태동했다. 그러니까 《넛지》는 자기계발서라기보다는 행동 경제학에 입각한 사회 과학 책이라고 보는 것이 맞다.

행동 경제학은 사람이 항상 합리적인 선택을 하는 존재라는 전제를 깔고 시작하는 전통적인 경제학과는 출발이 다르다. 행동 경제학은 사람으로 하여금 불합리하고 도움이 되지 않는 선택을 하게 만드는 인간 심리에 주목한다. 따라서 행동 경제학은 경제학에다가 심리학을 비롯한 다양한 사회 과학을 접목한 학문이라고 할 수 있다.

그렇다고 해서 행동 경제학이 사람의 비합리적인 심리와 행동을 교정하려고 드는 것은 아니다. 오히려 인간의 불안정성은 고칠 수가 없는 타고난 본성이기 때문에 이 본성을 역이용해서 더 나은 사회로 만들자는 선한 목적을 추구하는 학문이다. 행동 경제학에 대한 이런저런 비판과 반론이 제기되었음에도, 행동 경제학이 도출해 낸 여러 정책들이 세상을 훨씬 살기 좋게 바꾸었다는 수많은 찬사를 받았다.

무엇이 사람으로
하여금 잘못된 선택을 하게 만드는가

앞서 말했듯이 행동 경제학은 사람이 가지고 있는 불완전성을 인정한다. 우리는 기계가 아니라 사람이기 때문이다. 그렇다면 사람의 어떤 본성이 우리로 하여금 좋지 않은 선택을 하도록 만들까? 우선 어림짐작해 보자. 열 명의 사람이 보통 크기의 방에 함께 있으면 방 실내 온도가 한 시간에 1도씩 올라간다는 식의 가정이 전형적인 어림짐작이다. 물론 어림짐작은 생활 속에서 쓸모가 있을 때도 많지만 다양한 편향성을 초래한다. 어림짐작이 만들어 내는 오류 중의 하나가 '기준점' 효과다.

만약 인구 300만 명 정도인 시카고에 사는 시민에게 차로 2시간 거리에 있는 밀워키 인구를 추측해 보라고 해 보자. 이 사람은 밀워키 인구가 몇 명인지 정확히 모르지만 프로 농구와 프로 야구 팀을 가진 제법 큰 도시라는 것쯤은 알고 있다. 자신이 300만 명 인구를 가진 시카고 시민이기 때문에 밀워키 인구를 시카고의 삼분의 일 정도로 생각한다면 밀워키의 인구를 100만 명쯤으로 생각하기 쉽다.

반면 인구 10만 명에 불과한 그린베이 출신에게 밀워키 인구를 생각해 보라고 하면, 그는 밀워키가 그린베이에 비해 세 배쯤 큰 도시라고 생각하고 30만 명이라는 대답을 할 수 있다. 이런 과정을 행동 경제학에서는 기준점과 조정이라고 부른다. 즉 기준이 되는 지점을 정하고, 자신에게 친숙한 숫자를 기준으로 삼아 자신이 생각하는 적당한 방향으로 수치를 조정해 낸다는 것이다. 참고로 밀워키 인구는 59만 명 정도이다.

다음은 '가용성 간편 추론법'이다. 미국에서는 총기로 인한 살인 사건이 많을까? 총기로 인한 자살 사건이 많을까? 많은 사람들이 전자가 많다고 생각하지만, 실제 미국에서는 총기로 인한 살인보다 자살 사건이 세 배나 많다고 한다. 얼마나 빨리 머리에 떠오르는지에 따라서 위험의 가능성을 더 따진다는 말이다. 사람들이 총기로 인한 자살 사건보다 살인 사건이 더 많다고 생각하는 오류를 범하는 것은, 매스컴에 총기로 인한 살인 사건이 훨씬 더 자주 등장하기 때문이다. 즉 뉴스에서 본 사례가 자신의 머릿속에 빨리 떠올리기 때문에 본능적으로 총기 살인 사건이 더 많다고 생각하게 된다.

이런 경향 때문에 대규모 홍수나 지진이 발생하면 이런 자연재해에 대비하는 보험 상품이 불티나게 팔리며 시간이 지날수록 판매는 시들해진다. 사람들의 기억 속에 홍수와 지진이 점점 퇴색되기 때문이다. 사람들이 자연재해에 대한 경각심이 시들해지면, 보험사는 가용성 간편 추론법에 기반해 과거의 참혹했던 자연재해를 상기시키는 방법으로 판매를 증가시킬 수 있다.

자신에게는 결코 나쁜 일이 닥치지 않을 것이라고 믿는 근거 없는 낙관주의와 자신의 능력을 지나치게 과대평가하는 태도 또한 우리로 하여금 잘못된 선택을 하도록 만든다. 가령 여러 연구에 따르면 운전자의 90퍼센트는 본인이 평균 이상의 실력을 갖춘 운전자라고 생각한다고 한다. 또 심지어 잘 웃지도 않는 사람마저 유머가 무슨 뜻인지 안다는 이유만으로 자신을 유머 감각이 뛰어난 사람이라고 생각하기도 한다. 인간이 가지고 있는 위험한 낙관주의는 큰 이익이나 손해를 발생시킬 수 있는 중요한 문제에서도 유감없이 발휘된다. 가령 미국은 이혼율이 50퍼센트에 육박하는데 결혼식장에 들어서는 대다수의 신랑 신부는 자신이 이혼하게 될 가능성을 조금도 염두에 두지 않는다. 심지어 재혼을 하는 사람도 마찬가지다. 또 실패할 확률이 50퍼센트가 넘는 사업을 시작하는 사람들에게 설문 조사를 해 보면 대다수의 응답자가 자신의 성공 확률을 90퍼센트로 생각한다.

비현실적인 낙관주의는 우리들의 생명까지 위협한다. 주변에 암에 걸려서 죽어 가는 사람이 있어도 자신이 암에 걸릴 수도 있다는 사실은 애써 외면하며, 흡연이 몸에 해롭다는 것을 알면서도 자신만은 괜찮을 것이라고 낙관하기도 한다. 또 코로나19가 대유행할 때도 자신은 감염되지 않을 것이라고 낙관하며 마스크를 쓰지 않는 사람도 많았다. 비현실적인 낙관주의에 매몰된 사람을 위한 행동 경제학의 처방은 각자에게 나쁜 사건이 일어날 수도 있다는 사실을 상기시키는 것이다. 행동 경제학이 내놓은 이런 처방 자체가 비현실적이라는 생각을 하게 된다. 행동 경제학이라면 모름지기 좀 더 구체적이고 부드러운 방법으로 마스크를 쓰게 하는 방책을 내놓아야 하는 것 아니겠는가. 위험에 대한 경고를 생각하지 못하는 정부나 사회가 어디 있겠는가.《넛지》를 뻔한 이야기를 늘어놓는다고 비판하는 많은 독자들의 주장은 이런 부분에서 설득력을 얻는다.

손실 회피 성향, 현상 유지 편향, 심리적 회계, 이게 다 무슨 말일까

사람은 누구나 손실을 싫어한다. 그래서 어떤 것을 잃은 것에 대한 쓰라림은 같은 것을 얻었을 때 느끼는 행복감의 두 배다. 행동 경제학은 '손실 회피 성향'을 더 좋은 사회를 만들 수 있는 공공 정책에 활용할 수 있다고 주장한다. 가령 환경을 해치는 비닐봉지 사용을 줄이고 싶다면 재활용 봉지나 장바구니를 가지고 오는 사람에게 돈을 주는 것이 좋을까? 아니면 비닐봉지에 가격을 매기는 것이 효과적일까? 결론부터 말하자면 전자는 효과가 전혀 없고 후자를 선택했을 때 비닐봉지 사용량이 눈에 띄게 줄어들었다. 사람들이 가지고 있는 손실 회피 성향이, 사람들로 하여금 아무리 적은 금액이라도 비닐봉지 값을 지불하지 않게 만들었다는 것이 행동 경제학의 주장이다.

하지만 재활용 비닐봉지나 용기를 가져오는 사람에게 금액적인 보상을 해 주는 방법이 효과가 없다는 행동 경제학 주장에는 약간 고개를 갸우뚱하게 된다. 이 주장과는 달리 다국적 커피 브랜드 매장을 가지고 있는 기업에서는 음료를 담아 갈 텀블러를 가져오는 고객에게 소정의 할인 혜택을 주는 정책을 고수하고 있다. 그리고 적지 않은 고객들이 텀블러를 가지고 카페에 간다. 효과가 전혀 없다면 이익 추구를 최대 미덕으로 생각하는 다국적 기업이 이 정책을 유지하겠는가.

또 편의점이 많은 우리나라 실정을 살펴보면 비닐봉지를 돈을 받고 판다고 해도 비닐봉지 사용량이 대폭 감소하지는 않는 것 같다. 생각해 보라. 비닐봉지 값을 아끼겠다고 편의점을 가면서 장바구니를 가지고 가는 고객이 어디 흔한가? 어차피 비닐봉지 값이래야 극히 소액이며 자신이 사는 상품 가격에 합산되니 눈에 띄지도 않는다. 한국에 있는 일부 대형 마트는 쓰레기 종량제 봉투에 상품을 담아 주는 시스템을 적용한다. 어차피 쓰레기를 버릴 때 다시 사용할 수 있으니 고객과 마트 모두 만족스러운 방책이며, 이 묘책이야말로 행동 경제학이 추구하는 더 좋은 사회를 만드는 부드러운 넛지가 아닐까?

자신의 현재 상황을 유지하고 싶은 '현상 유지 편향' 또한 타인에게 쉽게 이용당해서 결국은 손해를 보게 하는 인간의 속성이다. 《넛지》는 현상 유지 편향이 '아무렴 어때'식의 생각을 하게 함으로 손해를 보게 한다고 설명한다. 가령 넷플릭스는 첫 한 달 동안 무료 체험 기회를 준다. 행동 경제학은 현상 유지 편향 때문에 두 달째가 되어도 계약 해지를 하지 않고 돈을 내고 넷플릭스 회원 자격을 유지한다고 주장한다. 자신의 의지와는 달리 '아무렴 어때'라는 생각으로 손해를 본다는 것이다.

이 주장에도 동의하기 어렵다. 소비자는 생각만큼 어리석지 않다. 무료 체험을 하고 나서 현상 유지 편향을 극복하고 재빨리 계약을 해지하는 고객이 생각보다 많다. 그리고 유료로 전환되어도 회원 자격을 유지하는 고객은 넷플릭스가 제공하는 콘텐츠를 계속 향유하기 위해서이지, 행동 경제학이 말하는 현상 유지 편향 때문만은 아니다. 광고 없이 콘텐츠를 시청할 수 있는 유튜브 프리미엄 제도도 마찬가지다. 무료로 체험하는 동안 소비자는 광고 없이 콘텐츠를 시청할 수 있는 안락함에 익숙해져서 유료 회원으로 전환하는 것이지 탈퇴하기 귀찮아서가 아니다.

사람에게는 '심리적 회계'라는 묘한 돈 계산법이 있다. 예를 들어 도박을 생각해 보자. 도박판에는 자신이 조금이라도 돈을 따면 원금은 따로 주머니에 챙겨 두고 딴 돈으로 도박을 하려는 사람이 반드시 있다. 한 도박꾼의 원금이 8,000원이고 딴 돈이 2,000원이라면 그 사람이 가진 돈은 1만 원이다. 그러나 이 도박꾼은 딴 돈과 원금은 전혀 다른 돈이며 원금은 쉽게 안 건드린다. 원금과 딴 돈이 전혀 다른 돈으로 생각하고, 딴 돈으로 더욱 위험한 베팅을 종종한다.

이런 경향은 도박꾼에게만 적용되는 것은 아니다. 주식 투자를 해서 얼마간의 수익을 낸 사람은 수익금이 마치 자신의 돈이 아닌 것처럼 더 위험하고 과감한 투자를 한다. 수십 년간 저축한 돈은 금쪽같이 아끼면서 어쩌다가 운 좋게 생긴 돈으로는 충동적으로 사치를 하는 사람도 많다. 저축한 돈이나 운 좋게 생긴 돈이나 모두 귀한 자산인데도 말이다.

행동 경제학은 심리적 회계를 이용하면 사회 구성원의 행복도를 높일 수 있다고 주장한다. 가령 저축을 장려할 때, 저축 증가분을 '오락과 즐거움'을 누리기 위한 계좌에 따로 넣어 두라고 권한다. 노후 보장을 위한 비상금 계좌는 신성불가침한 존재로 따로 두고, 오락과 즐거움을 위한 계좌에서 인생을 즐기는 데 필요한 것들을 구매하고 즐기면 된다는 것이다. 이렇게 되면 자칫 위험한 결정을 하게 만들 수도 있는 심리적 회계가 사회적으로 가치 충만한 일이 될 수도 있다.

슬기로운 넛지 사용법

사람은 본능적으로 몰려다니고 다른 사람에게 배우며 영향을 받는다. 내가 근무하는 직장에는 가끔 온갖 잡화를 파는 보따리장수 할아버지가 찾아온다. 그 할아버지가 사무실에 들어오면 다들 인사를 하는 둥 마는 둥 관심을 보이지 않지만, 누군가 할아버지가 가져온 물건에 관심을 보이고 그중에서 하나라도 사면, 그제야 우르르 할아버지에게 몰려가 너도나도 물건을 사는 장면을 자주 보아 왔다.

넛지를 실행하려는 선택 설계자는 사람이 가진 이런 본성을 잘 이해해야 한다. 사람은 늘 타인에게 배우며 사회를 발전시키지만 다른 사람과의 교류에서 늘 진실만을 얻는 것은 아니다. 사람은 누구나 사회적 영향 때문에 옳지 않고 편향된 믿음을 가지기 마련이며, 이런 경우 넛지는 매우 유용한 도움을 줄 수 있다. 사회적 영향이야말로 넛지를 수행하는 가장 효과적인 매개이기 때문이다. 즉 사람들이 사회적 영향에 취약한 존재라는 사실을 이용해서 사람들로 하여금 더 좋은 선택을 하도록 도울 수 있다.

우선 행동 경제학은 사람들이 관습이나 전통을 따르는 이유가 그것을 추종하거나 지킬 가치가 있어서가 아니라, 다른 사람들이 좋게 생각하기 때문이라는 사실에 주목한다. 사람들은 굳이 사회에서 외톨이가 되고 싶지도 않고, 다른 대다수 구성원과 다른 생각을 하고 싶지 않은 경향이 있다. 인간이 가지고 있는 이런 성향을 이용한 매우 극단적인 넛지 활용의 예를 보자. 구소련의 독재 공산주의가 그토록 오래 유지될 수 있었던 것은 공산주의 체제를 사람들이 지지해서가 아니다. 그 체제 아래에 사는 다른 사람들도 공산주의를 원하지 않는다는 것을 몰랐기 때문이다.

세월이 지나면서 자기 이외에 많은 다른 사람들도 공산주의 체제를 혐오한다는 사실을 알게 됨에 따라 용기를 내서 공산주의를 비판하고 항거하기 시작했다. 《벌거벗은 임금님》이라는 동화도 넛지의 생생한 사례를 보여 준다. 그 누구도 임금님이 벌거벗었다는 사실을 말하지 못했지만, 누군가 "임금님이 벌거벗었다."라고 말하는 순간, 그 자리에 있던 다른 사람들도 그렇게 말해도 좋다는 일종의 허가증을 받은 것이나 다름없다. 사람들을 사로잡던 오랜 관습은 다른 사람들이 실제로 어떻게 생각하는지를 알려 주는 넛지를 통해서 해체될 수 있다. 넛지를 통해서 사회를 변화시키는 것은 매우 간단하다. 다른 사람이 어떻게 생각하는지를 알려 주기만 하면 되기 때문이다.

가령 세금 납부를 독려하기 위해서 연체료나 재산 압류를 통보하기보다는 "우리 시에서 세금 납부 의무가 있는 시민 열 명 중에 아홉 명이 세금을 제때 납부했습니다."라고 넛지를 활용함으로써 세금 납부 비율을 높일 수 있다고 행동 경제학은 설명한다.

'재미있게 만들기' 또한 효과적인 넛지 수단이다. 가령 마크 트웨인의 소설 《톰 소여의 모험》을 떠올려 보자. 나쁜 짓을 했다가 이모에게 담장에 페인트를 칠하라는 벌을 받은 톰은 영리한 꾀를 생각해 낸다. 사과를 들고 지나가는 친구에게 페인트칠이 무척 재미있는 놀이로 보이게끔 연기를 했고, '이 재미있는 놀이를 너에게 양보할 수 없다'식의 거짓말을 했다. 결국 사과를 든 친구는 톰에게 통 사정한 끝에 사과까지 주면서 페인트칠을 하기에 이른다. 어떤 과업을 놀이처럼 여기거나 호기심이 자극되면, 사람들은 그 과업을 해 보겠다고 달려든다.

재미를 활용한 넛지의 가장 대표적인 사례는 스톡홀름 지하철역이다. 이 지하철역은 계단과 에스컬레이터가 나란히 있는데, 사람들은 보통 에스컬레이터를 이용했다. 전기 절약의 방안으로 '건강을 위해서 계단을 이용해 달라'는 홍보를 해도 결과는 마찬가지였다. 그러나 계단을 큰 피아노 건반 모양으로 칠했더니, 사람들은 너도나도 마치 놀이를 즐기는 것처럼 건반 계단을 폴짝폴짝 뛰면서 이용했다.

넛지 안에서 사는 세상

넛지라는 용어가 생소한지 모르겠지만 우리는 이미 수많은 넛지 안에서 살고 있다. 인간의 부주의함을 교정하기 위한 넛지가 우리들의 실생활 속에 깊이 들어와 있다. 우리가 매일 이용하는 자동차만 해도 넛지 종합판이라고 보면 된다. 안전벨트를 매지 않으면 경고음이 계속 울리고 주행 중에 주행선을 벗어나도 경고음이 울린다. 또 현금인출기는 혹시 '검찰청 직원을 사칭한 사람과 통화를 하는 것은 아닌지' 매번 묻는다. 행정 서비스도 마찬가지다. 세금을 납부할 시기와 금액을 종이 청구서와 별도의 문자 메시지를 통해서 알려준다.

더구나 IT 강국에 사는 우리나라 사람들은 너무나도 많은 디지털화된 넛지를 접하기 때문에 《넛지》에서 말하는 넛지를 활용한 정책을 당연히 받아들일 정도다. 그래서 《넛지》를 읽고 나서 '별것 없다'는 식의 반응이 나올 수 있다. 더구나 《넛지》는 주로 공공 정책에 있어서 넛지를 활용할 방안을 주로 다루기 때문에, 개인 독자로서는 다소 공감하기 어려운 부분이 있는 것도 사실이다. 굳이 책 전체를 읽을 필요 없이, 1부 정도만 읽어도 충분히 저자가 우리에게 주려는 메시지를 파악하기에 부족함이 없을 것이라 생각한다. 비슷한 맥락의 이야기가 반복되는 경향이 다분한 책이라는 이야기다.

그러나 일반인에게 낯선 학문이라고 할 수 있는 행동 경제학을 다룬 첫 교양서라는 사실만으로도 이 책은 충분히 읽을 가치가 있다. 또 주장을 뒷받침하는 사례가 무궁무진하다는 것도 이 책이 가지고 있는 또 다른 매력임에는 분명하다.

4
새는 알에서
나오기 위해 투쟁한다

헤르만 헤세 《데미안》

□ □ □

《데미안》은 우리나라 청소년에게 가장 널리 읽히는 고전 중에 하나다. 《데미안》을 읽지
않은 사람은 있을지라도 '새는 알에서 나오기 위해 투쟁한다'는 문구는 한 번쯤 들어 보
았을 정도로 유명한 고전이다. 《데미안》은 에밀 싱클레어를 향해서 끊임없이 각성을 촉
구하는 막스 데미안의 목소리를 통해서, 당시 세계대전으로 실의에 빠졌던 수많은 독일
청년들에게 격려와 위로를 건네주었다. 나아가 전 세계 청년들에게 인생의 역경을 이겨
내는 커다란 힘이 되었다.

《데미안》은 누가 썼는가?

제1차세계대전이 한참 진행되던 1917년 10월, 독일 베를린에 있는 출판업자 피셔는 소설 원고 한 편을 받았다. 원고를 보낸 사람은 헤르만 헤세였는데, 이 소설을 쓴 젊은 작가 에밀 싱클레어가 중병에 걸려 하는 수 없이 본인이 대신 제출한다는 설명을 덧붙였다. 피셔는 원고가 매우 만족스러웠다. 다만 한참 전쟁 중이라 종이 공급이 원활치 못해서 출간을 잠시 미뤄 달라는 양해를 구했다. 마침내 전쟁이 끝난 1919년 2월부터 4월까지 헤세가 대신 투고하고 계약한 소설이 연재되었다. 같은 해 6월에 마침내 에밀 싱클레어의 이름으로 《데미안》이 단행본으로 출간되었다.

《데미안》은 출간되자마자 좋은 평가를 받았고 불티나게 팔렸다. 《데미안》이 성공을 하자 자연스럽게 이 대단한 작품을 쓴 에밀 싱클레어라는 무명작가의 정체에 관심이 쏠렸다.

《파우스트 박사》를 쓴 독일 문학의 거장이자 노벨문학상 수상자, 토마스 만마저 에밀 싱클레어의 정체를 알고 싶어서 안달이 났었다. 토마스는 궁금증을 참지 못하고 《데미안》을 출간한 출판사에 '이토록 아름답고 영민하며 뜻깊은 작품'을 쓴 에밀 싱클레어가 도대체 누구인지 물어보는 간절한 편지를 보냈다. 이 와중에 싱클레어의 정체를 알아차린 사람이 있었으니, 그는 바로 심리학자 카를 구스타프 융이다. 그는 '매우 송구하지만 당신이 사용한 익명을 알아차렸다'고 헤세에게 편지까지 보냈다. 하지만 융은 비밀을 지켰다.

이러한 세간의 관심 끝에 결국 《데미안》을 쓴 진짜 작가가 헤세라는 언론 보도가 터져 나왔다. 그제야 헤세는 자신이 《데미안》의 저자라고 밝혔다. 에밀 싱클레어라는 가명으로 《데미안》을 출간한 지 1년이 지난 뒤였다.

헤세는 왜 1년 동안 자신의 신분을 숨겼을까? 이 궁금증에 대한 시원한 해답은 알 수 없다. 다만 우리는 몇 가지 추측을 해 볼 수 있다. 헤세는 제1, 2차세계대전 동안 침략 전쟁을 일으킨 독일 정부를 강하게 비판하였다. 그 결과 헤세는 독일의 보수 세력으로부터 강한 비판을 받았고, 심지어 '조국을 배신한 자'라는 오명에 시달렸다. 이런 분위기 속에서 헤세는 본인 이름으로 소설을 출간하기를 주저했을 가능성도 있다.

다른 이유로 추측해 볼 수 있는 것은 자신의 유명세가 아닌 오직 필력으로 독자들의 평가를 받고 싶다는 의도다. 프랑스 작가 로맹 가리가 에밀 아자르라는 가명으로 《자기 앞의 생》을 발표한 것처럼 유명 작가가 본명을 숨기고 필명으로 작품을 출간하는 사례는 심심찮다.

마지막 추측으로는 '젊은이들이 놀라서 도망치지 않도록'하기 위해서라는 설이다. 알다시피 《데미안》은 주인공 싱클레어가 열 살쯤부터 스무 살에 이르기까지 겪은 고뇌와 성장을 다뤘다. 따라서 당시 마흔두 살의 기성 작가 헤세의 이름으로 출간하는 것이 작품 내용과 어울리지 않는다고 판단했을 수도 있다. 실제로 《데미안》이 워낙 섬세하고 소년과 청년의 감성을 아름답게 묘사했기 때문에, 출간될 당시 이 책의 열렬한 애독자들은 작가가 자신들의 동년배임을 의심치 않았다.

내 이야기가 중요하다

《데미안》을 읽자마자 내 눈길을 끈 대목이 있다. 사람은 누구나 딱 한 번만 그렇게 실재하는, '두 번은 다시 있을 수 없는 지점'이라고 통찰한 부분이다. 헤세는 모든 인간이 소중하며 딱 한 번뿐인 존재라는 것을 강조한다. 헤세는 모든 사람이 고귀하듯이 모든 사람의 이야기가 소중하다고 생각했다. 그래서 헤세는 실제로 존재하지 않았던 인간의 이야기보다는 자신이 직접 겪고 살았던 인생 이야기를 중요하게 여겼다. 많은 작가들이 세상과 모든 인간을 꿰뚫어 보는 것처럼 글을 쓰기도 한다. 또는 마치 신이 자신에게 영감을 불어넣어, 신이 들려주는 이야기를 쓰는 것처럼 글을 쓰기도 했다. 하지만 헤세는 오로지 자신의 인생과 자신의 이야기를 쓰고 싶어 했다.

이런 헤세의 글쓰기에 관한 시각은 인간 존중으로 이어진다. 헤세가 제1, 2차세계대전 당시 조국인 독일이 침략 전쟁을 벌이는 것을 강하게 비판하다가 온갖 고초를 겪은 것은 우연이 아니었다. 헤세에게는 모든 인간이 특별하고 고귀했기 때문에 총칼로 사람을 죽이는 일은 용납할 수 없었다. 그래서 조국에 대한 배신자라는 비난까지 받으면서 전쟁에 반대한 것이다.

사랑받는 존재보다
공포의 대상이 되는 것이 안전하다

《데미안》의 화자 싱클레어는 어린 시절 수업이 없으면 동네 친구와 어울려 놀았다. 그런데 프란츠 크로머라는 힘세고 거친 친구가 이들 사이에 끼어들었다. 싱클레어와 애초부터 어울렸던 두 친구는 싱클레어처럼 유복하고 화목한 집안에서 자랐을 것이다. 그러나 크로머의 아버지는 동네에서 소문난 술꾼이었고 가족 모두는 평판이 나빴다. 싱클레어는 본능적으로 크로머가 자신들의 무리에 끼어드는 게 두려웠을 것이다. 그러나 힘세고 거친데다 덩치마저 큰 크로머를 막을 방법이 없었다. 자연스럽게 싱클레어와 두 친구는 크로머에게 압도당해서 그가 시키는 일을 억지로 해야 했다. 가령 납이나 주석으로 된 돈이 될 수 있는 물건을 주워서 크로머에게 상납하는 일 따위였다.

싱클레어는 두 친구와 협력해서 어떻게 해서든지 크로머의 압제에서 벗어나고 싶지 않았을까? 그러나 상황은 반대로 돌아갔다. 원래 싱클레어와 친했던 두 친구는 싱클레어에게 등을 돌리고 크로머 편이 되어 버렸다. 이 장면에서 뛰어난 소설가는 뛰어난 심리학자라는 것을 잘 보여 준다. 실제 우리가 겪는 직장 생활이나 교우 관계에서도 친하고 좋아하는 사람보다는 자신에게 불이익을 줄 수 있는 무서운 사람의 편이 되는 경우가 많다.

일찍이 마키아벨리는 《군주론》에서 사랑받는 대상이 되는 것보다 공포의 대상이 되는 것이 안전하다고 통찰했다. 싱클레어와 친했던 두 친구는 싱클레어와 행복한 시간을 보내고 우정을 쌓았지만, 막상 프란츠 크로머라는 위협 요소가 나타나자 자신들의 안전과 이익을 도모하기 위해서 스스럼없이 싱클레어를 배신했다. 마키아벨리의 말처럼 확실히 인간은 자신이 무서워하는 존재보다 자신이 사랑하는 사람을 배신할 때 훨씬 덜 주저한다. 현재 우리가 저마다 겪는 교우 관계나 직장 생활에서의 인간관계 등에서 이런 사례는 누구나 언제든지 경험할 수 있다.

우리가 고전을 읽어야 할 이유가 바로 여기에 있다. 고전은 비록 오래전에 쓰인 책이지만 사람의 심리는 시대를 가리지 않는다. 수백 년 전에 사람들의 생각과 통찰을 통해서도 우리는 오늘을 살아가는 힘을 얻을 수 있다.

우리는 어떻게 꿈을 이루는가

싱클레어의 정신적인 지주 역할을 하는 데미안은 이렇게 말한다. 나방은 자기에게 필요하고 가치가 있는 것, 꼭 가져야 하는 것만을 찾기 때문에 우리가 믿기지 않은 일을 해낸다. 또 만약 자연 과학자들이 특정 지역에 암컷 나방 한 마리만 둔다면 수컷 나방은 수 킬로미터 떨어진 암컷 나방과 교미를 하기 위해서 날아온다. 만약 암컷 나방이 수컷 나방만큼 수가 많다면 수컷 나방이 그토록 섬세한 후각을 발달시키지도 않았을 것이다. 그렇기 때문에 동물처럼 인간도 특정한 부분에 주의력과 의지를 쏟아부으면 결국 집중하는 곳에 도달하기 마련이라는 것이다.

학생들을 오래 가르치면서 참으로 안타까운 순간은 자신이 뭘 좋아하는지도 모르고 장래에 무슨 일을 하고 싶은지에 대한 생각조차 없는 학생을 만날 때다. 학생들이 진로를 선택하는 데 도움을 주는 진로와 직업이라는 과목을 따로 마련했지만, 여전히 꿈을 찾지 못하는 학생이 적지 않다. 더구나 교사나 부모라고 해서 학생을 대신해서 무엇을 원하는지 생각해 줄 수도 없다. 다만 찬찬히 오랫동안 관찰함으로 학생이 어떤 생각과 어떤 느낌을 가졌는지 짐작할 뿐이다.

결국 헤세는 인간은 자신에게 무엇이 필요하며 중요한지 알기 위해서는 자기 자신에게로 향하는 끊임없는 여행과 탐색이 필요하다고 주장하는 셈이다. 헤세는 "자신의 꿈을 찾고 이루기 위해서는 자신의 존재 자체가 그 꿈으로 가득 차 있어야 한다."라고 말한다. 그래서 자신의 내면으로부터 막을 수 없을 만큼 꿈이 솟구쳐 오르면 그 꿈을 이룰 수 있는 강한 의지가 생기기 마련이다. 그러나 여기에서 중요한 지점이 있다.

인간이든 동물이든 허황한 꿈을 생각하지 말아야 한다는 점이다. 수컷 나방이 수 킬로미터 밖에 있는 암컷 나방이 아니라 지구 밖에 있는 달에 도달하려는 꿈을 꾸지 않는 것처럼 사람도 걸어서 북극에 가겠다는 현실성이 떨어지는 꿈은 이루기 어렵다. 만약 학교에서 학생회장으로 출마한 학생이 누가 봐도 도저히 불가능한 허황한 공약을 내세운다면 지지를 받기 힘들 것이다. 철저한 자기 관찰과 성찰에서 발현되지 않은 이룰 수 없는 허황한 꿈은 다른 사람의 지지를 받기 어렵다.

반면 철저한 자기 관찰로 꿈을 발견하고 그 꿈을 이루기 위한 의지가 동반된다면 기회는 언제나 오기 마련이며 그 기회를 놓치지 않을 것이다. 기회는 준비가 된 자에게 오며 그 기회를 놓치지 않는 것도 준비된 자의 몫이다.

밝은 세계와 어두운 세계

《데미안》은 청소년 이야기를 다룬 소설이지만 막상 유명세에 이끌려 이 책을 접하면 난해하다고 생각하는 독자가 많다. 줄거리는 대충 알겠는데 소설의 상당 부분을 차지하는 등장인물들이 주고받는 종교, 내면 이야기 등은 이해하기 어렵다는 독자가 많다.

그러나 종교와 관련한 부분 또한 《데미안》이 주는 주요 메시지 중의 하나이며 눈여겨 읽어 볼 만하다. 교회가 너무 밝은 면만 보여 주려고 한다는 구절이 그렇다, 데미안은 당시 사람들이 숭배하는 기독교가 자기 임의대로 나눈 세상의 절반만 제시한다고 말한다. 하느님은 밝은 세계만을 강요한다는 것이다.

과연 싱클레어는 오직 사랑만이 존재하는 따뜻한 집안의 밝은 세계와 시기, 질투, 다툼, 범죄가 도사리고 있는 어두운 세계 사이에서 갈등하다가, 마침내 어두운 세계에서 프란츠 크로머라는 악당을 만나 괴롭힘을 당하다가 데미안에 의해서 간신히 탈출했다. 사람은 밝은 세계에서만 살 수 없다. 어찌 되었든 사회생활을 하려면 집 밖의 어두운 세계로 나가야 한다. 비록 싱클레어가 프란츠 크로머를 만나 고생은 했지만 그런 과정을 거쳐서 더 성숙한 인간으로 발전하지 않는가.

데미안은 친근하고 따뜻한 세상뿐만 아니라 미움과 싸움이 난무하는 어두운 세계도 숭배해야 하며, 신에 대한 예배를 하면서 동시에 악마에 대한 예배도 해야 한다고 일갈한다. 얼핏 이해하기 어려운 대목이다. 우리는 목사 아버지에게서 자랐지만 아버지가 원하는 목사의 길을 포기하고 가난한 교회 연주가로 살아가는 피스토리우스에게서 그 실마리를 찾을 수 있다. 피스토리우스는 싱클레어에게 대부분의 인간은 '날기'를 단념하고, 오히려 정해진 규칙에 사로잡혀서 보행자의 길을 선택한다고 말한다.

여기에서 정해진 규칙이란 기독교나 어른이 제시한 길을 말한다고 생각한다. 깊은 숲속을 걸어서 지난다면 숲 전체를 볼 수 없지만, 날기를 통해서 우리는 숲 전체를 볼 수 있다. 그러므로 좀 더 폭넓게 세상을 바라보려면 다양한 시각과 다양한 길을 걸어 보는 것을 주저하지 말아야 한다는 메시지라고 생각한다.

아울러 교회 연주자로 일하면서 인도 종교 경전인 베다를 낭독하는 것도 모자라 모든 종교는 아름답다고 주장하는 피스토리우스의 모습을 통해서 헤세는 종교가 가지고 있는 배타성을 지적한다. 하느님이 말하는 밝은 세계에는 기독교를 제외한 다른 종교가 포함되지 않는다. 기독교만이 유일한 길이며 하느님만이 유일한 진리라고 통하는 세상을 살면서 이런 주장을 펼쳤다는 점에서 헤세는 과감하고 진보적인 지식인이다.

데미안에 우리가 열광하는 이유

헤세가 비판한 관습과 도덕이 제시한 온갖 종류의 규칙과 가르침은 제1차세계대전을 통해서 그 어두운 민낯을 고스란히 드러냈다. 세계대전을 통해서 그동안 자신들을 억누른 관습과 도덕이 얼마나 많은 모순과 허점을 가졌는지 젊은이들은 알게 되었다. 학교와 교회에서 가르치지 않는 새로운 삶의 길을 모색하던 젊은이들의 눈길을 사로잡은 것이 마침 그 순간에 출간된《데미안》이다.

《데미안》은 어른과 하느님이 제시한 절반의 세상을 살지 말고 자기 자신만의 길을 걸으라고 조언하기 때문이다. 그래서《데미안》의 화자 싱클레어는 집안의 밝은 세계와 아름다움이 지속적으로 유지될 수 없고, 그것에 얽매일수록 본인이 어려워진다는 것을 어렴풋이 깨닫고 빠르게 자기 인생을 찾아 나서는 용기를 낸다.《데미안》은 읽어 나가기에 쉽지 않지만 자신을 얽매이는 도덕적 강박에 휘둘리지 말고 절대적 선악 따위는 없다고 알려줌으로써 독자들에게 큰 위로를 준다.

사실 모든 시대의 젊은이들은 자신들을 억누르는 관습과 규칙에서 벗어나고 싶어 한다. 물론 기성세대의 틀을 깨뜨리는 것은 위험과 고초가 동반한다.《데미안》은 모든 시대의 모든 젊은이들에게 비록 고난이 따르겠지만 자신이 원하는 길을 걷는 용기를 부여한다. 또 기존 질서가 강요하는 길을 맹목적으로 따르지 말고 자기 마음속에 우러나오는 것을 따라서 살아야 한다고 조언한다.

타인이 제시하는 목표는 당장은 멋지고 훌륭해 보이지만 그 길을 걷다 보면 자신이 원하는 꿈과 적성을 잃어버리기 십상이다. 이러한 메시지 때문인지 유독 우리나라에서는《데미안》을 청소년 필독서로 강조하기도 한다. 그런데 자신을 억누르는 관습에 시달리는 것이 어디 청소년뿐이겠는가. 게다가《데미안》을 제대로 이해하기 위해서는 니체와 종교에 대한 배경지식이 어느 정도 있어야 하기에, 굳이《데미안》을 청소년용으로 강조할 필요는 없다고 생각한다.

《데미안》은 기독교 국가에서 성장한 유럽의 청년을 주요 독자로 정하고 쓴 소설이기 때문에 기독교에 대한 회의나 갈등이 없이 자란 사람들에게는 딴 세상 이야기로 보일 수도 있다. 다만 기독교를 기존 관습으로 대치하고 읽으면 좀 더《데미안》이 주려는 메시지를 쉽게 이해할 수도 있다.

5

우리의 미래
과연 아름답기만 할까?

올더스 헉슬리 《멋진 신세계》

□□□

눈부시게 발달한 과학 기술과 기계 문명은 과연 우리에게 장밋빛 미래만 선사할까? 그렇지 않다는 것을 우리는 현대 사회의 많은 논쟁을 통해 알 수 있다. 약 90년 전 이러한 미래이자 현대 사회를 풍자적으로 예견한 소설이 있다. 바로 《멋진 신세계》다. 안정적이며 고통 없는 미래 사회는 얼핏 생각하면 행복해 보인다. 그러나 모든 것이 인위적이며 통제된 사회가 과연 '멋진 신세계'일까. 올더스 헉슬리의 《멋진 신세계》는 조지 오웰의 《1984》와 함께 현대 사회의 부정적인 면을 극대화한 미래 모습을 그린 대표적인 소설로, 현시대의 우리에게 생각할 거리를 많이 던져 주는 작품이다.

미래를 다룬 소설은
실현 가능성이 있어야 하나

올더스 헉슬리는《멋진 신세계》를 집필하면서 자신이 묘사한 미래에 대한 설정이 실현 가능성이 높다고 예상했다. 한발 더 나아가 모름지기 미래를 다룬 책이라면 그 책이 가지고 있는 예술성과 철학이 무엇이든, 우선 실현 가능성이 있어야 독자들의 흥미를 끈다고 믿었다. 그래서인지 헉슬리는 1932년에 초판이 나온《멋진 신세계》에 핵분열 즉 원자폭탄에 대한 언급이 없다는 것을 스스로 해명했다. 1932년이라면 핵분열에 대한 지식이 상당수 쌓여 있었다. 실제로 헉슬리는 일본에 원자폭탄이 투하되기 전, 즉《멋진 신세계》를 집필하기 여러 해 전에 사람들과 이미 핵분열에 대한 대화를 자주 나누었다. 심지어 《멋진 신세계》를 출간하기 훨씬 전 1920년대에 본인이 발표한 한 소설에서도 핵분열을 다루었다. 미래를 다루는 책은 실현 가능성이 있어야 한다고 믿었던 헉슬리는 왜 핵분열에 대한 가능성을 충분히 인식하고 있었음에도 《멋진 신세계》에서는 다루지 않았을까? 이 의문에 대한 헉슬리의 설명은 이렇다.

《멋진 신세계》는 우리가 과학이라고 하면 떠올리는 거창한 과학을 다룬 소설이 아니라 인간의 일상생활에 영향을 미치는 과학을 다루는 소설이라는 것이다. 물리학이나 화학은 인간의 삶을 파괴하거나 복잡하게 만드는 분야를 주로 연구한다. 물론 핵분열은 물리학이 일군 위대한 업적이지만 사람의 일상생활과는 크게 상관이 없다. 그러나 생물학이나 심리학은 우리들의 일상생활과 깊은 연관이 있고 삶의 형태를 변화시킨다. 즉 헉슬리는 인류의 거대한 혁명보다는 개인의 일상생활에서의 변화에 주목했기 때문에 핵분열을 다루지 않았다는 결론에 도달한다.

다시 말하자면 핵분열이라는 기술을 접하고 영향을 받는 사람은 극소수이지만 아이를 쉽게 가지지 못하여 시험관 인공 수정 기술을 통해서 자식을 얻는 사람은 어렵지 않게 볼 수 있지 않은가. 그러니까 헉슬리는 많은 사람들이 공통으로 겪는 과학 기술에 주목했고 그것을 소설의 주제로 삼았다. 물론 헉슬리의 의도에 맞게 《멋진 신세계》에서 다룬 인간 생활의 변화는 상당수가 실현되었으며 의도적으로 인간을 대량 생산하고 뇌파까지 통제하는 기술은 머지않아 실현될 가능성이 높다. 이미 동물을 복제하는 기술은 오래전에 개발되지 않았는가.

《멋진 신세계》를 읽다 보면 과연 이 소설이 청소년 추천서로 적당한지 의문이 든다. 주의 깊게 읽지 않으면 이 소설의 서사마저 따라가기 어려우며 심지어는 이 소설이 주는 메시지를 전혀 이해하지 못할 수도 있다. 다만 우리나라에 출간된 번역본의 질이 만족스럽지 못하다고 지적하는 독자가 적지 않다는 것을 감안하면, 이 소설을 읽으면서 느끼는 난해함이 어느 정도는 번역의 질에서 기인한 것일 수도 있겠다는 생각도 든다.

흔히 이 소설과 비교되는 오웰의 《1984》가 탄탄한 서사와 긴장감을 놓치지 않게 하는 빠른 전개를 자랑하는 것과 달리, 전체적으로 철학적이고 사변적인 서술이 많다는 점이 독자들을 곤혹스럽게 만든다. 다만 《멋진 신세계》는 거시적인 과학 발달의 성과와 더불어 인간이라면 누구나 경험하고 생각해 볼 수 있는 일상적인 주제를 다뤘다는 점에서 도전해 볼 만하다. 또 자유와 의지를 박탈당하지만, 본인이 원하는 모든 쾌락을 제공하는 사회가 궁금하다면 분명 읽을 가치가 충분하다.

사실 실현 가능성이 있어야만 독자들의 관심을 받을 수 있다는 헉슬리의 주장에는 동의하기 어렵다. 개인적인 생각이지만 소설이라는 장르를 읽을 때 독자들은 '꾸며낸 이야기'라는 전제를 한다. 다만 작가의 상상력과 문장력 그리고 서사에 관심을 두지 미래를 이야기하는 책이라고 해서, 실현 가능성을 따져 보는 것은 일상적인 독자의 행보는 아니라고 생각한다. 우리가 열광하는 판타지 소설이나 공상 과학 소설을 미래에 실현될 가능성 때문에 읽는 것은 아니다. 미래 사회가 궁금하면 우리는 미래학자나 과학자가 쓴 저서를 읽으면 된다. 1932년에 살았던 독자들이 《멋진 신세계》에 등장하는 시험관 아기가 미래에 실현될 것이라고 생각해서 읽지는 않았을 것이다. 그러나 한편으로는 1932년이라면 우리나라가 일제 강점기였는데, 이 시대에 시험관 아기를 상상했다는 그 자체만으로도 헉슬리의 천재성에 감탄하게 된다.

자책감은 좋은 행동이 아니다

운동 경기 중계를 보다 보면 자책감에 대한 흥미로운 사례를 접하게 된다. 경기를 하다가 실수를 저지른 선수가 아무렇지 않다는 듯이, 껌을 질겅질겅 씹거나 심지어 미소까지 지으면 관중들은 분노한다. 죄책감이 없고 반성의 기미가 없다는 이유일 거다. 그런데 역설적이게도 선수가 자신이 한 실수 때문에 괴로워하고 죄책감에 사로잡히면 오히려 팀에 해가 되는 경우가 많다. 자신의 실수 때문에 패배할지도 모른다는 생각에 파고들면서 평소 자신이 가지고 있는 실력을 십분 발휘하지 못할 수도 있다. 우리는 은연중에 자책감을 미덕이라고 생각한다. 사실 타인의 실수나 잘못 때문에 손해를 보게 되더라도 그 당사자가 자책감을 표시하고 사과를 하면 화가 누그러지기도 한다. 심지어 법정에서조차 '반성의 기미'를 주요한 양형의 기준으로 삼기도 한다.

헉슬리는《멋진 신세계》서문에 '만성적인 자책감이야말로 오물 구덩이 속에서 나뒹구는 행위에 지나지 않다'는 말을 한다. 헉슬리는 왜 소설의 서문에서 자책감을 이야기했을까? 헉슬리는 작품에 대한 미흡함 때문에 오래 자책하고 완벽성을 이루기 위해서 뒤늦게 보완하는 것은 허황된 행위라고 생각했다. 이런 행위는 귀한 중년 시절을 낭비할 뿐이며, 옛 작품을 수정할 시간에 차라리 다른 작품을 시작하는 편이 낫다고 생각했다. 지나간 작품의 실수는 그 작품이 가지고 있는 장점과 함께 내버려 두고 새로운 이야기를 독자들에게 들려주는 것이 낫다는 것이다. 이런 생각에 따라 헉슬리는 자신이《멋진 신세계》에서 범한 오류를 지적하고 설명할 뿐 고치지는 않았다.

글을 쓰는 사람으로서는 굉장한 용기라고 생각한다. 나만 해도 그렇다. 예전에 낸 책이 2쇄를 찍게 되었을 때 무척 기뻤는데, 책이 많이 팔려서가 아니라 초판에 남은 오자와 사소한 오류를 수정할 수 있게 되어서였다. 작가에게 책 속의 오류란 틀린 답안지를 그대로 둔 것 같은 찜찜함이 동반된다. 따라서 많은 작가들은 기회가 주어진다면 옛 작품을 수정하고 싶어 한다. 그런데 어떤 작가가 이십 대에 쓴 소설을 육십이 넘고, 죽기 직전까지 수정에 수정을 거듭한다면 어떨까? 누구는 작품의 완성도를 높이기 위한 장인 정신으로 추앙하겠지만, 그의 글을 좋아하는 어떤 독자들은 새로운 작품을 읽고 싶지 않을까? 물론 수정을 거듭하면 후대의 독자들은 거의 완성된 판본을 읽게 되겠지만, 고쳐 쓴 답안지보다는 서투르지만 첫 작품을 사랑했던 독자들도 있지 않았겠는가. 나 또한 내가 좋아하는 작가가 옛 작품을 개정해서 내는 것보다는 부족하더라도 새로운 작품을 내놓았으면 좋겠다고 생각한다.

정치적 자유가 줄어들면
성 산업이 활성화된다

《멋진 신세계》에서는 도덕에 대한 개념이 없이 누구와도 자유롭게 성생활을 하는 설정이 등장한다. 전체주의 사회가 어떻게 개인을 통제하는지에 대한 정확한 예에 속한다. 전체주의 체제에서는 개인의 정치 경제 사회적인 자유를 억압한다. 대신 스포츠, 쇼, 성 관련 산업을 촉진함으로 국민을 문제의식 없이 고분고분하게 순종하면서 살게 만든다. 1980년대 군사 정권하에서 우리는 이런 상황을 충분히 겪었다. 당시 군사 정권은 언론을 통폐합하여 국민의 알권리와 말할 권리를 박탈했다. 대신 스포츠, 쇼, 성 산업을 활성화시켜서 국민의 불만을 다른 곳으로 분산시켰다. 올림픽 개최나 프로 야구도 이 당시에 추진되었다. 정치 드라마를 보면 이 당시 일본의 노련한 정객이 우리의 최고 권력자에게 3S정책(sports, show, sex)의 추진을 조언하는 장면이 나온다. 그 노련한 일본의 정치가는 독재 정치를 어떻게 유지하는지에 대한 경험이 풍부했을 것이다. 이 대목을 보면 미래를 예측하려는 헉슬리의 목표가 정확히 실현되었다는 것을 알겠다. 1932년에 출간된 소설이 1980년대 지구 반대쪽 한국의 독재자의 행태를 고스란히 말하고 있으니 말이다.

세상의 주축을 이루는 것은
사상가가 아니고 우표 수집가

1980년대 우리나라 군사 정권이 보여 주었듯이 전체주의 정권은 비판적인 지식인을 원치 않는다. 마치 거대한 기계의 부품처럼 자신에게 부여된 소소한 임무에만 능통하고 그 임무에만 충실하도록 통제한다. "사회의 주축을 이루는 것은 사상가가 아니라 실톱으로 세공을 하는 기능인이나 우표 수집가 등의 사람들이다."라는 말이 《멋진 신세계》에 등장하는 이유다.

전체주의 사회의 행복한 구성원이 되려면 자신에게 부여된 일에 대한 기능만 가지고 있어야지 사회 전체를 관망하는 지식이나 보편성은 사회악에 불과하다. 즉 통찰력이 뛰어나 정권을 비판하는 사상가보다는 실톱으로 세공을 하는 기술자처럼 그저 세공 기술에만 익숙한, 다른 분야에는 비판적인 시각을 가지지 않는 사람을 전체주의 사회에서는 높게 평가한다는 것이다.

그러므로 전체주의 정권은 자신들이 통제하는 국민이 자신에게 부여된 숙명을 사랑하고 만족하도록 '습성 훈련'을 시킨다. 습성 훈련에 익숙해진 국민은 자신이 하고 있는 매우 특수한 임무 이외에는 다른 지식이 거의 가지지 못한다. 인간은 기계의 부품에 지나지 않으며 부품은 그저 자신에게 부여된 기능에 충실하도록 설계된 존재다.

《멋진 신세계》는 굉장히 안정된 사회라고 할 수 있다. 어쩌면 플라톤이《국가론》을 통해서 말한 이상 국가의 모습에 가깝다. 플라톤은 사회 구성원이 각자에게 적합한 일을 하고, 그 일을 성실하게 해냄으로 사회 전체가 조화를 이룬다고 생각했다. 특히 국가의 통치는 철인哲人에게 맡겨야 한다고 주장했다. 플라톤이 가끔 전체주의자라는 평을 받는 이유다. 우리는 헉슬리가 플라톤의《국가》를 참고하면서《멋진 신세계》를 집필했는지 여부는 알 수 없다. 다만《멋진 신세계》의 상당 부분이 플라톤의《국가》에 빚을 지고 있는 것은 확실하다.《멋진 신세계》는 1932년에 2500년대의 미래를 상상하면서 쓴 소설인데, 정작 주요 내용은 2500년 전에 살다가 간 철학자의 생각과 비슷하다는 것은 흥미롭다.

《멋진 신세계》에서는 모든 인간은 부모가 없다. 자동화 기계 시스템을 통해 인공 수정되며 유전자 조작을 통해 다섯 가지 계급으로 나누어진다. 각 계급별로 필요한 기술과 교육이 주입된다. 그리고 불안, 불만, 우울증, 강박증 등을 '소마'라는 마약과 같은 환각제로 해결한다. 일단 소마를 복용하면 끊임없는 행복감과 쾌락을 느낄 수 있다. 상류층은 상류층대로 하류층은 하류층대로 소마를 공급받고 자신들이 원하는 쾌락을 맛본다. 따라서 다른 계급에 대한 질투나 시기가 없으며 자신에게 부여된 계급에 대한 불만도 없다. 또 누구나 늙지 않고 젊음을 유지하며 죽음에 대한 공포마저 없으니 종교가 필요 없는 사회이기도 하다.

알다시피 인도는 여전히 세습적 계급 제도, 카스트가 유지되고 있다. 수많은 계급으로 나눠지며 가장 낮은 신분인 불가촉천민들은 평생 세탁을 하거나 화장실을 치우는 일을 하면서 살아야 한다. 놀랍게도 불가촉천민들의 상당수가 자신들의 운명에 대해서 불만이 없다고 한다. 비록 현생은 불가촉천민으로 살아가지만 다음 생애에는 더 나은 계급으로 태어날 수 있다는 믿음을 가지고 있기 때문이다.

인간은 누구나 현재보다 더 나은 삶을 추구할 권리가 있다. 그런데도 보다 괜찮은 인생을 살고자 하는 의지마저 상실하게 하는 종교적인 믿음이 있다니. 그러한 믿음은 개인을 기계 부품으로 여기는 전체주의 정권과 크게 다르지 않아 보인다. 다음 생애는 다른 계급으로 태어날 수 있다는 믿음이야말로 상상 속에 존재하는 현실을 잊게 하고 불만을 재워 주는 소마가 아닐까? 소마는 인도에서 제사를 지낼 때 쓰던 술로, 신의 음료라고 불리기도 하고 환각을 일으킨다고도 알려져 있다.

통제된 행복 vs. 자유로운 불행

《멋진 신세계》에서는 모두가 잘살고 안전하며 질병을 앓지 않는다. 누구나 행복하고 원하는 것을 얻으며 얻지 못할 대상을 원하는 감정 또한 없다. 진정한 멋진 신세계라고 말할 수 있다. 철강이 없으면 자동차를 만들지 못하듯이 애초에 불행이 없는 사회이기 때문에 비극을 생산할 방법이 없다. 부화기로 대량 생산된 인간이기 때문에 행복과 불행을 동시에 만들어 내는 가족 관계도 없다. 가족 관계가 없다 보니 부모가 늙고 병 들며 죽어 가는 것을 보는 고통을 겪을 일이 없다. 배우자 관계가 없으니 부부간의 갈등이나 이혼 그리고 자녀 문제로 골치 아플 일도 없다. 그리고 주어진 길 말고는 다른 길을 생각하지도 원하지도 않게 통제되니, 갖지 못하는 것을 가지고 싶은 욕구조차도 없다.

물론 이런 사회를 원하는 사람도 있다. 그래서 이 소설을 관찰자의 시점으로 보면 디스토피아 소설이지만, 본인에게는 유토피아 소설이라고 생각하는 사람도 적지 않다. 비록 본인이 선택한 인생은 아니지만, 본인이 처한 운명에 만족하고 불안이나 공포가 없으며 본인이 원하는 쾌락을 모두 누릴 수 있다면 그것이야말로 모든 사람이 원하는 삶이 아니겠느냐는 것이다. 그래서 기왕에 디스토피아가 올 거면 《1984》와 같이 암울하고 무서운 디스토피아가 아니고 《멋진 신세계》에서 말하는 무한 쾌락이 제공되는 디스토피아가 왔으면 좋겠다고 생각하게 되는 것이다.

과연 이런 통제된 행복이 자유로운 불행보다 나은 삶일까? 사람은 누구나 자신이 걸어온 인생을 되돌아보고 후회를 하기 마련이다. 절대로 후회를 하지 않는 삶이 흔하지는 않는다고 생각한다. 나는 늘 부족하다고 생각해서 늘 과거의 어느 시점으로 되돌아가면 다른 인생을 살았을 것이라고 상상한다. 또 살아오면서 양친에게 많은 사랑을 받았지만 그분들이 병으로 고통받고 세상을 뜨는 경험은 끔찍했다. 그렇다면 대량으로 부화되는 병아리처럼 차라리 가족 관계가 없는 하나의 공산품 같은 존재는 과연 행복한 삶일까?

그렇지는 않을 것이다. 우리가 느끼는 행복이란 불행이 존재하기 때문에 느낄 수 있다. 고된 일을 하고 나서 마시는 맥주 한 잔이 유독 달콤한 이유는 고된 노동이 있었기 때문이다. 우리는 가족으로 인해 불행도 겪고 괴로운 시절도 보내지만, 역시 가족이 있어서 불행을 이겨 내고 살아갈 용기를 얻는다. 또 힘든 일이 있을 때에는 가족을 생각하면서 이겨 내기도 한다.

서울대 지원자들이
가장 많이 읽은 책 20

6
사람은 누구나
변할 수 있다

기시미 이치로와 고가 후미타케 《미움받을 용기》

□□□

한 권의 책 제목에서 유래된, 남의 눈치를 보지 말고 살아가라는 '미움받을 용기'는 이제 하나의 신조어가 되었다. 프로이트, 융과 함께 세계 3대 심리학자로 꼽히는 아들러 심리학을 기초로 2인극 형식으로 쓰인 책 《미움받을 용기》는 인간관계 속에서 살아갈 수밖에 없는 우리에게 새로운 관점을 제시하며 자유로워질 것을 주문한다. 사람은 과거의 경험으로 많은 영향을 받는다는 프로이트 심리학에서 벗어나 우리는 누구나 변할 수 있고 행복해질 수 있다는 긍정의 메시지를 던져 주며, 우리가 만나는 수많은 난관을 헤쳐 나갈 힘은 결국 우리 자신에게 있음을 일깨워 준다.

자기계발서는 백해무익한가?

책을 꽤 읽었다면 자기계발서를 싫어하는 경우가 많다. 물론 나도 자기계발서를 즐겨 읽지는 않는다. 많은 사람이 자기계발서는 어설프게 위로의 말을 던지고, 누구나 알고 있지만 실천하기 어려운 말을 한다거나, 어설픈 희망과 위로를 주는 책으로 인식한다. 그리고 읽을 때는 그럴듯하다고 고개를 끄덕이게 되지만 읽고 나면 금방 잊힌다는 말도 한다. 《미움받을 용기》에 대한 추천사를 쓴 문화심리학자 김정운 선생도 자기계발서를 싫어하는데, 이 책은 다그치지 않고 논리적으로 차근차근 따져 가면서 이야기를 풀어 가기에, 여느 자기계발서와는 다르다고 말한다. 또한 알프레드 아들러의 개인심리학을 토대로 '인생의 과제', '인정욕구', '타자

공헌' 등과 같은 개념을 대화 형식으로 쉽게 풀었다는 장점도 높이 샀다. 자기계발서를 싫어하는 사람이 추천하는 자기계발서라니 호기심이 생길 수밖에 없었다. 직접 읽어 보니 과연 김정운 선생의 추천사가 이해되었다. 여러모로 신선한 충격이 있었고 책장을 덮자마자, 여러 번 이 책을 읽어서 완전히 내 것으로 숙지하고 실천해야겠다는 생각이 들었다. 이 책은 굳이 물리적인 실천이 아니더라도 책이 말하는 생각을 염두에만 두어도 더 행복한 인생을 살아가는 데 큰 도움이 되겠다 싶었다.

데일 카네기는 아들러를 '평생 사람과 그 잠재력을 탐구한 위대한 심리학자'라고 추앙했고, 그의 저서 곳곳에 아들러의 생각을 반영했다고 한다. 카네기가 누구인가? 자기계발서를 쓰레기에 지나지 않는다고 비판하는 사람들조차 꼭 읽어 봐야 할 좋은 책이라고 추앙하는 《인간관계론》의 저자이다. 이른바 자기계발서의 조상이며 우리 시대의 고전이라고 할 만한 책을 쓴 인물이다. 《인간관계론》은 처세, 자기 관리, 화술, 통솔력에 관한 실용적인 조언으로 현대인의 사랑을 받는 책이기도 하다. 카네기가 《인간관계론》을 저술하면서 아들러의 심리학에 커다란 영향을 받았다는 것은 아들러 심리학이 그저 그런 뻔한 말을 하는 지루한 학문이 아니라는 것을 증명하는 듯하다. 그런 의미에서 《미움받을 용기》는 인간관계와 인간 이해에 관한 실질적인 도움을 주는 책이라고 말할 수 있을 것이다.

트라우마라는 환상

《미움받을 용기》를 읽으면서 처음 만난 가장 충격적인 것은 거의 상식처럼 굳어져 있는 트라우마라는 개념을 철저히 무시하는 대목이다. 가령 개를 유난히 싫어하는 내 친구는 어렸을 적에 개에게 물린 적이 있어서 어른이 되어서도 개를 싫어하고 무서워한다고 말한다. 현재의 모든 상황에는 원인이 있다고 생각하는 사람이 많다. 즉 과거의 사건이 원인이 되어 현재의 자기 자신의 결과를 만들었다고 믿는다. 이 논리에 따르자면 어렸을 적에 개에게 물린 사람은 모두 성인이 되어서 개를 싫어해야 마땅하다. 현재 상황을 과거의 원인에서 찾는다면 결국 모든 상황이 '결정론'에 이르게 된다. 다시 말해서 우리의 현재뿐만 아니라 미래도 모두 과거의 사건에 따라서 결정된다는 결론에 도달한다는 것이다.

하지만 아들러 심리학은 현재 상황과 과거의 사건은 아무런 관계가 없다고 주장한다. 현대의 거의 모든 사람이 상식으로 인식하고 있는 프로이트의 '트라우마' 개념을 정면으로 부정한다. 아들러는 과거의 원인보다는 현재의 목적에 주목한다. 즉 어렸을 때 개에게 물렸기 때문에 성인이 되어서 개를 싫어하는 친구는 '개에게 물린 경험이 있어서'가 아니고 '개를 싫어하니까 개에 대한 공포를 지어내는 것'이라고 생각한다. 이것을 아들러 심리학에서는 '목적론'이라고 부른다.

매사를 과거의 사건에서 그 원인을 찾는다면 어떤 문제가 생길까? 가령 심한 감기에 걸려서 병원에 갔는데 의사가 '당신이 어제 옷을 너무 얇게 입어서 감기에 걸린 것이다'라고 말하고 진료를 마친다면 만족할 수 있을까? 당장 열이 나고 아픈 사람에게는 감기에 걸린 원인도 중요하지만, 그보다 적절한 치료를 받는 것이 더 급하다. '원인론'에 중심을 둔 정신과 의사나 상담가는 '우리가 현재 겪고 있는 고통이 과거의 어떤 일 때문에 그렇다고 말할 뿐이며 당신의 잘못이 아니라고 위로할 뿐'이라며 아들러 심리학은 비판한다. 트라우마야말로 원인론의 전형이기 때문에 아들러 심리학은 트라우마를 부정한다.

물론 아들러 심리학이라고 해서 과거의 경험이 인격 형성에 전혀 영향을 미치지 않는다고는 주장하지 않는다. 다만 과거의 경험이 사람의 어떤 일을 결정하지는 않는다고 말할 뿐이다. 어떤 인생을 사는 것은 우리가 결정할 일이지, 과거의 경험으로 결정되지는 않는다는 것이다. 누군가 어린 시절 부모에게 학대당해 방안에만 틀어박혀 사회생활을 하지 않으려고 한다면, 그에게는 분명 그렇게 생각하고 싶은 목적이 있으며, 그 목적이란 '밖에 나가지 않겠다'는 것이다.

그렇다면 그는 왜 그런 목적을 가지게 되는 것일까? 이유는 밖에 나가지 않아야 부모와 주변 사람의 관심을 받을 수 있기 때문이라고 아들러 심리학은 말한다. 즉 자식이 사회생활을 하지 않고 사람을 만나지 않는다면 부모는 그 자식을 걱정하고 관심을 쏟을 수밖에 없다. 그는 밖에 나가서 주목받지 않는 사람이 되기보다는 차라리 집에 틀어박혀 부모의 관심을 독차지하는 길을 선택했으며, 그 목적을 달성하기 위해서 과거의 트라우마를 수단으로 삼았다는 설명이다. 사람은 모두 특정한 '목적'에 따라서 살고 있으며 이것이 아들러 심리학이 말하는 목적론이다.

아들러 심리학이 트라우마를 극복한 것은 돌직구처럼 시원하기도 하고, 더 행복한 삶을 위해서 유용하기도 하다. 생각해 보면 우리는 트라우마를 핑계 삼아 수많은 기회를 포기하고 있는지도 모른다. 개 물림이라는 트라우마를 핑계로 개를 멀리하던 사람이 용기를 내서 개와 친해진다면 삶이 더 풍요로워질 수도 있다. 또 어린 시절 학대당한 경험을 극복하고 당당하게 사회에 진출할 수도 있다. 트라우마라는 과거의 경험이 현재와 미래를 결정한다면 우리 인간이 뭘 할 수 있겠는가. 그저 과거가 그려 놓은 길을 따라서 흘러갈 수밖에 없는 무기력한 존재로 살아갈 수는 없지 않은가. 우리는 과거의 경험이나 실패에 영향을 받지만 그것들을 극복하지 않고는 더 나은 삶을 살기가 어렵다. 실제로 동서고금을 막론하고 자신에게 불리한 경험을 이겨 내고 성공적이고 행복한 삶을 누린 사례는 얼마든지 있다. 우리가 어떤 인생을 사는지는 모두 우리가 어떤 인생을 살기로 했느냐에 달렸다고 아들러 심리학은 말한다.

그러나 트라우마가 아들러 심리학이 말하는 것처럼 다른 목적을 이루기 위한 핑계쯤으로 여길 수 없는 경우도 있다. 예를 들면 어린 시절 물장난을 치다가 거의 익사할 뻔한 사람은 거의 본능적으로 수영을 싫어하고 무서워한다. 물론 그에게는 그 트라우마를 핑계로 특별히 추구해야 할 다른 목적도 없다.

인간은 분노를 일부러 만들어 낸다

아들러 심리학이 트라우마를 부정한 것만큼이나 더 놀라운 주장은 분노에 관한 새로운 해석이다. 아들러 심리학은 인간이 모두 일의 원인보다는 목적에 따라 행동한다는 주장을 뒷받침하기 위해서 분노라는 감정도 끌어온다.

당신이 값비싼 새 옷을 입고 카페에 갔는데 지나가던 웨이터가 실수로 당신의 옷에 커피를 쏟았다고 가정해 보자. 당신은 평소 온화한 성품이지만 그 순간 큰소리를 내며 화를 냈다. 이 상황은 누구나 웨이터가 당신의 새 옷에 커피를 쏟았다는 원인 때문에 당신이 큰소리로 화를 냈다고 생각한다. 그런데 아들러 심리학은 이 상황마저 원인보다는 목적에 따라서 당신이 화를 냈다고 말한다. 화가 나서 큰소리를 낸 것이 아니고 큰소리를 내기 위해서 화를 냈다는 것이다. 다시 말하면 당신은 애당초 큰소리를 내서 웨이터를 굴복시키는 것이 목적이었으며, 분노는 그 목적을 달성하기 위한 위장에 불과하다는 것이다. 언뜻 생각해 보면 이해하기 어려운 주장이다.

이에 대한 아들러 심리학의 설명을 덧붙이자면, 이렇다. 당신은 그 웨이터에게 큰소리가 아닌 조곤조곤한 말로 이야기하더라도 당신이 원하는 소기의 목적, 즉 세탁비를 따로 받거나 정중한 사과를 받을 수 있다는 것을 사전에 알고 있었다. 하지만 그것보다는 분노라는 좀 더 빠른 수단을 이용해서 웨이터를 굴복시키려 했다는 것이다. 아들러 심리학에 따르자면 분노라는 감정은 언제라도 조절할 수 있다. 분노하는 당사자에게 화를 내면서 고함을 지르다가도 제삼자에게 이야기할 때는 차분하게 목소리를 낮추는 경우를 사례로 들었다. 그러니까 사람은 목적을 이루기 위해서 분노라는 위장된 감정을 이용한다는 말이다.

얼핏 생각해 보면 일리가 있다. 가령 자식들이나 학생들은 부모와 선생님이 차분하게 부드럽게 말을 하면 충분히 알아듣고 자신의 잘못된 행동을 고칠 용의가 있는데 갑자기 화를 내고 고함을 지르면 자기 잘못을 잊고 반항심이 생기곤 한다. 부모나 교사가 좀 더 인내심을 가지고 부드럽게 타이르면 자식과 학생이 자기 뜻에 따르리라는 것을 안다. 그렇지만 일일이 차근차근 설명하고 타이르는 것이 귀찮은 나머지 버럭 화를 냄으로써 좀 더 빨리 자식과 학생의 행동 변화를 얻어 내려고 한다.

한편으로는 아들러 심리학에서 다루는 분노에 대한 설명에 동의하기 어려울 때도 있다. 우리가 종종 생각할 겨를도 없이 본능적으로 화를 내고 고함을 지를 때도 있지 않은가. 예를 들어 혼자 깊은 생각에 빠져 있을 때 갑자기 누군가 뒤에서 놀라게 한다면, 깜짝 놀라 버럭 화가 나는 경우도 있다. 이 찰나에 우리는 특정한 목적을 생각할 겨를이 없다. 상대가 고의로 자신을 놀라게 한 행위라는 원인에 대해서 반사적으로 분노를 표출할 뿐이다.

불행을 우리 스스로 선택한다고?

많은 사람이 자신의 불운을 한탄한다. 다른 사람은 운이 좋은데 왜 본인만 유독 불운한지 답답해하고 자신의 운명을 자책하기도 한다. 그러면서 자신이 타고난 운명은 바꾸지 못하는 것으로 치부하고, 운명이 정한 자신의 인생을 고치려고 시도하지도 않는다. 물론 사람은 자신이 타고난 성품에 의해서 인생을 살아가게 된다는 생각에도 일리가 있다. 타고난 성품이 인생을 결정한다는 주장은 고전문학에서도 자주 등장한다. 셰익스피어의 비극 작품 속 주인공이 그렇다. 햄릿은 우유부단한 성격 탓으로, 리어왕은 어리석고 다른 사람의 말을 곧이곧대로 믿는 성격 때문에 비극적인 결말을 맞이한다.

아들러 심리학은 우리의 인생은 얼마든지 바꿀 수 있다고 믿는다. 타고난 운명이라든가 불운을 초래하는 좋지 않은 성품도 얼마든지 극복할 수 있다는 것이다. 그러면서 우리의 불행은 우리자신이 선택한 것이라고 일갈한다. 세상에 불행해지기를 원하는 사람은 없지 않은가. 그런데 아들러 심리학은 무슨 이유로 스스로 불행을 선택한다고 주장할까? 인생을 살아가면서 자신의 바람직하지 않은 성품이 불운이나 실패를 가져올 확률이 높다는 것을 우리는 알게 된다. 나만 해도 그렇다. 꼼꼼하지 않은 성격으로 수없이 많은 실패와 실수를 저질렀고 그런 나를 수없이 자책했지만 좀 더 신중해지려는 노력에는 인색하다.

이런 현상에 대한 아들러 심리학의 설명은 이렇다. 우리는 각자가 가지고 있는 성격적인 결함을 잘 알고 있지만, 굳이 성격을 고쳐서 행동을 변화시키려고 노력하지 않는데 그 이유는 지금 이대로가 편하기 때문이다. 신중하지 못한 성품 때문에 많은 고생을 한 사람은 좀 더 꼼꼼하고 신중하게 모든 일을 처리하려는 노력 자체를 귀찮고 번거롭게 여기기 마련이다.

다시 말해서 다소 부족한 성품을 본인은 잘 알고 있지만, 그것을 고쳐서 다른 인생을 살려고 노력하기보다는 지금까지 지켜 온 성품을 그대로 지켜 나가는 것이 편하기 때문이다. 성품을 고쳐서 새로운 생활 양식을 선택하는 것은 불안하고 예측할 수 없어서 주저되는 것이다. 아들러 심리학의 이 주장에는 매우 공감이 된다. 나 또한 가끔 용기를 내서 지금까지 살아온 생활 양식을 바꾼 경험이 있는데 확실히 지금까지 겪어 온 실패가 줄어든다는 것을 알게 되었다. 그 누구도 실패하도록 태어난 인생은 없으며 생활 습관을 고칠 용기만 있다면 누구나 행복해질 수 있다.

서울대 지원자들이
가장 많이 읽은 책 20

우리는 왜 변화하려고 시도하지 않는가?

아들러 심리학은 우리가 생활 습관을 바꿀 용기만 있다면 누구나 행복해질 수 있다고 말한다. 이 논리에 반박할 사람은 많지 않을 것이다. 그렇다면 우리는 왜 행복해질 시도조차 하지 않는 것일까? 물론 현재의 생활 양식에 익숙하고 뭔가를 바꾸는 것에 대한 두려움도 원인이 될 수 있겠다. 아들러 심리학은 여기에 실패에 대한 두려움을 더한다.

최근 보게 된 드라마의 한 장면이 생각났다. 경기도에서 서울로 대중교통 수단을 이용해서 출퇴근하는 한 청년이 부친의 가게에서 일하는 직원의 숙소에 우연히 들어갔다가 수억 원을 호가하는 승용차 열쇠를 발견한다. 다시 태어나지 않는 이상 그 승용차를 탈 확률이 없는 그 청년은 잠시나마 그 차를 빌려서 타고 다닐 꿈에 흥분을 감추지 못한다. 밤늦게 돌아온 직원에게 차 열쇠를 내밀며 무릎을 꿇은 채 애원한다. 흥미로운 것은 그 차를 빌려 달라고 애원하는 것이 아니고 그 차를 실제로 가지고 있는 것은 아니라고 말하지 말아 달라고 통사정한다. 그 청년은 직원이 차 열쇠만 가지고 있고 실제로는 차가 없다는 사실을 알게 되는 것이 무서웠다. 잠시나마 평생 꿈꿀 수 없는 차를 몰게 될지도 모른다는 행복감에 취하고 싶었다.

나도 비슷한 성향을 보인다. 성공할지 실패할지 모르는 일을 시도하는 것이 두렵다. 성공할지도 모른다는 가능성을 오래 간직하고 싶고 실패가 현실화하는 것이 무섭다. 따지고 보면 실패가 현실화하면 당장은 힘들겠지만, 실패에 대한 대책을 미리 마련할 수 있다. 미루다가 뒤늦게 실패하면 그에 대한 대처마저 급하게 처리해야 하니 결국은 손해가 되지만, 나는 평생 이 성향을 고치지 못하고 있다. 자신에게 익숙한 습관을 버리고 새로운 생활 양식을 선택하는 것은 쉬운 일이 아니지만, 자신이 언제까지나 불운한 인생을 살고 싶지 않다면 용기를 내야 한다는 것을 이 책을 통해서 실감한다.

타인의 과제에 개입하지 마라

많은 부모는 자식에게 공부를 열심히 하라고 잔소리하면서 '이게 다 너를 위한 거야'라는 부언을 잊지 않는다. 과연 그럴까? 아들러 심리학은 아니라고 말한다. 자식이 좋은 대학에 입학하기를 바라는 부모의 심리에는 자신의 체면과 명예가 숨어 있다. 그 부모는 자식이 좋은 대학에 다니면 자신의 명예와 체면이 올라간다고 생각하기 때문이다. 아마 이런 부모에게 아들러는 이렇게 말할 것이다. 타인의 과제에 개입하지 마라. 가령 어린 자식이 장난감을 어지럽혀 놓았을 때 자식이 스스로 정리할 수 있게 유도하는 부모도 있겠지만, 부모 스스로가 나서서 정리해 버리는 부모도 있다. 신발 끈을 묶을 때도 마찬가지다. 시간이 걸리더라도 아이 스스로 묶을 때까지 기다리는 부모가 있지만, 제 손으로 서둘러 묶어 주는 부모도 있다.

여기서 아들러 심리학은 장난감을 정리하고 신발 끈을 묶는 것은 '아이의 과제이지 부모의 과제가 아니다'라고 말한다. 그렇다고 자식을 방치하고 무시하라는 뜻은 아니다. 자식의 일은 자식이 스스로 결정하게 맡기는 한편 부모는 자식을 도와주고 응원하는 일을 하면 된다는 것이다. 학교 현장에서도 마찬가지다. 공부는 학생의 과제이지 교사의 과제가 아니며, 교사는 학생들이 학업에 열중하도록 동기 부여를 하고 잘 이끌어 주는 역할에 최선을 다하면 된다.

또한 아들러 심리학은 칭찬은 '고래도 춤추게 한다'는 보편적인 논리에 정면으로 대항한다. 양육을 포함하는 모든 의사소통에서 칭찬과 야단은 모두 좋지 않다고 주장한다. 나 또한 그러한 경험이 있다. 예전에 어떤 책에 대한 서평을 쓴 다음, 온라인으로 소통했던 그 책의 저자에게 자랑스레 그 서평을 보인 적이 있다. 그런데 어쩐 일인지 그 저자는 달가워하지 않는 반응이었다. 당시에는 의아했는데, 아들러 심리학을 접하고서야 그 저자의 심정을 짐작을 할 수 있었다. 인간관계는 상호 간의 평등이 중요한데, 칭찬하는 행위는 칭찬하는 당사자가 상대방보다 더 상위에 있다는 뉘앙스를 준다. 그 저자는 내 서평에서 마치 아랫사람을 칭찬하는 듯한 문구를 발견했을지도 모른다. 나는 그와의 관계를 수평 관계가 아닌 수직 관계라고 설정한 서평을 썼기 때문에 그 저자는 당연히 불쾌했을 것이다.

아들러 심리학은 칭찬의 배후에 수직 관계가 숨어 있다고 생각한다. 칭찬을 받는 것은 기분 좋은 일이지만 칭찬받을수록 자기 삶이 아닌 타인의 삶을 사는 셈이다. 칭찬받았다는 것은 칭찬을 한 사람의 성향에 맞는다는 뜻이지 않겠는가. 칭찬을 더 받으려고 노력한다면 타인의 욕구와 기준에 맞추는 삶을 살 수밖에 없다. 그렇다면 우리는 칭찬 대신 어떤 말을 해야 할까? 아들러 심리학은 '고맙다', '큰 도움이 되었다'는 식으로 자신의 솔직한 심정을 표현하는 것이 수평 관계를 유지하는 좋은 태도라고 말한다. 결국 다른 사람을 평가하는 대상이 아닌 협력하는 대상으로 봐야 한다는 것이다.

《미움받을 용기》는 자기계발서라기보다 철학책을 읽는 느낌을 준다. 그만큼 이론적인 배경이 탄탄하고 논리적이며 자신의 인생을 변화시켜야겠다는 동기 부여를 제공해 주는 책이다. 다른 사람의 시선을 지나치게 의식하고 무기력하고 열등감에 시달린다면 이 책으로 많은 용기를 얻을 수 있을 것 같다. 많은 사람들이 시달리는 트라우마를 완전히 부정하고 분노를 스스로 만들어 낸다는 등의 다소 억지스러운 주장도 있지만, 자신의 의지에 따라서 얼마든지 자신의 운명을 바꿀 수 있다는 시각은 꽤 신선하다.

서울대 지원자들이
가장 많이 읽은 책 20

7
양자 역학에 대한
지적인 대화

베르너 하이젠베르크 《부분과 전체》

□□□

《부분과 전체》는 양자 역학의 대가이자 노벨물리학상 수상자인 베르너 하이젠베르크가 당대의 여러 지성인과 양자 역학에 대해 함께 나눈 대화를 주로 다룬 책이다. 대화를 통해서 원자물리학의 개념을 정리하고 어떻게 연구 주제로 삼는지, 그 과정을 자세하게 보여 준다. 특히 나치 치하에서 원자폭탄 개발을 둘러싼 하이젠베르크의 인간적인 고뇌가 인상적이다. 책 전체를 이해하지 못하더라도 많은 공감과 감동을 준다. 따라서 자신의 전공이 무엇이든 간에 상관없이 누구나 어려움 없이 읽을 만하다.

물리학에게 철학이란?

플라톤, 아리스토텔레스, 칸트, 비트겐슈타인, 파스칼, 칼뱅, 베버. 이 모든 철학자들이 양자 역학이라는 난해한 학문을 창시한 베르너 하이젠베르크가 쓴 물리학 저서 《부분과 전체》에 등장한다. 흔히 극과 극은 통한다고 해서 과학과 철학이 밀접한 관계를 맺는 학문이라는 말을 하는데 이 말에 공감하지 못하는 사람들에게 이 책을 권하는 이유다. 이 책만큼 철학과 과학이 어떻게 어우러지는지 잘 보여 주는 책은 없다. 그리고 이 책처럼 철학이 얼마나 쓸모 있는 학문인지를 잘 보여 주는 책은 없다. 그리고 철학이 어떻게 과학의 일에 관여하는지 이 책만큼 잘 보여 주는 책도 없다. 가령 아마도 물리학자로서 가장 중요한 인생의 갈림길에서 하이젠베르크가 칸트나 비트겐슈타인을 나침판으로 삼는 것을 보고 존경심이 느껴질 독자들이 많으리라 생각한다.

하이젠베르크가 양자 역학을 창시한 물리학자라고 해서 연구실에 틀어박혀 물리학만 연구한 것은 아니다. 그는 테니스, 등산, 하이킹, 사이클링을 틈만 나면 즐겼고 특히 피아노 연주에도 조예가 깊어 종종 지인들에게 실내악을 연주해 보였다. 그에게는 학문의 구분이 존재하지 않았던 셈이다. 하이젠베르크가 물리학을 전공하면서도 철학과 수학, 예술 그리고 스포츠에 심취했다는 사실은 우리나라 지식인에게도 좋은 모범이 되리라 생각한다.

자신의 전공 분야에만 너무 치중하다 보면 자칫 시야가 좁아져서 우물 안 개구리가 될 확률이 높아질 뿐만 아니라 다른 학문과의 융합을 통해 얻을 수 있는 지식의 확장과 발전을 기대할 수 없다. 한마디로 좁은 전문 분야에 갇히지 않았던 동서양의 고대 철학자가 가진 지혜를 얻을 수 없다. 오늘날 복잡한 세상을 사는 현대인이 종종 삶의 방향을 결정하고 일상의 문제를 해결하기 위해서 수천 년 전의 철학자가 쓴 책을 뒤적거리는 이유가 여기에 있다. 문과 이과를 구분하고 자신의 영역만 파고든다면 지식을 쌓을 수 있을지 몰라도 지혜를 갖추기는 어려워진다.

《부분과 전체》는 대체로 하이젠베르크가 친구나 당시의 위대한 물리학자들과 나눈 양자 역학에 관한 대화를 축으로 하는 물리학 서적이지만 철학이나 정치 그리고 예술에 이르기까지 다양한 담론을 담은 인문학 서적이라고 해도 틀린 말은 아니다. 따라서 이 책은 물리학에 관심이 있는 이과생뿐만 아니라 문과생들이 교양으로 읽어도 큰 감명을 받을 만하다.

《부분과 전체》는
대체 얼마나 어려운 책일까?

이 책의 저자 하이젠베르크는 1901년생으로서 양자 역학과 불확정성의 원리를 처음 시작했다는 공으로 1932년에 노벨물리학상을 수상한 천재다. 주변에서 누군가《부분과 전체》를 읽은 사람이 있다면, 그들은 아마 하나같이 책이 어렵다고 입을 모으게 될 것이다. 실제로 이 책의 대부분을 차지하는 물리학 이론은 읽을수록 더욱 어렵게 느껴진다. 더구나《부분과 전체》초반부에 나오는 십 대 시절 친구들과의 대화 내용을 읽어 보면 더욱더 자괴감에 빠지기 마련이다. 십 대들이 난해한 과학과 철학에 대해서 전문가 뺨치는 깊이 있는 대화를 나누는 장면을 보고 감탄하는 한편, 과연 천재들은 다르다고 생각하게 된다.

아인슈타인과 슈뢰딩거가 주로 눈에 보이는 세계를 탐구한 고전 물리학을 이끌어 간 반면 20세기에 들어와 하이젠베르크는 눈에 보이지 않는 미시 세계를 연구하기 시작했다. 미시 세계를 탐구한 끝에 원자와 전자를 새롭게 규명했다.《부분과 전체》는 하이젠베르크가 물리학자로 성장해 가는 과정과 개인사를 다룬 일종의 자서전이다. 그래서 초반부를 읽을 때는 과연 과학 책이 맞는지 의문이 들기도 하고, 물리학 이론이 등장하면 또 머리를 쥐어짜게 되는 마치 롤러코스터와 같은 책이다. 특히 제2차세계대전 당시 독일에 남을지 이민을 해야 할지에 대한 고민과 원자폭탄을 둘러싼 과학자로서의 개인적인 갈등도 자세히 다룬다.

물리학을 음악처럼

《부분과 전체》를 읽다 보면 수도 없이 등장하는 통찰 때문에 가슴이 먹먹해지기 일쑤인데 음악과 물리학을 연관시킨 부분도 그랬다. 음악가는 숙련된 연주를 위해서 엄청난 기술적인 연습을 해야 하며, 설사 연주에 숙달이 되었다고 하더라도 수백 명의 다른 음악가들이 해석한 곡을 수없이 들어 보고 탐구하고 사색해야만 한다.

마찬가지로 물리를 공부할 때도 처음부터 새로운 발견을 하겠다고 덤비기보다는 다른 물리학자가 고안한 장치를 고생 끝에 만들어 봐야 하고, 다른 과학자들이 세밀하게 통찰한 수학적인 연구를 따라야 한다는 것이다. 과학자뿐만 아니라 학생들도 이 부분을 귀담아들을 필요가 있다. 가령 교과서에 나오는 수학 공식들은 이미 앞서간 천재들이 정밀하게 증명한 것이지만, 그 증명 과정을 여러 번 반복해서 연습하는 한편 기본적인 문제를 수없이 거듭해

풀어 보는 것이야말로 장차 새로운 발견을 할 수 있는 원동력이 된다는 통찰이다.

또한 위대한 천재들은 장차 한 차원 높은 발견을 가능하게 하는 중요한 생각과 발상의 전환을 만들어 내지만 그렇다고 해서 완전한 형태의 결과물을 내놓지는 않는다는 하이젠베르크의 통찰에도 주시할 필요가 있다.

진공청소기나 헤어드라이어로 유명한 다이슨을 창업한 제임스 다이슨이 진공청소기와 헤어드라이어를 발명한 것은 아니다. 그는 기존의 물건의 단점을 보완하고 약간의 개선을 거쳐서 시장을 지배하는 상품을 내놓았을 뿐이다. 다이슨은 새로운 물건을 발명하겠다고 연구를 한 것이 아니라 기존의 청소기와 헤어드라이어를 끊임없이 분해와 조립을 거듭하고 연구한 끝에 괄목할 만한 성과를 거뒀다.

목표는 수단을 정당화할 수 없다

1922년 독일의 라이프치히에서 아인슈타인의 상대성 이론에 관한 강연이 개최되었다. 그런데 강연장 입구에서 한 젊은이가 상대성 이론을 폄하하는 유인물을 입장하는 청중들에게 나눠 주는 사건이 있었다. 즉 상대성 이론은 유대인 신문이 과대평가한 불확실하기 짝이 없는 사변에 지나지 않는다는 주장이었다. 이 유인물의 주동자가 미치광이가 아니라 독일의 유력한 물리학자였다는 사실을 알고 하이젠베르크는 절망한다.

하이젠베르크는 정의롭지 못한 수단은 이미 그 수단을 사용하는 본인부터 그 명제가 설득력이 없다는 것을 안다고 말한다. 즉 아인슈타인 이론을 깎아내리는 유인물을 강연장 밖에서 나눠 주는 행위는 학문적으로는 아인슈타인의 이론을 반박할 수 없기 때문이라는 것이다. 하이젠베르크는 한 조직이나 사람의 목표가 아무리 훌륭하고 정의롭다고 하더라도 수단이 정의롭지 않다면 그 목표 자체를 신뢰할 수 없다고 생각했다. 하이젠베르크는 선의의 수단이 동원될 때만 그 목표가 정당화될 수 있다는 신념을 평생 고수한 것으로 보인다. 그의 이런 성향은 나치 독일의 청소년 조직인 유겐트 지도자와의 논쟁에서 뚜렷해진다.

하이젠베르크는 당시 히틀러 정부의 정치적 행위가 졸렬하고 정의롭지 않기 때문에 독일을 불행에 빠지게 할 것이라고 단언했다. 그래서 히틀러 정부가 추진하는 정책에서 그 어떤 것도 기대하지 않았다. 또 독일이 군비를 증강한다면 이웃 나라는 독일에 대한 저항력을 키울 것이며, 결국은 독일의 안보에 악영향을 끼친다고 주장했다.

반면 유겐트 지도자는 하이젠베르크의 주장에 반박했다. 그는 선의의 수단으로는 그 어떤 것도 이룰 수 없다는 것을 강조했다. 독일의 과거 청년 운동이 시위를 하지 않으며, 창문 하나 깨지 않고, 대항하는 사람에게 그 어떤 폭력도 행사하지 않았지만, 좋은 사례를 보임으로서 정의롭고 새로운 가치 기준을 수립하려고 애썼을 뿐, 결국 개선된 것이 아무것도 없다는 사실을 지적했다. 한 개인이나 조직의 목표가 훌륭하고 정의롭다고 하더라도 목표를 달성하기 위해서 사용하는 수단이 정의롭지 못하면 그 개인과 조직이 정의롭지 못하다는 하이젠베르크의 신념은 논란의 여지가 충분하다.

하이젠베르크의 주장대로라면 일제의 부당한 침략에 맞서 이토 히로부미를 사살한 안중근 의사의 행위도 바람직하지 못한 것으로 간주해야 한다. 고국의 독립을 지키겠다는 뜻은 숭고하지만 폭력적인 수단을 사용했기 때문이다. 강력한 군사력으로 조국을 침략하고 압제하는 적에 대항해서 약소국 국민이 하이젠베르크가 말하는 선의의 수단으로 조국의 독립과 안녕을 지킬 수 있다고 생각하는 사람은 많지 않다.

《부분과 전체》에서도 언급되듯이 인류의 역사에 있어서 선과 정의를 위해서는 모든 수단이 용인되지만 악과 부정을 위해서는 용인될 수 없다는 원칙이 반복적으로 실현되고 있는 것이 사실이다. 즉 목적은 수단을 정당화한다는 원칙이다.

침략 전쟁을 일으킨 일본과 독일을 악으로 규정한다면 일본을 패망시키기 위해서 원자폭탄을 투하한 수단은 정당화될 수 있을까? 원자폭탄을 투하함으로써 무고한 시민이 희생되었지만 그 결과 전쟁이 조기에 종전되었다. 이에 더 많이 희생될 수도 있었던 생명을 구했다고 주장할 수 있다. 원자폭탄을 사용하지 않아서 전쟁이 더 진행되었다면 오히려 원자폭탄을 투하한 것보다 더 많은 생명이 희생되었을 것이다. 그러나 이 주장은 원자폭탄 투하에 이어질 정치적인 상황을 고려하지 않았기 때문에 큰 설득력을 얻기 어렵다. 대량 학살 무기를 사용해서 전쟁에 이긴 강대국은 승리감에 도취되어 또 다른 전쟁을 일으킬 수 있기 때문이다. 실제로 제2차세계대전에서 승리한 미국은 베트남 전쟁을 비롯한 여러 전쟁에 참전했다.

현대 사회에서는 대체로 아무리 목표가 정의롭다고 하더라도 부정한 수단은 허용하지 않겠다는 하이젠베르크의 신념을 채택하고 있다. 우리는 그 어떤 명분으로든 폭력은 정당화될 수 없다는 명제에 익숙하며, 법정에서는 불법적으로 취득한 자료는 증거로 인정하지 않는다.

모든 사람이 이민을 갈 수는 없다

1932년 노벨물리학상을 수상한 하이젠베르크는 1937년 1월 몹시도 추운 겨울날 아침, 라이프치히 중심가 노점상에서 겨울철 빈민 구제 사업용 기념 휘장을 팔고 있었다. 히틀러 정권이 노벨물리학상을 수상한 과학자에게 길거리에서 빈민 구제 사업용 휘장을 팔도록 지시한 것이다. 물론 하이젠베르크는 빈민을 위하는 좋은 일이라며 자위했지만 결국은 히틀러 정권에 대한 복종과 타협으로 비칠 수 있는 행동이었다. 그리고 수업을 시작하기 전에 다른 교수들처럼 히틀러 만세Heil Hitler를 복창해야 했다. 결국은 히틀러가 독일을 파멸로 이끌어 갈 것이라고 예견한 하이젠베르크는 이미 세계적인 물리학자였기 때문에 세계 어디로든 이민을 갈 수 있었다. 그런데도 그는 왜 전망이 암울한 독일에 남았을까?

하이젠베르크도 사람인 이상 전쟁의 공포에 휘말린 독일을 떠나 미국과 같은 안전하고 자신의 역량을 마음껏 펼칠 수 있는 곳으로 이민을 가고 싶다는 욕구마저 없었던 것은 아니었다. 오죽했으면 독일에서 삶의 터전을 완전히 잃어서 선택의 여지가 없이 독일을 떠나야 하는 사람의 신세가 부러웠다고 했을까! 더구나 미국의 물리학자들은 하이젠베르크에게 미국으로 오라고 강력히 요청했다. 그런데도 하이젠베르크는 독일에 남기로 한다.

그에게는 임마누엘 칸트의 명제가 가슴 깊이 새겨져 있었다. 즉 '사람은 모름지기 절대다수의 보통 사람에게 적용되는 원칙에 부합하는 행동을 해야 한다'는 칸트의 철학을 하이젠베르크는 자신의 인생 경로에 적용했다. 당시 독일의 대다수 국민은 조국의 미래가 아무리 암울하더라도 다른 나라로 이민을 갈 수 있는 처지가 아니었다. 따라서 하이젠베르크는 다른 사람이 쉽게 갈 수 없는 이민을 선택할 수 없었다. 일종의 하이젠베르크의 이 결정은 오늘날 우리 사회에 만연한 지도층 인사들의 도덕적 해이를 고려하면 대단한 노블레스 오블리주로 볼 수 있다. 관련 기관에 고위 직으로 근무하면서 얻은 정보로 부동산 투기를 하며, 인맥과 학맥을 동원해서 자식을 명문 대학으로 가는 스펙을 만들어 주는 등의 우리 사회에 만연한 부정행위가 부끄러워진다.

과학자는 현실 정치에
적극적으로 참여해야 하는가?

과학자는 일반적으로 정치나 현실 문제에 참여하지 않는 것이 미덕인 것처럼 여기는 사람이 적지 않다. 과학자는 기술의 진보에 이바지하는 사람이지 정치 문제에 관여하는 사람이 아니라는 생각을 많이 한다. 그러나 하이젠베르크의 생각은 달랐다. 과학자는 기술적 진보만을 평생의 과업으로 삼아야 하는 것으로는 부족하며 기술의 발전으로 생길 수 있는 사회 정치적 문제점을 미리 고찰하고 그 기술이 긍정적으로 사용되도록 최선을 다해야 한다고 생각했다.

과학자는 기술의 발전이 긍정적으로 사용되며 정치 행정에 좋은 영향력을 가질 수 있도록 노력해야 한다는 것이다. 제2차세계대전 당시 미국의 과학자들은 원자폭탄 투하의 부작용을 사전에 충분히 인식하고 있었다고 알려졌다. 하지만 미국의 과학자들은 너무도 쉽게 자신의 연구가 가져올 책임을 외면했다. 오늘날 과학은 매우 빠른 속도로 발전하고 있으며 일반 사회에 미치는 영향과 중요성도 비례해서 커지고 있다. 멀리 갈 것도 없이 플라스틱 문제만 해도 그렇다. 플라스틱이 세상에 출현한 이후로 수많은 분야에서 이용되었고 우리 생활을 편리하게 만들었지만, 그 편리함 이면에는 환경 오염이라는 심각한 부작용도 존재한다.

또 우리 사회 곳곳에 설치된 키오스크(무인 정보 단말기)를 편리하게 이용하는 사람도 있지만, 키오스크가 불편해서 먹고 싶은 음식을 포기하고 발길을 돌리는 사람도 존재한다. 또 키오스크는 필연적으로 사람의 일자리를 빼앗는다. 따라서 과학자는 기술의 발전을 추구하는 존재이지만, 그와 함께 그 진보된 기술이 사회에 긍정적으로 활용될 수 있도록 최대한 영향력을 행사해야 한다는 것이 하이젠베르크의 생각이었다.

물론 과학자가 직업 정치인보다 정치 문제에 관한 판단을 더 잘 내릴 수 있다고 보장할 수 없지만 과학자는 연구하면서 상황을 객관적이고 사실적으로 바라보는 습관이 몸에 밴 사람들이다. 그래서 과학자들은 정치적인 판단을 하는 데 도움이 되는 논리적인 사고와 아울러 정치적 편향에서 자유로운 객관적이고 합리적인 시각을 가질 확률이 높다. 만약 제2차세계대전 당시 미국의 물리학자들이 정치적인 영향력을 충분히 발휘했다면 원자폭탄의 투하를 막을 수도 있었다고 하이젠베르크는 생각했다.

그러나 하이젠베르크 자신은 히틀러의 원자폭탄 개발에 적극적으로 저항한 흔적은 없다. 그는 독일의 원자폭탄 제조를 이끌었던 '우라늄 클럽'의 핵심 인물이었던 것 또한 분명한 사실이다. 제 2차세계대전에 이미 독일의 오토 한이 찾아낸 원자력 분열 과정이 원자폭탄 제조에 이용될 수 있다는 사실을 뛰어난 물리학자인 하이젠베르크가 몰랐을 리가 없었으며, 전쟁이 시작되면 당연히 물리학자들은 원자폭탄 제조 사업에 투입되리라는 것도 예견했을 것이다. 그런데도 하이젠베르크는 별다른 저항을 하지 않고 히틀러의 명령에 따라 우라늄 클럽에 기꺼이 들어가 원자폭탄의 제작에 참여했다.

하이젠베르크가 적극적으로 대량 학살 무기 개발에 반대한 것은 아니지만 태업을 통해서 간접적으로 저항했다는 설도 있다. 하이젠베르크는 원자폭탄 제조에 많은 시간이 걸릴 것이고 히틀러 정권이 감당할 수 없는 엄청난 비용이 필요하다고 정부에 보고했다. 핵의 연쇄 반응을 오로지 평화적인 용도로만 활용하고 싶었던 하이젠베르크는 이 일을 행운으로 생각했고, 결국 독일은 1942년 6월에 핵 실험 중단을 결정했다. 반면 미국은 맨해튼 프로젝트라는 이름으로 원자폭탄 제조에 성공했고, 일본의 두 도시를 지옥으로 만들었다. 그러나《부분과 전체》가 오로지 하이젠베르크의 기억에만 의존한 책이고 일부 자신의 변명에 가까운 내용도 있어서, 이 책의 내용만으로 원자폭탄에 얽힌 사정을 파악하는 것은 무리가 있다.

《부분과 전체》는 불확정성의 원리를 발견하기까지의 과정을 다룬 하이젠베르크의 일종의 자서전으로써 양자물리학에 대한 기초적인 지식을 얻는 데 큰 도움을 주며, 한 시대를 풍미한 천재 과학자의 성장 과정을 지켜보는 재미 또한 쏠쏠하다. 게다가 우리가 구닥다리라고 치부하는 고대 철학이 핵폭탄급 파괴력을 지닌 양자 역학의 정립에 실마리를 제공했다는 놀라운 사실을 이 책에서 확인할 수 있다.

8
사피엔스는 어떻게
현대 인류의 조상이 되었는가

유발 하라리 《사피엔스》

□□□

현생 인류의 조상인 '호모 사피엔스'가 어떻게 다른 종을 물리치고, 현대 인류로 진보해
왔는지를 자세하게 다룬 《사피엔스》는 저자 스스로 밝혔듯이 《총, 균, 쇠》로부터 많은
영향을 받은 책이다. 《총, 균, 쇠》가 환경이나 기후가 어떻게 인류의 발달에 영향을 주
었는지를 알려 주는 책이라면, 《사피엔스》는 인류의 진화를 다루면서 우리가 어떻게 발
전해 왔고 앞으로 어떤 미래를 맞이하게 될지를 조명하는 책이다. 인류는 이제 어디로
가게 될까?

학교에서 가르치지 않은
인간의 역사

내가 근래에 읽은 책 중에서 《사피엔스》만큼 충격을 안겨 준 책도 드물다. 우리가 중·고등학교 시절 역사책에서 배운 인류의 계보 즉 호모 에르가스터를 거쳐서 에렉투스가 등장했고 에렉투스를 이어 네안데르탈인이 출현했는데, 네안데르탈인이 진화해서 오늘의 인류가 되었다는 식의 설명이 근본적으로 틀렸다고 유발 하라리는 지적한다. 많은 사람들은 교과서를 통해서 인류가 마치 조선시대 왕이 대를 잇는 것처럼 인류 진화 과정을 단일 계보로 생각해 왔다. 즉 어느 시대를 막론하고 지구 상에는 한 종밖에 존재하지 않았으며, 최초의 종이 우리들의 가장 오래된 조상이라는 오해 말이다. 그러나 사실 200만 년 전부터 대략 1만 년 전까지 여러 가지 인류가 동시에 살고 있었다. 오늘날 지구에 사는 우리 종을 제외한 나머지 종은 모두 사라졌을 뿐이다. 그렇다면 유독 우리 종만 멀쩡히 살아있는 이유가 무엇일까? 하라리는 이 사실이 우리 종이 저지를 범죄(?)를 암시한다고 지적한다.

우리가 학교에서 배우기로는 인간은 새들처럼 날개를 가지지도, 호랑이처럼 날카로운 어금니를 가지지 못했음에도 상대적으로 큰 뇌 덕분에 만물의 영장이 되었다. 그러나 하라리는 여러 인류가 가지고 공통으로 가지고 있었던 큰 뇌는 밑 빠진 독에 불과하다고 주장한다. 우선 뇌는 몸무게의 2~3퍼센트에 불과하지만 우리가 사용하는 에너지의 25퍼센트를 소모한다. 뇌에 많은 에너지를 쏟아붓다 보니 인간은 먹잇감을 찾는 데 시간을 많이 보내야 하고 근육이 줄어들 수밖에 없었다. 우리 인간은 근육 성장에 쓸 에너지를 뇌에 투입했다.

물론 우리 인간은 큰 뇌 덕분에 비행기를 만들고 총도 만들었다. 그 덕분에 큰 덩치를 가진 동물을 사냥해서 식량으로 삼기도 하고 새보다 더 빨리 이동할 수도 있게 되었다. 인간은 큰 뇌를 가졌고 도구를 사용하며 학습 능력이 우수하기 때문에 지구를 지배하는 강력한 동물이 되었다고 생각하지만, 사실 인간은 무려 200만 년 동안이나 이런 장점을 지니고 있었음에도 생태계에서 약자에 머물렀다. 100만 년 전의 우리 조상도 큰 뇌와 날카로운 연장을 가지고 있었지만 큰 동물의 먹잇감이었다.

대신 하이에나처럼 큰 포식자가 먹다 남긴 썩은 고기를 주워 먹었고, 작은 사냥감에 몰래 접근해서 간신히 끼니를 때웠다. 인간이 발명한 최초의 연장이라고 할 수 있는 석기는 우리가 생각하는 것처럼 산처럼 거대한 짐승을 사냥하거나 거주지를 건설하는 데 사용한 것이 아니다. 주 용도는 다른 짐승이 먹다 남은 사냥감의 뼈를 쪼개 골수를 꺼내는 데 사용되었다. 큰 짐승이 사냥감을 먹다 남기면 끈기 있게 기다렸다가, 그나마 남아 있는 뼛속 골수를 파먹는 데 석기를 주로 사용했다는 것이다. 이처럼 철저하게 약자에 불과했던 인간은 불과 10만 년 전 호모 사피엔스가 등장하면서 먹이 사슬의 정점에 등극했다. 인간은 너무나도 빨리 먹이 사슬의 정점에 올랐기 때문에 생태계는 급격하게 파괴되었으며, 그동안 오래 약자로 지낸 공포와 걱정 때문에 다른 포식자보다 훨씬 잔인하고 위험한 자연의 독재자가 되었다.

무엇이 인간을 강자로 만들었나

앞서 말했듯이 하라리는 큰 뇌와 도구 덕분에 인간이 생태계를 지배하는 강자가 된 것은 아니라고 주장한다. 하라리의 설명은 이렇다. 인간은 직립 보행을 하면서 치명적인 약점을 떠안게 되는데 여성의 출산으로 인한 사망도 그중 하나다. 서서 걸으려면 엉덩이가 좁아야 유리한데 문제는 아이가 나오는 질도 좁아진다는 것이다. 따라서 출산은 인간의 목숨을 위협하는 장애가 되었고 그나마 아기의 뇌와 머리가 작고 유연할 때 출산을 하는 것이 유리했기 때문에 인간은 다른 동물보다 상대적으로 조기에 출산하게 되었다. 갓 태어난 송아지나 강아지가 금방 자기 힘으로 걸을 수 있는 것에 반해, 인간은 본인의 생명 유지에 필요한 시스템을 미처 갖추지 못하고 태어난다. 이런 사정 때문에 인간은 사회적 능력이 뛰어날 수밖에 없다.

　아기를 출산한 엄마는 언제까지나 아기에게 매달릴 수 없었다. 그녀도 가족과 구성원 전체의 생존을 위해 일을 해야 했기 때문이다. 멀리 갈 것도 없이 40년 전만 해도 시골 마을에서는 농사일로 바쁜 부모는 자식을 돌볼 여유가 없었다. 아이들은 친구들과 뛰어놀았을 뿐이다. 아이 한 명을 키우기 위해서는 마을 하나가 필요하다는 옛말처럼 아이를 키우기 위해서는 가족의 다른 구성원과 이웃의 협조가 필수였다. 이런 사정은 21세기에도 고스란히 재현된다. 맞벌이 부부는 종종 어른들에게 육아를 맡기거나 좀 더 자라면 놀이방이나 유치원에 보낸다. 예나 지금이나 인간은 아이를 키우기 위해서 사회 시스템의 도움이 필요하다. 그래서 인간은 유독 사회적인 결속이 강하며 오랜 교육을 통해서 사회화 과정을 거치기 마련이다. 사회적 결속에 대한 필요에 따라 인간은 가족, 부족, 국가를 결성함으로써 오늘날 지구를 지배하는 강자가 되었다는 것이 하라리의 주장이다.

사회적 결속이 인간을 강자로 만든 밑거름이 되었다는 하라리의 주장에 작은 의문이 든다. 지구에는 인간 말고도 심지어 인간보다 더 강력한 유대 관계를 맺고 무리를 지어서 생활하는 짐승이 많다. 늑대도 그렇고 펭귄도 그렇다. 그런데 유독 인간만이 사회적 유대 덕분에 강자가 되었다는 것은 선뜻 동의하기 어렵다. 그러나 한편으로는 무리 생활을 하는 동물이라고 할지라도 인간처럼 다른 부모의 자식을 돌보는 동물은 찾기 어렵다. 펭귄만 하더라도 자기 새끼가 아닌 다른 부모의 새끼는 매몰차게 박대하고 죽게 만드는 장면을 다큐멘터리에서 어렵지 않게 목격한다.

　　하라리는 사회적 결속 이외에 사피엔스를 최후의 승자로 만든 것은 샤머니즘과 종교라고 설명한다. 원래 인간이 편리하게 상호 교류할 수 있는 인원은 150명 정도에 불과하다고 한다. 그런데도 인간이 거대한 사회를 만들 수 있었던 것은 사회 구성원을 뭉치게 하는 샤머니즘과 종교의 힘이라는 것이다. 즉 150명 이상의 구성원을 가진 집단은 서로가 공유하는 샤머니즘이라는 보이지 않는 힘 덕분에 결속할 수 있었고 공동의 이익을 위해서 서로를 도왔다. 사회가 점점 거대해질수록 인간은 한곳에 정착하면서 농사를 짓고 살게 되었다. 또 문자를 통해서 문명화가 진행되었고 종교적 신앙 덕택에 국가도 탄생했다. 종교적 믿음 덕분에 인류는 상호 교류하면서 문명사회를 일궈 냈다.

수렵 채집인이
우리보다 더 안락했다고?

　우리는 수렵 채집과 농경 생활을 거쳐 오늘날 우리가 사는 눈부신 문명사회로 진화해 왔으며, 삶의 질이 높아졌다고 생각한다. 하지만 하라리는 놀랍게도 수렵 채집인이 후손 즉 농부, 노동자, 심지어 현대 사무원의 대부분보다 더 편안하고 보람 있는 생을 영위했다고 주장한다. 선뜻 믿기 어려운 주장이다. 하라리는 이런 놀라운 주장의 근거로 우선 근로 시간을 내세운다. 풍요로운 현대에 사는 선진국의 국민은 주당 40~50시간 일하며 우리나라는 대체로 52시간 일한다. 그런데 수렵 채집인은 주당 35~45시간 정도만 일했다는 것이다. 수렵 채집인은 그 정도 노동 시간만으로 가족을 충분히 먹여 살릴 수 있었고 남는 시간에는 대화를 나누고 아이들과 놀아 주며 한가한 시간을 보낸다. 물론 교통사고나 산업재해를 걱정하지 않아도 된다. 접시를 씻고 진공청소기로 집 안을 청소할 필요도 없었다.

　수렵 채집인이 현대 근로자보다 노동 시간이 짧았다는 것은 놀라운 사실이 아니다. 우리는 익히 수렵 생활을 하던 아메리카 원주민들이 뒤늦게 정착한 백인보다 근로 시간이 짧았다는 것을 알고 있다. 그런데 단순히 근로 시간만으로 삶의 질을 결정하는 것은 다소 성급한 주장이라고 생각한다. 하라리는 근로 시간에 매몰된 나머지 근로 강도를 염두에 넣지 않은 오류를 범하지 않았나 싶다. 생각해 보라. 총을 비롯한 현대화된 사냥 도구 없이 석기 도구만으로 짐승을 사냥하는 것이 쉬운 일인가. 인간보다 훨씬 빠른 다리와 날카로운 이빨을 가진 호랑이나 사자조차 사냥에서의 성공률은 극히 낮다. 더구나 현대인은 수렵 채집인의 목숨을 노리는 맹수에 대한 위험이 없을뿐더러 근무 환경은 비교할 수 없을 정도로 쾌적하다. 물론 심심찮게 현장 근로 현장에서 인명 사고가 발생하지만 거의 맨몸으로 사냥을 하다가 겪을 수 있는 위험 요소와 비교할 수 있는 빈도는 아닐 것이다. 위험한 건설 공사 현장에서 일하는 근로자가 야근하지 않는다고 해서 야근이 잦은 사무직 근로자보다 더 안락하게 직장 생활을 한다고 말할 수 있을까?

수렵 채집인은 굶주리거나 영양실조에 걸리지 않았다고 한다. 우리가 알기로는 수렵 채집인은 먹잇감을 구하기 힘들어서 심심찮게 굶었는데, 하라리는 오히려 수렵 채집인이 가장 이상적인 영양소를 풍부하게 섭취했다고 밝힌다. 수렵 채집인의 기대 수명이 짧았던 것은 영아 사망률이 높았기 때문이라는 설명은 공감이 된다. 수렵 채집인이 굶주리지 않았던 것은 한 가지 식량에만 의존하지 않았기 때문이라고 한다. 현대 이전의 농부들이 농사를 망치면 굶주리는 것과 반대로 수렵 채집인은 아침으로 과일을 따 먹고 점심에는 토끼나 거북이 요리를 즐겼다는 것이다. 농사를 짓거나 가축을 기르지 않았던 수렵 채집인이 다양한 음식을 섭취했다는 것은 자연스럽다.

그러나 그들이 미식가라서 다양한 음식을 섭취한 것은 아닐 것이다. 또 하라리는 계절의 변화라는 변수를 고려하지 않았다. 폭설이 내리고 추운 겨울철에도 과연 수렵 채집인이 가을처럼 다양한 음식을 고루 섭취할 수 있었을까? 사냥에 있어서 인간보다 우월한 전문가인 맹수도 겨울철이면 먹거리가 없어서 고생하지 않는가 말이다. 물론 하라리도 수렵 채집인이 그저 안락한 생활을 누렸다고는 주장하지 않는다. 그들에게는 고난과 결핍의 시기가 자주 닥쳤고 영아 사망률이 높았으며 현대라면 한 알의 약으로 해결될 사소한 질병이 죽음으로 이어질 수도 있었다.

인류는 생태계의
연쇄 살인범이었는가?

많은 사람이 아메리카 대륙이나 남태평양 지역에 애초에 살고 있던 원주민들은 친환경적인 삶을 살았다고 생각한다. 환경파괴나 생태계의 파괴가 나중에 상륙한 백인들이 마구잡이로 자연을 개발했기 때문이라고도 생각한다. 그러나 하라리는 인류가 호주에 처음 상륙한 그 순간부터 이미 생태계에 재앙이 시작되었다고 지적한다. 인류가 호주에 처음 상륙했을 때만 해도 몸무게가 2백 킬로그램이 넘은 캥거루를 비롯한 길이가 5미터가 넘는 뱀, 현대에는 아프리카 정도에만 서식하는 사자를 비롯한 맹수가 득실거렸다. 그런데 몇천 년 뒤 그러니까 우리가 자연의 파괴자라고 생각하는 개발에 눈독을 들이던 백인이 호주에 착륙하기 전에 이미 호주 대륙에서 대형동물들이 사라졌다. 백인보다 호주 대륙의 원주민이 먼저 호주 대륙의 대형동물들을 멸종시켰던 것이다.

우리는 지구에 살던 대형동물들이 멸종한 것은 기후 변화 때문이라는 과학자의 주장에 너무도 순순히 동의해 왔다. 인간에게 면죄부를 주고 싶은 과학자가 가장 먼저 떠올리게 되는 것이 기후 변화에 책임을 돌리는 것이다. 그러나 하라리는 대형동물 멸종의 원인이 바로 인간일 수도 있다는 주장을 제기한다. 아울러 자신의 주장을 뒷받침하기 위해 몇 가지 근거도 함께 기술하고 있다. 우선 대략 4만 5,000년 전 호주 대륙에 기후 변화가 있었던 것은 사실이지만 대형동물이 멸종할 만큼 치명적이지는 않았다는 것이다. 그는 "우리가 사는 지구는 주기적으로 온난화와 한랭화를 거쳐 왔는데 왜 유독 4만 5,000년 전에 대형동물이 사라졌는가?"라고 묻고 있다. 또 기후 변화로 인해서 대형동물이 사라졌다면, 왜 해양 생명체는 멀쩡했는지에 대해 설명하기 곤란하다는 것이다. 육지 생명체처럼 해양 생명체도 기후 변화에 영향을 받는 것이 자연스러운데 4만 5,000년 전에 해양 생명체 개체 수가 유의미하게 줄어들었다는 근거는 없다고 그는 주장한다.

게다가 호주에서 발생한 대형동물의 멸종과 같은 사태가 인류가 새로운 땅에 정착할 때마다 반복해서 일어났다는 사실은 인류가 대형동물 멸종의 주원인이라는 주장에 설득력을 싣는다. 우리가 기후 변화에 적응하지 못해서 멸종했다고 철석같이 믿는 매머드 또한 지난 수백 년 동안 북반구에서 잘 살다가 마침 호모 사피엔스가 유라시아에서 북미 대륙으로 이동을 하는 그 시기에 후퇴를 거듭하다가 결국 멸종되었다는 사실도 하라리의 주장을 뒷받침한다.

그렇다면 지극히 단순한 도구로 무장한 인류가 어떻게 거대한 동물을 멸종시킬 수 있었는가에 대한 설명이 필요하다. 우선 대형동물은 번식 속도가 느려서 인류가 몇 개월 만에 한 마리만 사냥해도 출산율보다 사망률이 높기 마련이다. 또 이제 막 호주 대륙에 도착한 인류는 대형동물에게 있어서 피해야 하고 위험한 존재로 인식되지 않았다. 덩치가 크지도 이빨이 날카롭지도 않았기 때문이다. 더구나 호주 대륙 상륙 이전의 인류는 화전 농사의 달인이었다. 그들은 호주 대륙의 무성한 숲에 불을 질러 초원으로 만들었다. 그래야 이동과 사냥에 편리했기 때문이다. 그러나 졸지에 숲이라는 삶의 터전을 잃어버린 대형동물들은 급격히 사라질 수밖에 없었다.

농업은 인류를 풍요롭게
만들었는가

앞서 언급했지만, 학자뿐만 아니라 우리 대부분은 농업이야말로 인류의 위대한 진보라고 확신한다. 고달프고 지긋지긋한 수렵 생활을 청산하고 농사를 짓고 가축을 사육하게 됨으로써 인류는 비로소 행복하고 만족스러운 정착 생활을 하게 되었다는 것이 우리가 알고 있는 상식이다. 하라리는 우리가 알고 있는 상식과는 다르게 농사는 우리를 안락하게 만들어 주기는커녕 더 힘들고 불만스러운 삶을 살게 했다고 말한다. 심지어 농업이야말로 역사상 가장 거대한 사기라고 깎아 내린다.

우리를 더 놀라게 하는 것은 농경을 선택한 것이 아니고 밀, 벼, 감자와 같은 식물이 호모 사피엔스를 길들였다는 주장이다. 밀은 불과 1만 년 전만 해도 중동의 일부 지역에만 사는 잡초에 불과했다. 그러나 밀은 오늘날 영국 영토의 열 배에 이르는 경작지를 가진 지구 역사상 가장 성공적인 작물이 되었다. 인간은 수렵 채집 생활을 할 때는 그럭저럭 안락한 생활을 하다가 밀을 재배하면서 아침부터 해가 지도록 가혹한 노동에 시달려야 했다. 땅을 고르고 온종일 잡초를 제거해야 했으며 먼 곳에서 물을 끌어대야 했다는 주장이다.

그렇다면 고된 농사일은 풍요로운 밥상으로 보상을 해 주었는가. 그것도 아니다. 하라리의 주장에 따르면 인류는 오히려 수렵 채집 생활을 할 때 고른 영양소를 섭취했으며 농사를 짓기 시작하면서 식단은 지극히 한정되었다. 더군다나 곡물 중에는 인간이 소화하기 어렵고 심지어 몸에 해로운 것도 있다. 또 가뭄이나 홍수가 들면 힘들게 재배하던 농작물은 소실되었고 이 사태는 곧 굶주림으로 이어졌다. 또 전쟁이라도 나면 곡식을 내버려 두고 도망칠 수밖에 없었다. 농경 생활은 자유롭게 이동하며 먹거리를 찾았던 수렵 생활에 비해서 생존에 필요한 선택의 여지가 훨씬 좁았다는 주장이다.

그렇다면 밀은 인간에게 무엇은 선물했을까? 하라리의 결론을 말하자면 밀이 인간 개개인에게 준 것은 아무것도 없다. 다만 단위 면적당 수확량을 늘었고 인구를 증가시켰을 뿐이다. 그 결과 인류는 더 오밀조밀하게 모여 살았고 전염병과 영양실조로 허덕이게 되었다. 진화론적 관심에서 보면 밀은 인간을 성공한 개체로 만들었지만 개인의 관점에서 보면 삶의 질을 악화시켰다.

우리는 이 대목에서 단위 면적당 수확량의 증가와 늘어난 인구가 주는 혜택을 누가 가져갔는지에 대한 의문이 생긴다. 하라리는 밀이 가져다준 열매는 극히 일부의 지배자가 가져갔다고 말한다. 농업화로 인해서 인류는 과거에 없던 빈부 격차가 생겼고 약자는 강자로부터의 착취에 시달리게 되었다고 한다. 생각해 보자. 인류의 위대한 자산이라고 생각하는 거대한 건축물과 예술 작품은 모두 극소수 지배자를 위한 것이며, 우리가 배우는 찬란한 인류의 역사는 대부분 지배자의 기록에 지나지 않는다. 다르게 말하면 인류의 역사란 대다수 사람이 땅을 파고 농사를 지으며 곡식을 운반하는 동안, 극소수의 지배자가 그 잉여를 통해 이루어 온 무엇이라고 정의할 수 있다.

이 책은 여러모로 신선한 충격으로 다가올 것이고 흥미진진한 독서가 될 것이 분명하다. 그러나 이 책은 독자 개개인의 시각에 따라 다르게 읽힐 가능성이 크다. 우선 농업 혁명을 다룬 부분까지는 독자 모두의 관심과 흥미를 끌겠지만 제국주의를 다룬 부분부터는 역사책을 많이 읽은 독자라면 익히 알고 있는 지식의 나열에 지나지 않을 수도 있다. 재레드 다이아몬드가 쓴《총, 균, 쇠》가 집요하리만큼 자신의 주장에 대한 근거 자료를 제시한 것과 달리《사피엔스》는 다소 급진적인 주장을 하면서도 이를 뒷받침하는 자료나 과학적인 데이터는 다소 부족하다는 비판을 하는 독자가 드물지 않다.

9

우리가 무심코 던지는
차별적인 말들

김지혜 《선량한 차별주의자》

□□□

《선량한 차별주의자》는 평소 우리가 차별로 생각하지 않는 말이나 행동 또한 소수자에게
는 차별로 다가온다는 메시지를 전하는 책이다. 거기에 자신이 하는 말과 행동을 차별로
생각하지 않는 사람은 차별을 일상으로 누리며 나아가 특권으로 발전시킨다는 날카로운
시각도 담아냈다. 우리 사회에 숨어 있는 수많은 차별적 요소들을 다양한 연구와 사례를
통해 낱낱이 파헤침으로서 우리 사회가 좀 더 공정한 사회로 나아가는 데 필요한 것이 무
엇인지를 생각하게 한다.

눈에 보이지 않는 차별

'결정장애' 우왕좌왕하면서 쉽게 결정을 못하는 성격을 일컫는 신조어다. 셰익스피어의 희곡《햄릿》에서 유래된 중요한 상황에서 결정을 못하는 성향을 일컫는 '햄릿 증후군'이라는 용어도 있지만, 사람들은 누가 들어도 쉽게 이해가 되는 결정장애라는 말을 자주 쓴다. 심지어 대학에서 소수자, 인권, 차별을 연구하고 가르치는《선량한 차별주의자》의 저자 김지혜 교수도 자주 쓴 모양이다. 그는 혐오 표현을 토론하는 자리에서 결정장애라는 말을 사용했다가 참가자로부터 지적을 받았다. 그제야 이 말이 장애인을 두고 '부족하고 열등한 존재'라는 것을 암시하는 혐오 표현이라는 사실을 깨닫게 되었다.

또 한국에 사는 이주민에게 "한국인 다 되었군요."라고 말하는 것과 장애인에게 "희망을 가집시다."라고 말하는 것 또한 차별이 담겨 있는 말이라고 한다. "한국인 다 되었군요."라는 말은 겉으로는 칭찬 같지만 그 속에는 아무리 한국에 오래 살더라도 당신을 완전한 한국인으로 생각하지 않는다는 전제가 깔려 있으며, 장애인에게 "희망을 가집시다."라고 말하는 것은 장애인에게 현재의 삶에 희망이 없다는 것을 전제한다고 저자는 지적한다.

하지만 '결정장애, 한국인 다 되었군요, 희망을 가집시다'라고 말하는 사람 대부분은 차별이나 혐오를 염두에 두며 말하지 않는다. 그런데도 화자의 의도와는 달리 이 말을 듣는 소수자에게는 상처가 될 수 있다. 즉 차별할 의도가 분명히 없었지만 실질적으로 차별을 내포하는 말이나 행위를 하는 사람을 '선량한 차별주의자'로 말할 수 있겠다.

따지고 보면 직접적으로 혐오를 하는 것보다 자신이 하는 말과 행동이 차별을 내포한다는 것을 모르고 하는 말과 행동이 더 위험하고 지속적인 차별로 이어진다. 자신이 하는 말과 행동이 차별과 혐오를 암시한다는 사실을 인식하지 못하니 개선을 할 여지가 없지 않겠는가. 말하자면 차별할 의도가 아닌 상태에서 자행되는 차별이니, '눈에 보이지 않는 차별'이다.

이런 의미에서 《선량한 차별주의자》와 같이 우리가 미처 알지 못하는 차별과 혐오를 알려주고 설명하는 저서가 우리 사회를 조금 더 평등하고 혐오가 없는 세상으로 만드는 데 이바지한다고 볼 수 있겠다.

눈에 보이지 않는 특권

특권이란 일반적으로 개인이나 집단이 인정받는 특별한 권리나 이익을 뜻한다. 흔히 국회의원의 면책 특권 같은 노력을 해서 얻는 정치적인 특권을 떠올리게 되지만, 노력과는 상관없이 일상생활에서 이미 가지고 있는 것이라서 특권이라고 의식하지 못하는 특권도 많다. 즉 본인이 특권을 가지고 있다고 느끼지 못하는 자연스럽고 편안한 상태다.

예를 들어 우리가 시외버스를 탄다고 생각해 보자. 자기 돈으로 요금을 지불하고 버스에 탔는데 이 상황을 특권이라고 생각하는 사람은 드물다. 그러나 휠체어를 탄 누군가가 돈을 지불할 테니 버스에 탑승하겠다고 등장하면 이야기는 달라진다. 그 버스에 휠체어 탑승 장치가 없어서 장애인이 돈을 내고 버스를 타고 싶어도 타지 못한다면, 우리가 자연스럽게 시외버스를 탈 수 있는 상황 자체가 특권인 것이다.

《선량한 차별주의자》는 한국 사회에서 남성이라는 누구나 일상적으로 누리지만 여성은 그렇지 못한 목록을 제시한다.

　_ 내가 반복해서 승진을 하지 못한다고 해도 그 이유가 성별은 아닐 것이다.

_나는 한밤중에 공공장소에서 혼자 걷는 것을 두려워할 필요가 없다.

_내가 어떤 조직의 책임자를 부르면 나와 같은 성별을 가진 사람이 나올 것이 거의 분명하다.

_내가 운전을 잘하지 못한다고 해도 다른 사람이 내 성별을 언급하지 않는다.

_내가 다수의 사람과 성관계를 가진다고 해서 비난받거나 조롱의 대상이 되지 않는다.

_내 외모가 매력이 없더라도 사회생활을 하는 데 큰 문제가 되지 않고 외모 때문에 무시당하지 않는다.

대체로 공감하는 내용이 많다. 즉 남성이라면 당연한 것처럼 누릴 수 있는 일상적인 평안함이다. 위에 열거한 목록이 여성에게는 해당되지 않는다면 남성만 누리는 특권이라는 것이다. 과연 인터넷상에서 운전에 서툰 여성 운전자를 비하하는 '김 여사'라는 표현은 자주 등장하지만 남성 운전자를 일컬어 비하하는 표현은 없지 않은가. 알다시피 여성이라고 해서 운전에 서툴고, 남성이라고 해서 모두 운전에 능한 것은 아니다. 하지만 남성이 승진에서 탈락되었다고 해서 남성이기 때문에 승진을 하지 못한 것은 아닌지를 두고 고민하는 경우는 드물다. 반면 여성은 승진에 자꾸 실패하면 이유가 여성이기 때문이라는 생각을 하기도 한다.

그러나 어떤 조직의 책임자를 부르면 나와 같은 성별을 가진 사람이 나올 것이 거의 확실하다는 저자의 주장은 어떤 근거에서 나온 말인지 궁금하다. 남성이 어떤 조직을 찾아가서 책임자 나오라고 하면, 반드시 남성이 나온다는 것인데 이 말에 공감하는 사람은 많지 않으리라. 본인이 원하는 일만 해결하면 되지 책임자가 남성이 나오든 여성이 나오든 무슨 상관이란 말인가? 더구나 남성이 책임자를 요구하면 꼭 남성 책임자를 보내야 한다는 인식을 가진 조직이 과연 얼마나 되겠느냐는 의구심도 생긴다.

또 남성이라고 외모 때문에 무시를 당하지 않는다는 주장은 저자의 편견에 지나지 않는다. 방송 예능 프로그램만 봐도 오히려 남성의 외모를 더 '편안하게' 비하하고 '놀림감'의 대상으로 삼는다. 요즘은 남성도 여성 못지않게 자기 외모에 신경을 쓰고 가꾸는 이유가 다 있는 법이다. 우리가 누리는 당연한 일상과 안락함을 누리지 못하는 약자에 대한 배려와 권리 부여를 끌어내겠다는 저자의 '선량한 의지와 의도'는 충분히 알겠다. 하지만 대부분 사람들에게 공감을 주지 못하는 논리적 비약이라든가 일반화의 오류를 지적하는 독자가 많다는 것도 사실이다.

약자와 약자는 언제나 연대하는가?

2018년 500명의 예민 난민이 내전을 피해서 제주도에 도착했다. 예멘 난민을 우리나라가 수용할 것인지를 두고 각계각층에서 격론이 벌어졌다. 같은 해에 실시한 제주 예멘 난민 수용 문제를 묻는 여론 조사에서 남성은 찬반이 반반으로 갈라졌지만, 여성은 60.1퍼센트가 난민 수용에 반대했다. 일반적으로 약자는 다른 약자와 쉽게 연대한다. 본인이 당해 왔던 불이익과 불평등의 경험을 토대로 다른 약자의 아픔을 잘 이해하기 때문에 다른 주류 집단보다는 약자에 대해서 더 관용적인 태도를 취한다. 그런데도 한국의 여성은 왜 같은 약자인 예멘 난민과 연대하지 않고 배척하는 입장을 취했을까?

한국 여성은 예멘 남성을 성범죄를 저지를 가능성이 큰 사람들로 생각했다. 즉 한국 여성은 예멘 난민을 약자로 보기보다는 성범죄를 저지를 가능성이 농후한, 여성에 대한 차별을 일삼고 폭력을 휘두르는 강자로 본 것이다. 그렇다면 예멘 남성을 주류이면서 강자로 보는 것이 맞을까? 《선량한 차별주의자》는 아니라고 말한다. 예멘 남성은 난민으로 인정받는다고 해서 한국 남성이 누리는 '큰 노력을 하지 않고도 신뢰를 얻고, 문제가 발생하더라도 해결할 수 있다'는 특권을 가지기 어렵다. 남성이든 여성이든 난민은 한 사회에서 철저하게 약자에 불과하다. 다시 말하자면 예멘 남성은 한국 여성보다 더 힘이 있거나 불이익을 줄 수 있는 존재가 될 수 없다.

한국 여성은 한국 사회에서 비주류 약자이지만 예멘 난민 문제에서만큼은 주류 국민의 특권을 행사했다. 여성이 주류로서 특권을 행사했다는 말이 생소하게 들릴지는 모르겠지만, 사람은 성별뿐만 아니라 국적, 사회적 위치, 경제적 여건 등에 의해서 다양한 지위를 가진다. 즉 한국 여성은 성별로는 약자이지만 한국 국민이라는 위치를 적용하면 난민보다 우월한 지위를 가진다고 저자는 말하고 있다. 그리고 자신의 이익이나 선입견이 발동되면 약자끼리의 연대도 쉽지 않다는 것을 예멘 난민 문제를 통해서 실감하게 된다.

그러나 이슬람 난민을 무작정 받아들여야 하며 그들은 난민이기 때문에 사회적인 약자에 지나지 않는다는 주장에는 동의하지 않는 사람도 많다. 이슬람 국가들이 여성에 대한 억압을 일삼는 것은 세상 누구나 아는 사실이며, 이슬람 사회에서 여성의 인권이 극히 취약한 것도 사실이다. 또 이슬람 사람들은 한국 사회에 살면서도 자신들의 문화만 고집하는 경향이 있다. 우리나라의 인권이나 여권 신장을 위해서 노력하는 분들이 난민을 수용해야 한다는 주장을 하려면, 아울러 이슬람 사회의 취약한 여권 신장을 위한 실질적인 노력도 해야 한다고 생각해 본다.

한남충 vs. 김치녀

《선량한 차별주의자》는 유머라고 다 같은 유머가 아니라고 주장한다. 지위가 높은 사람이 낮은 사람에게 하는 비하성 유머는 비하당하는 사람의 실생활에 중대한 영향을 미친다. 하지만 지위가 낮은 사람이 높은 사람에게 향하는 유머는 카타르시스라는 것이다. 다수와 소수, 교사와 학생, 고용주와 고용인, 남성과 여성 등의 관계에서 유머의 영향이 다르게 나타난다고 주장한다. 그러니까 다수가 소수를 향해서 남성이 여성을 향해서 유머를 구사하면 비하가 되지만, 소수가 다수를 향해서 여성이 남성을 향해서 비하의 뜻을 품은 유머를 구사하면 스트레스 해소에 가깝다는 것이다.

이런 맥락에서 생각하면 한남충과 김치녀는 모두 타인을 비하하고 모욕하는 발언이므로 모두가 존중받아야 한다는 인권의 원칙에는 맞지 않지만, 여성과 남성의 사회적인 위치를 생각하면 다르게 생각할 수 있다. 즉 김치녀는 '사치를 일삼고 남성에게 피해를 주는 여성'이라는 의미를 담고 있으며 남성이 기대하는 바람직한 여성상이 아니라는 '평가'도 내포한 표현이다.

그러나 한남충이라는 말은 여성이 남성에게 기대하는 역할 규범을 요구하는 의미가 없을뿐더러 여성의 입장에서는 '여성도 남성을 조롱할 수 있다'는 권력을 행사하는 현상이라고 《선량한 차별주의자》는 말한다. 또 '둘 다 잘못된 표현이다'는 식의 생각은 문제를 해결하는 데 도움이 되지 않으며, 사회적 성차별 구조 속에서 생각해 봐야 한다는 주장이다. 한마디로 한남충은 사회적 강자에 대한 유머이며, 김치녀는 약자에 대한 비하이기 때문에 같은 선상에서 볼 수 없다는 것이다. 김치녀는 여성을 비하하는 표현이지만, 한남충은 사회적 강자에 대한 비판에 해당하며 카타르시스를 느끼게 하는 표현이라고 주장한다.

물론 일리가 있는 말이다. 우리 조상들도 탈춤놀이 등을 통해 양반이나 권력층을 풍자하고 조롱하는 풍습이 있었다. 또 그런 활동들을 통해서 서민들이 카타르시스를 느꼈던 것도 분명하다. 그러나 아무리 관용적인 시각을 동원하더라도, 한남충이라는 표현을 강자에 대한 약자의 유머라고 받아들이는 것은 쉬운 일이 아니다. 더구나 사람을 벌레에 비유하는 용어를 어떤 의미나 형태로든 긍정적으로 받아들이기도 어렵다. 또 한남충이라는 용어가 여성을 비하하는 세태에 대한 반발의 차원이라는 해석 또한 공감하기 쉽지 않다.

김치녀가 먼저냐 한남충이 먼저냐를 두고 따지는 것은 달걀이 먼저냐 닭이 먼저냐의 문제와 다름없다. 사회적 약자를 배려하고 돌아본다는 취지는 모두가 인정하는 중요한 가치이지만, 그렇다고 해서 사람을 비하하는 표현을 두고 우열을 따질 필요까지 있겠느냐는 의문이 생긴다.

성차별이냐 능력주의냐

분명히 우리 사회의 성차별은 줄어들고 있다. 불과 30년 전만해도 여직원은 결혼하면 당연히 퇴직을 했다. 학교에서도 반장은 언제나 남학생이었다. 그러나 세월이 지나면서 여성 대통령이 탄생했고 기업이나 공기업의 여성 고위직도 늘어났다. 그러나 이런 사실만으로 여성에 대한 차별이 없어졌다고는 말하기 어렵다.

과거 미국은 농구 황제 마이클 조던이나 팝 스타 마이클 잭슨을 더 특별하게 조명했다. 미국 사회에서 흑인이라도 노력하고 능력을 갖추면 사회적으로 큰 성공을 할 수 있다는 신호로 사용했던 것이다. 그리하여 흑인들의 사회적 차별에 대한 분노를 누그러뜨리고자 했다. 우리나라도 마찬가지다. 극소수의 성공한 여성을 조명함으로써 우리 사회는 여성이라도 본인의 노력이나 재능에 따라 얼마든지 성공할 수 있다는 신호를 준다. 결국 여성으로서 가지는 불이익이나 장애 요소 때문에 좀 더 사회적인 성공을 하지 못하는 여성은 능력과 노력이 부족한 사람이 되어 버린다. 성차별을 가장 잘 보여 주는 지표 중의 하나인 여성의 월 급여액을 보자. 2017년 고용노동부가 발표한 자료에 따르자면 남성 급여액의 64.7퍼센트에 불과하다.

그렇다면 경찰관이나 소방관 채용 시험에 응시하는 여성 지원자에게 남성 지원자보다 완화된 체력 시험 기준을 적용하는 것은 공정한가? 많은 우리 사회 구성원은 아니라고 대답한다. 경찰관과 소방관이 수행해야 하는 업무는 매우 위험하고 평균 이상의 체력을 요구한다. 그런데도 여성이라는 이유로 남성 지원자보다 더 완화된 체력 조건을 요구한다면, 그 피해는 고스란히 일반 국민에게 돌아갈 수 있다는 것이 많은 사람들의 생각이다. 범죄자가 여성 경찰관이라고 해서 칼을 감추고 조금 더 천천히 도망치지는 않는다. 또 화재 현장에서 목숨이 위태로운 시민을 구해야 하는 상황을 생각해 보면, 여성 소방관 대신 남성 소방관이 출동하기를 기다릴 수는 없는 노릇 아닌가.

능력주의가 공정한 규칙이 되려면 평가에 임하는 모든 사람에게 공정한 잣대와 같은 조건이 부여되어야 한다. 예를 들어 청각 장애인에게 다른 경쟁자와 같은 영어 듣기 능력 평가 시험 점수를 요구하는 것은 공정한 잣대가 아니다. 더욱이 영어 듣기 능력이 청각 장애인이 지원하는 자리에 꼭 필요한 능력이 아니라면 더욱 그렇다. 모두에게 똑같은 기준을 적용한다고 해서 공정한 시험이 아닐 수도 있다는 말이다. 능력주의를 신봉하는 사람은 이 점을 간과하기 쉽다. 듣기 능력이 필요 없는 업무에 지원하는 청각 장애인에게 영어 듣기 평가 시험 점수를 다른 지원자와 같은 수준으로 요구하는 것은 불평등하다는 것을 대부분 사람들이 인정한다. 모두에게 동일한 기준을 적용하는 것이 공정한 정책이 아닐 수도 있는 것처럼 모두를 배려하는 기준을 적용하는 것 또한 공정한 정책이 아닐 수도 있다.

노 키즈 존은 차별인가?

일반적으로 장사를 하는 사람이 손님을 거부하는 경우는 드물다. 노 키즈 존은 아이와 동반해 오는 손님을 받지 않겠다는 특이한 경우다. 업주가 손님을 거부하는 이유는 가게 수익에 도움이 되지 않거나 더 많은 손님이 오는 데 방해가 되는 경우가 대부분이다. 가령 2,000원짜리 메뉴 하나를 주문해서 하루 종일 자리를 지킨다거나, 동반한 아이가 가게를 시끄럽고 소란스럽게 만들어 다른 손님을 방해해도 아랑곳하지 않고, 심지어 들어온 손님도 되돌아가게 만드는 손님들을 원하지 않는다.

《선량한 차별주의자》는 노 키즈 존을 부당한 처사라고 비판한다. 가령 군대에서 한 명이 잘못한 것을 두고 전체에게 벌을 주는 단체 기합과 비교할 수 있다는 것이다. 잘못한 사람에게만 제재를 가하면 되지 잘못하지 않은 사람에게까지 가게에 오지 못하게 하는 것은 부당하다는 것이다. 사실 노 키즈 존의 타깃은 남성보다는 여성이다. 아이를 데리고 식당이나 공공장소를 다니는 것은 아무래도 남성보다는 여성의 비율이 높은 것이 사실이다. 물론 공공장소에서 과도하게 소란을 피우고 장난을 치는 아이들도 있고, 또 그 장면을 보고도 아무런 제재도 하지 않는 부모들도 있다. 그렇다고 공공장소에서 예의를 지키고, 아이가 다른 사람에게 피해를 주지 않도록 훈육을 하는 부모들까지 출입을 막아서야 되겠는가. 그러나 업주 측에서도 할 말은 있다. 직접 경험하기 전까지 어떤 아이가 소란을 피울지 안 피울지는 겪어 보아야 안다는 말이다.

이러한 경우처럼 《선량한 차별주의자》는 많은 문제점을 제기하고 있지만 정작 대안 제시는 충분치 않다는 비판을 면하기 어렵다. 또 주장을 뒷받침하는 근거로 대부분 미국의 사례를 든 것도 우리나라 독자들로부터 좀 더 많은 공감을 이끌어 내는 데 어려움을 준다. 물론 미국이 여권에 있어서 우리나라보다 진보적인 것은 부정하기 어렵지만 미국과 우리나라의 상황을 완전히 동일 선상에서 보고 적용하는 것은 무리라는 것이 많은 독자들의 생각이다. 그런데도 사회적 약자에 대한 인식의 첫걸음을 떼게 도와주는 쉽고 가벼운 입문서를 찾는다면 《선량한 차별주의자》가 좋은 선택이다.

10

신경외과 전문의가 던지는
인생과 죽음에 대한 성찰

폴 칼라니티 《숨결이 바람 될 때》

□ □ □

《숨결이 바람 될 때》는 서른여섯 살 신경외과 전문의가 폐암에 걸려 사랑하는 딸과 아내를 두고 세상을 떠나기까지의 과정을 그린 책이다. 그렇다고 단순한 투병기는 아니다. 환자를 치료하던 의사가 시한부 판정을 받은 환자가 된 딜레마를 담담하게 서술하며, 그간 의사가 되기 위해 바쁘게 살아서 미처 생각하지 못했던 인생과 죽음에 대해 되돌아본다. 특히 제목에서 보이는 삶의 태도가 깊은 감동을 선사하며 저마다 삶을 열심히 살아갈 용기를 준다.

죽음 앞에서 삶을 논하다

사실 나는 《숨결이 바람 될 때》를 읽기 시작하면서 왜 이 책이 베스트셀러가 되었는지 의구심을 가졌다. 서른여섯 살의 전도유망한 신경외과 의사가 오랜 고생 끝에 인생의 절정기에 도달한 순간, 폐암에 걸렸다는 사연은 누구에게나 안타깝고 슬픈 이야기다. 그렇지만 사망 원인의 1위는 언제나 암이며 의사도 사람인지라 암으로 세상을 떠나는 경우가 허다하다. 또 내 나이가 오십 대 중반이 되면서, 부모님을 모두 여의고 상갓집을 빈번히 들락거리다 보니 죽음에 대해서 무덤덤하게 되었다. 그러나 이 책을 마지막까지 읽고 덮는 순간 나는 좀 더 많은 사람들이 이 책을 읽었으면 좋겠다고 생각하게 되었다. 지금까지 나는 톨스토이가 쓴 《이반 일리치의 죽음》을 죽음을 다룬 최고의 작품으로 생각했는데, 이제 그 자리를 《숨결이 바람 될 때》에게 물려줘야 하는 것이 아니냐는 생각도 하게 되었다.

무엇이 이 책을 이토록 특별하게 만들었는가? 우선 이 책의 저자 폴 칼라니티가 문학을 공부하고 나서 의사 공부를 하였다는 사실로 짐작할 수 있는데 《숨결이 바람 될 때》를 읽다 보면 인간을 이해하고 삶을 성찰하는 데 도움이 되는 문학 작품이 자주 등장한다. 따라서 이 책은 의사의 투병기라기보다는 독서 성장기라고도 볼 수 있고, 죽음을 다룬 책이기보다는 어떻게 살아야 한다는 삶에 대한 성찰로 읽힐 수 있다.

청년 시절 나는 서머싯 몸이 쓴 《인간의 굴레에서》를 필립이라는 고아가 우여곡절 끝에 마침내 사랑하는 여인과 결혼을 하고 해피엔딩으로 마감되는 서사를 중심으로 읽었었다. 그러나 중년이 되어서 다시 읽어 보니 《인간의 굴레에서》가 훌륭한 독서 성장기로 읽혔다. 이 책에는 책을 좋아하는 주인공 필립이 평생 동안 읽어 나가는 훌륭한 고전들이 무수히 등장한다. 어쩌면 우리가 평생 동안 읽어야 할 서양 고전이 모두 담겨 있다고 해도 과언이 아니겠다. 《숨결이 바람 될 때》도 마찬가지다. 이 책에도 톨스토이, 셰익스피어, T. S 엘리엇을 비롯한 서양 문학을 대표하는 고전 문학 작품이 다수 등장한다. 죽음과 삶을 성찰하는 데 모두 도움이 되는 책들이니 이 책에 나오는 작품들만 따라 읽어도 훌륭한 독서의 경로가 되리라 확신한다.

또《숨결이 바람 될 때》는 우리들에게 어떻게 살아야 하는가에 대한 좋은 모범을 보여 준다. 말기 암 환자만큼 절실하게 하루하루를 보내는 사람이 또 있을까? 저자는 자신에게 주어진 짧은 여생을 수술실 의사, 남편, 아버지, 자식 등 다양한 위치에서 최선을 다한다. 말하자면 이 책은 죽음을 논하는 책이 아니고 삶을 논하는 책이다. 군더더기 없이 담담하게 자신에게 허락된 짧은 시간을 헛되이 보내지 않고, 자신에게 주어진 역할에 최선을 다하는 모습을 보고, 그 누가 감동을 느끼고 공감하지 않겠는가. 결말이 죽음이라는 것을 누구나 짐작할 수 있지만, 독자들은 마치 반전이 넘치는 영화를 보는 것처럼 손에 땀을 쥔다. 제발 암을 극복하고 살아났으면 좋겠다는 응원을 하게 될 만큼 저자의 탁월한 글 솜씨에도 감탄하게 된다. 더구나 이 책이 암 병동에서 힘겹게 집필했다는 사실을 감안하면 더욱더 놀라지 않을 수 없다. 비록 저자는 이 책을 완성하지 못하고 세상을 떠났지만 남겨진 아내가 쓴 에필로그는 슬프고도 아름답다. 이 책은 죽음이라는 비극을 다룬 책이지만 우울할 때 위로가 되어 주는 책이다.

이해는 더 많은 것을 나누게 한다

무엇보다 의사는 수술을 하기 전에 환자의 마음을 이해해야 한다는 말이 감동적이었다. 환자를 단순히 병을 가진 사람으로 보며 기계적으로 치료를 하는 의사가 아니고, 환자의 모든 것을 이해하려고 노력하는 의사라니 그 얼마나 존경스러운가. 대부분의 의사는 소명 의식 때문이라도 있는 힘껏 환자를 구하려고 애쓴다. 하지만 칼라니티는 여기에 만족하지 않고, 의사는 더욱더 마음을 다해 환자를 이해해야 한다고 말한다. 가령 환자의 정체성, 인생관, 그가 생각하는 가치 등을 의사가 충분히 이해해야지 최선을 다해 헌신적으로 수술에 임하게 된다는 것이다.

오랫동안 교사로 일하면서 느낀 것인데 학생의 성적이나 학교에서의 생활만으로 학생을 대하는 것은 부족하다. 그 학생에 대한 자세한 가정 환경, 학생의 가치관, 특이한 경험을 이해하게 되면 확실히 더 학생을 이해하게 된다. 언젠가 한 영화에서 초상화를 그리는 화가가 모델을 오랫동안 자주 만나고 대화를 나누면서, 모델을 이해하려고 애쓰는 모습을 보고 놀란 적이 있다. 그전까지는 화가는 단순히 모델을 보고 최대한 모델과 닮은 모습으로 그리는 것이라고 생각했다. 화가가 초상화를 그릴 때 그림을 떠나 그 모델이 가지고 있는 인생관, 살아 온 인생 경로, 가치관 등을 이해해야 좋은 초상화를 그릴 수 있단다.

그렇듯이 의사도 병이나 증상뿐만 아니라 인간으로서의 환자를 이해해야 더욱더 최선을 다하고 좋은 치료를 할 수 있다는 성찰은 신선한 충격으로 다가왔다. 그래서인지 시설이 좋고 규모가 큰 병원보다는 수십 년간 알고 지낸 동네 병원 의사가 더 믿음직

스럽기도 하다. 물론 미술가가 모델의 인생 경로를 이해하는 데 오래 시간을 바치는 것처럼, 의사가 환자에게 그런 시간을 할애할 만큼 우리나라 의료 환경이 녹록하지 않은 현실이 아쉽다.

우리는 한 분야에만 집중해야 하는가

《숨결이 바람 될 때》의 저자는 신경외과 의사다. 의학의 모든 분야가 그렇겠지만 신경외과는 특히 고도의 집중과 높은 수준의 의술이 요구되는 위험하고 어려운 분야다. 그래서 대부분의 신경외과 의사는 대중적인 활동보다는 본업에 집중한다. 그래서 가장 이상적인 롤 모델이 신경외과 의사이면서 신경과학자이라고 하지 않는가. 이 대목을 읽으면서 나는 자신의 분야에 집중해야 하는 것이 굳이 신경외과 의사에 국한되는 것은 아니라고 느꼈다. 의학 못지않게 문학이나 철학 그리고 공학도 공부해야 할 범위가 넓고 깊게 파고들면 끝이 없는 학문이다.

최근 학문 간의 융합이 유행처럼 번지고 있다. 또 예전보다 확실히 복수 전공을 하는 학생이 많아졌다. 인문학을 전공하는 학생은 경영학이나 경제학을 복수 전공하는 것이 당연시되기도 한다. 심지어 문과 계열 학생들은 대학에 지원할 때 전공을 가리지 않고 일단 합격을 한 다음 취업에 도움이 되는 학과를 복수 전공을 하면 된다는 생각을 많이들 한다. 그렇지만 영문학을 전공하는 학생이 경영학을 복수 전공한다면 문학도 경영학도 제대로 공부하는 것은 아닐 것이다. 영어가 모국어가 아닌 우리나라 학생들이 19세기 영문학 소설 작품 한 권만 제대로 통독하고 이해하는 데에는 한 학기로도 부족하다. 또 전자공학을 전공하는 학생이 화학공학을 동시에 공부하는 것은 시간이라는 물리적 한계 때문이라도 매우 어렵다. 물론 칼라니티는 학부에서 문학을 공부하고 철학으로 박사 학위까지 받았지만 의학과 문학을 동시에 공부한 것은 아니다. 《숨결이 바람 될 때》 저자처럼 한 학문에 대한 깊이 있는 공부를 마치고 다른 학문을 탐구하는 것이 바람직한 융합이 아닐까라는 생각을 해 본다.

죽음이 없는 삶은 없다

고대 로마 장군들은 전쟁에서 승리를 하면 화려한 개선식을 열었다. 웅장한 개선식에는 반드시 노예가 따르며 메멘토 모리memento mori 즉 죽음을 기억하라고 외쳤다고 한다. 위대한 장군이라고 해서 전쟁에서 반드시 승리하라는 법은 없으니 패배와 죽음을 대비하면서 겸손하게 처신하라는 의도일 것이다. 죽음을 다룬 최고의 문학 작품이라고 칭송받는 톨스토이의 《이반 일리치의 죽음》도 따지고 보면, 죽음을 대비하면서 살아야 더 행복한 삶을 누릴 수 있다는 메시지를 주는 책이다. 또 《숨결이 바람 될 때》의 저자 또한 암 진단을 받고 여생을 계산하면서 끊임없이 자신의 죽음 이후를 대비한다. 책을 집필하는 한편 정자 은행을 통해서 자식을 탄생시키기도 하며, 아내에게 재혼을 권하기도 한다.

우리는 죽음을 늘 접하지만 자신과는 상관이 없는 일로 여기는 경향이 있다. 아침에 일어나자마자 출근을 해야 하는 사람과 그렇지 않은 사람은 그 다음 날을 준비하는 과정이 전혀 다르다. 마찬가지로 죽음을 자신의 일로 여기고 반드시 만나야 하는 운명이라는 것을 늘 염두에 두는 사람은 다르다. 죽음을 남의 일로 여기는 사람과는 비교가 될 수 없을 만큼 인생을 알차고 보람 있게 보내게 된다. 즉 우리가 언제나 죽음을 기억한다는 것은 평온한 죽음을 대비한다기보다는 우리에게 주어진 제한된 인생이라는 시간을 더 행복하게 보낼 수 있는 계기를 마련하는 것이다.

이 책을 읽게 되면서 알게 된 사실인데, 미국에는 암 환자들을 위한 다양한 모임이 있는 모양이다. 연극, 아 카펠라, 장기 자랑 모임 등이 있다. 물론 이런 모임에 참여하는 암 환자는 그나마 치료 가능성이 높고 기대 수명이 나쁘지 않을 것이다. 더욱 놀라운 것은 암 환자를 위한 부부 상담가가 따로 있다는 점이다. 다행히도 《숨결이 바람 될 때》 저자 부부는 너무나도 훌륭히 암에 대처하는 부부 관계를 유지하고 있기 때문에 상담가가 따로 조언할 것이 없다는 이야기를 듣는다. 따지고 보면 정작 문제가 심각하고 상담이 필요한 사람들은 상담에 대한 필요성을 느끼지 못한다.

내가 지켜본 암 환자들은 대부분 기껏해야 평소 먹고 싶었던 음식을 마음껏 먹고, 가족이나 친지들의 위로를 받으며 조심스럽게 산책을 하거나 짧은 여행을 하면서 죽음을 기다린다. 대부분 암 환자는 죽음의 공포를 몸소 체험하면서 외롭게 죽어 간다. 여흥이라고 해 봐야 봉사 활동차 병원에 오는 자원봉사자들의 공연을 보는 것이 전부에 가깝다.

문학은 인간을 이해하는 데 도움을 준다

우리는 주변에 죽음을 앞둔 암 환자를 만나면 대부분 '편안하게 쉬라'든가 '아무 걱정 말고 먹고 싶은 것이나 먹고, 가고 싶은 곳이 있으면 말하라'는 식의 위로를 전한다. 또 종교인이라면 내세가 있으니 너무 두려워하지 말라는 조언도 할 수 있겠다. 그러나 칼라니티는 편안한 죽음이 최고의 죽음이 아니라는 것을 깨닫고 아기를 가지기로 결정한다. 죽음을 코앞에 둔 사람이 인공 수정을 통해서 아이를 가진다는 것은 선뜻 이해하기 어려운 측면도 있다. 하지만 암 환자라고 해서 가만히 누워서 죽음을 기다리는 것보다는 본인이 하고 싶은 일을 적극적으로 찾아 나서고 실천하는 것이 더 좋은 죽음을 맞이하는 방법이라고 생각한다.

만약 그가 다른 암 환자처럼 수동적으로 죽음을 맞이했다면 수많은 독자들이 읽고 감동하며 인생의 좌표로 삼을 만한 《숨결이 바람 될 때》를 만나지 못했을 것 아닌가. 칼라니티는 죽음의 늪에서 방황하면서 자신의 목숨을 구해 줄 수도 있는 의학 연구나 생존 통계에는 아무런 관심을 느끼지 못하고 대신 죽음을 다룬 문학 작품을 읽기 시작했다. 알렉산드르 솔제니친의《암 병동》, 톨스토이의《이반 일리치의 죽음》을 비롯한 죽음을 다룬 책을 읽고 죽음을 이해하려고 노력했다. 죽음을 직접적으로 체험함과 동시에 문학을 통해서 죽음을 간접적으로 이해함으로 그는《숨결이 바람 될 때》를 집필할 용기를 얻었다. 시한부 생명이라는 우울한 현실을 사는 그에게 용기를 준 것은 문학이었다.

내가 강연을 갈 때마다 강의실을 채운 상당수 사람들은 오십대 이상이었다. 그분들은 내가 하는 말을 열심히 노트에 기록하는데 내심 존경스러운 마음이 들었다. 물론 나도 책을 좋아하고 글을 쓰지만 집필이라는 목표나 성과가 분명히 존재한다. 그런데 내 강연에 오는 노년층의 대부분은 그저 책과 지식이 좋아서 오시는 분들이다. 오랫동안 나는 그분들을 이해하기 어려웠다. 그런데 이 책을 읽고 나니, 그분들이 왜 그토록 강의에 집중하며 내가 하는 보잘 것 없는 말을 열심히 기록하는지 이해하게 되었다. 그분들은 지식을 넓혀 가고 새로운 영감을 얻는 것이 여생을 더 행복하게 사는 방식인 것이다. 문학이 우리들에게 선사하는 위로와 즐거움 그리고 행복은 우리가 생각하는 것 이상으로 크다.

많은 독자들은《숨결이 바람 될 때》를 읽고 내용도 내용이지만 수려한 문장에 감탄한다. 한 줄도 허투루 넘길 수 없을 만큼 문장이 아름답고 간결하다. 게다가 이 책의 곳곳에 등장하는 아름다운 문학 작품의 인용구들도 그렇다. 저자가 의학 공부에 앞서 문학 공부를 오랫동안 한 덕분이라고 생각한다. 저자가 밝혔듯이 의학은 병을 이해하는 데 도움이 되며, 문학은 인간을 이해하는 데 도움을 준다. 만약 폴 칼리니티가 오로지 의학 공부만 했다면 치료에 앞서 환자라는 인간 자체를 이해하려고 애쓰는 존경스러운 의사가 되기 어려웠을 것이다.

의학은 고도로 정제된 과학이다. 그러나 의학이 매우 특징적으로 인문학적 특성을 가지고 있는 학문이라는 사실을 떠올리는 사람은 드물다. 치료는 결국 의학이라는 자연 과학과 인간관계를 탐구하는 인문학의 조화가 필요하다. 사실 우리나라도 이 사실을 익히 인식하고 있었으며 의학전문대학원도 이런 인식의 바탕에서 추진된 것이다. 즉 인문학적 교육을 토대로 사람을 먼저 생각하는 소양을 갖춘 다음, 자연 과학의 최첨단에 있는 의학을 공부한 의사를 양성하고 싶었던 것이다.

죽음을 넘어서는 사랑, 가족

죽음을 앞둔 아버지가 이제 갓 태어난 딸에게 주는 메시지를 담은 마지막 구절은 누가 읽어도 감동적이다. 만약 우리에게 누가 그동안 어떻게 살았고, 어떤 일을 했으며, 어떤 의미 있는 일을 했느냐고 묻는다면, 우리는 이렇게 대답할 수도 있겠다. 부모의 여생을 충만한 기쁨으로 채워 주었다고. 어찌 보면 우리는 세상에 태어나 가장 보람된 일을, 우리가 기억도 하지 못하는 어린 시절에 모두 한 것이 아닐까라는 생각을 한다. 자신이 별 볼 일 없는 존재라고 자책할 이유가 없다. 우리 모두는 태어나고 자라면서 부모에게 그 무엇과도 바꿀 수 없는 기쁨을 선사한 존재가 아니던가. 이 책의 마지막 구절을 읽고 난 뒤, 이미륵 선생이 쓴《압록강은 흐른다》의 마지막 구절이 떠올랐다. 일제 강점기에 3·1 만세 운동을 하다가 왜경에게 쫓겨 고향으로 숨어들어 온 아들에게 어머니는 중국을 거쳐 유럽으로 유학을 떠나라고 권한다. 어쩌면 다시 보지 못할 수 있는 아들을 향해서 어머니는 용기를 내라고 격려를 하는 한편 이미 아들로 인해서 너무나도 많은 기쁨을 얻었다고 말한다.

폴 칼리니티의 아내 루시는 에필로그를 통해서 우리들에게 이렇게 조언한다. 불치병을 헤쳐 나가는 가장 좋은 방법은 가족 끼리 서로 깊이 사랑하는 것이며, 본인의 나약한 모습을 가족에게 숨기지 말 것이며, 서로에게 친절하고 감사해야 한다. 가정을 꾸리고 살다 보면 누구나 다정하고 따뜻한 가족이야말로 세상의 모든 역경을 이겨낼 수 있는 힘을 준다는 것을 안다. 단란한 가정은 우리가 무슨 불치병을 앓게 되더라도 결코 혼자가 아니며 불필요한 고통을 겪을 일도 없다는 확신을 준다.《숨결이 바람 될 때》는 이 사실을 우리들에게 되새기게 해 주는 미덕이 있다.

11

왜 사회적 약자가
특별히 더 아픈가

김승섭 《아픔이 길이 되려면》

□□□

사람은 누군가와 관계를 맺으며 살아가는 존재다. 또 정치 · 경제 · 사회 · 문화적 배경 안에서 다양한 관계로 묶여져 있다. 따라서 우리의 몸과 마음은 우리가 맺고 있는 그리고 속해 있는 집단에 영향을 받을 수밖에 없다. 《아픔이 길이 되려면》은 사회적 약자가 왜 특별히 더 아플 수밖에 없는지를 밝히고 그 대안을 제시한다. 다만 저자가 과학을 전공하지 않은 사실에서 추측할 수 있듯이 자신의 주장을 뒷받침하는 과학적인 자료와 근거가 빈약하다는 비판은 피할 수 없어 보인다.

사회역학이라는 학문

부끄럽게도 나는 역학 조사라는 단어의 뜻을 정확하게 알게 된 지가 오래되지 않았다. 역학 조사疫學調査라는 말을 들으면 반사적으로 역학力學을 연상했다. 사전을 찾아보면 역학 조사는 전염병이 돌 때 질병이 어떤 이유로 발생했는지를 빠르게 찾아내서 전염병이 더 이상 확산하는 것을 예방하고, 앞으로도 신속하게 대처하기 위해서 실시하는 조사라고 나온다.

역학疫學은 전염병을 비롯해서 모든 질병의 원인을 탐구하는 학문이다. 예를 들어 흡연이 암의 원인이 될 수 있다는 것이나 근로자가 벤젠에 노출되면 백혈병에 걸릴 수 있다는 것을 밝혀내서 질병을 예방하는 데 중요한 역할을 한다. 물론 메르스MERS나 코로나

19 같은 전염병이 유행할 때도 역학 조사를 실시한다.

그렇다면 《아픔이 길이 되려면》의 저자 김승섭 교수가 연구한다는 사회역학은 어떤 학문일까? 사회역학은 차별, 고용 불안, 사회적 고립, 빈곤, 성 소수자에 대한 편견과 같은 사회적인 요소가 사람의 건강을 해칠 수 있다는 연구 가설을 탐구한다. 사회역학은 질병을 유발하는 사회적 원인을 발견하고, 사회적 부조리를 개선해서 사회 구성원들이 좀 더 건강하고 안전하게 살 수 있는 방법을 추구하는 학문이다. 사회역학 교과서가 처음 등장한 것이 2000년이므로 독립된 학문으로 자리매김한지 얼마 되지 않은 신생 학문이다. 《아픔이 길이 되려면》은 사회역학의 구체적인 예와 사회역학자인 저자의 주장을 담은 책이니, 사회역학의 개념만 이해해도 이 책을 절반은 읽은 셈이다.

건강은 단지 개인의 문제인가?

많은 사람들이 건강에 많은 관심을 가지고, 잘 지키려고 애쓴다. 한편으로는 건강을 논할 때 저마다 타고난 유전자나 식습관, 체질 등을 최우선으로 떠올린다. 보건 체계나 의료 기술도 마찬가지다. 질병에 있어서 기껏해야 가족력 따위 정도만 고려하지, 환자 이외의 타인이나 사회적인 요소를 깊이 개입시키지는 않는다.

어쨌거나 의료 기술은 눈부시게 발달하고 있다. 혈압을 알약 하나로 조절하게 된 것은 이미 오래전 일이고, 최첨단 의료 기기는 우리 몸 곳곳을 손바닥처럼 들여다보고 종양을 제거한다. 의료 기술의 발달로 인간의 수명은 비약적으로 길어졌지만 정작 해결하기 어려운 문제는 남아 있다.

우리의 건강을 위협하는 것은 개인의 식습관, 지병, 유전자뿐만 아니라 사회적인 요소가 있기 때문이다. 고용 불안, 실직, 열악한 노동 환경, 사회적인 차별, 성 소수자에 대한 편견 따위도 우리 건강을 위협한다. 《아픔이 길이 되려면》은 앞서 열거한 사회적 상처가 얼마나 인간의 건강을 위협하는지를 고찰하고 나름의 대안을 제시한다. 물론 이 책이 제시하는 방안이 반드시 최선책이라고 고집하기는 어렵지만, 질병을 개인사뿐만 아니라 사회적인 책무로 바라보는 시선은 매우 새롭고 가치 있다.

또 높이 살 수 있는 부분은 저자의 주관적인 의견이 아닌, 일반인이 접하기 어려운 의학 논문과 통계에 근거해서 주장을 펼쳤다는 점에서 객관성을 확보하고 있다는 것이다. 이 지점에서 사회역학자의 고민이 존재한다.

사회역학은 가능한 한 많은 자료를 분석해서 질병의 원인을 찾아내야 신뢰성을 확보할 수 있는데, 정부와 사회는 사회적 약자에 대한 자료 수집에 정성을 기울이지 않는다. 사회적 약자의 정치적인 영향력은 미미하기 때문이다. 그렇기 때문에 사회역학자는 유의미한 자료를 추출하기 위해서는 어쩔 수 없이 가난하고 병든 사람들이 다치고 죽어 나가는 것을 구경만 하고 있어야 한다. 그렇다고 해서 사회역학자가 자료 없이 링 위에 올라갈 수는 없는 노릇이다. 사회역학자에게 적절한 자료야말로 가장 강력한 무기이기 때문이다.

개인의 의지로 금연할 수 있을까?

흡연이 건강에 해롭다는 것은 누구나 인정하는 진리다. 또 대부분의 사람은 금연을 하지 못하는 것을 흡연자 개인의 의지 부족 때문이라고 생각한다. 과연 그럴까? 당신이 생명을 위협받을 정도로 위험한 작업 환경에서 일하는 노동자이거나 발암 물질에 노출되기 쉬운 공장에서 일하는 근로자라고 생각해 보자. 당신에게 금연을 하면 폐암을 예방할 가능성이 높아지고 더 오래 살 수 있다고 말한다면 금연을 해야 한다는 의지가 생길까? 그렇지 않을 가능성이 클 것이다.

사회역학에서는 흡연이 주는 효과가 흡연자의 계층에 따라서 다르다는 점을 지적한다. 즉 가난한 사람에게 있어서 흡연이 주는 스트레스 감소 효과는 부유한 사람보다 크다. 물론 흡연이 주는 스트레스 해소 효과는 매우 일시적이지만, 가난한 사람에게 흡연은 적은 돈으로 큰 스트레스 해소 효과를 얻는 수단이다. 이러한 사실은 열악하고 위험한 환경에 대한 스트레스를 해소하기 위한 수단으로 흡연하는 사람에게, 금연 홍보 정책이 제대로 먹혀 들지 않을 것이라는 점을 알려 준다. 금연은 개인의 의지뿐만 아니라 가난하고 열악한 근무 환경이라는 사회적인 요소에 의해서도 영향을 받는다고 사회역학은 지적한다.

그렇다면 사회역학이 제시하는 대안은 무엇인가? 사회역학이라고 해서 저소득층의 흡연 문제를 내버려 두자는 아니다. 다만 소득과 근무 환경을 고려하지 않은 금연 홍보 정책은 효과를 기대하기 어렵기 때문에 근무 환경을 개선하고, 산업 안전 프로그램을 함께 실시하는 것이 더 큰 효과를 거둘 수 있다고 주장한다. 물론 이 주장은 금연 프로그램과 산업 안전 프로그램을 함께 실시한 근로자의 금연 규율을 분석한 자료에 기반을 둔다. 현재까지 실시하는 금연 프로그램은 금연 문제를 개인사로만 치부하고, 근무 환경 개선이나 산업 안전 프로그램이라는 국가의 책무를 고려하지 않은 치명적인 문제가 있었다.

즉 금연 문제를 의지라는 틀에 넣어 개인의 역할에만 치중했지 근무 환경 개선이라는 회사와 국가의 역할은 무시했다는 것이다. 사회역학의 이런 처방은 매우 실용적이고 현실적이라고 생각한다. 게다가 저소득층이고 위험한 근무 환경에 근무하는 노동자의 흡연 문제를 개인적인 문제로 치부하는 것은 공정하지 못한 측면이 있다. 사회적 약자로 분류되는 성매매 여성에 대해서는 다양한 지원책이 제공되지 않는가.

폭염은 공평하지 않다

매년 한여름이 되면 폭염으로 인한 사망 사고 뉴스가 심심찮게 등장한다. 폭염에 취약한 사람들이 그 희생자일 텐데 그렇다면 어떤 사람이 폭염에 취약할까? 이 물음에 답을 하기 위해서 미국의 사회역학자들이 1995년 7월 21일부터 8월 18일 사이에 희생된 폭염 사망자를 조사했다. 세계적으로 관심을 끈 이 조사의 연구 결과는 충격적이다. 우선 병에 걸려서 침대에 누워서 생활하거나 에어컨이 없이 생활하는 사람들이 폭염의 대표적인 희생자로 드러났다. 새삼스러운 일이 아니며 누구나 짐작할 수 있는 결과다. 그러나 폭염 때문에 사망에 이르게 되는 또 다른 위험 요소가 '사회적 고립'이라는 사실은 우리에게 충격으로 다가온다.

사회 활동을 하지 않고 홀로 생활하는 사람들, 폭염에도 집에만 머무는 사람들이 폭염 때문에 더 많이 죽어 나갔다. 그렇다면 사회 활동을 하지 않는 사람들은 왜 집에만 머무를까? 물론 개인적인 성향 때문에 혼자 생활하는 시간이 많은 사람들도 있다. 그러나 만약 당신이 밤만 되면 우범 지대로 변하고, 마약 거래가 빈번하며, 수시로 강력 범죄가 발생하는 동네에 산다면 이야기가 달라진다.

물론 범죄자가 많다고 해서 폭염으로 인한 사망자가 늘어나지는 않는다. 범죄나 마약 자체가 폭염 사망자를 증가시키지는 않지만, 공동체는 파괴할 수 있다. 우범지대에 사는 주민들은 가능한 외출을 삼가고 가능한 이웃에게 관심을 가지지 않는다. 따라서 상대적으로 쾌적하고 안전한 지역에 사는 주민처럼 위험이 닥치면 이웃에게 도움을 요청하고, 좀 더 안전한 장소를 찾아서 거리로 나서지 못한다는 것이 사회역학자들의 설명이다. 즉 폭염과 같은 자연재해조차 사회 계층에 따라서 직접적인 위험도가 달라진다는 주장이다.

자연재해에 있어서 사회적 불평등은 어떻게 해소해야 할까? 1999년 7월 폭염이 찾아온 미국 시카고의 대책에서 우리는 희망을 볼 수 있다. 시카고 시장은 비상 기후 대응 전략을 수립하여 시카고 시내 곳곳에 에어컨이 작동하는 쿨링 센터를 무료로 이용하도록 했다. 또 거동이 불편한 노인을 위해서 쿨링 센터로 가는 셔틀버스도 무료로 제공했다. 뿐만 아니라 폭염에 취약한 사람들의 집을 일일이 찾아서 건강 상태를 확인하기도 했다. 이런 노력 끝에 폭염 사망자가 칠분의 일은 줄어들었다. 즉 폭염과 같은 자연재해를 인간이 어쩔 수 없는 사고로 개인이 알아서 할 문제로 여기지 않고, 사회적인 구조의 문제로 설정을 하고 이 설정에 의해서 대책을 수립했던 행정력이 거둔 성과였다.

물론 우리나라도 폭염에 대한 사회와 국가의 책무에 무관심한 것은 아니다. 한여름이면 그늘 쉼터를 곳곳에 설치하는 등의 대책을 마련한다. 그러나 폭염에 특히 취약한 계층에 대한 집중적인 대책은 아직 부족하다. 여전히 우리나라는 자연재해를 어쩔 수 없는 사고이며 개인이 알아서 해야 할 문제라고 여기는 듯하다.

낙태 금지법은 공정한가?

2016년 대한민국 보건복지부는 낙태 수술을 한 의사에 대한 처벌을 강화한다는 시행령 개정을 발표하였다. 이 개정안은 불법 의료 행위를 한 의사를 처벌하겠다는 목적보다는 낙태 수술을 시도하려는 여성을 원천적으로 봉쇄하겠다는 취지에 가깝다. 개정안이 발표되자마자 우리 사회는 여성의 자기 신체에 대한 통제권과 생명 존중을 두고 큰 논란이 일었다. 결국 낙태를 억제하려는 개정안은 철회되었지만, 우리 사회는 '생명'과 '선택' 중에서 어느 것을 우선해야 하는지를 논의해 나가야 한다. 이 논의는 만약 우리 정부가 추진하려고 했었던 낙태 금지법이 예정대로 시행되었다면 어떤 일이 벌어질 것인지 고찰해 보면 중요한 실마리를 얻을 수 있다.

마침 우리보다 훨씬 앞서 루마니아 독재자 니콜라에 차우셰스쿠는 1966년 줄어드는 출산율을 막기 위해 낙태 금지법을 시행하였다. 매우 특수한 경우만 제외하고 낙태를 금지한 이 법안은 1989년까지 23년 동안 시행되었다. 말하자면 낙태 금지 문제를 두고 고민하는 나라가 참고할 만한 사례다.

루마니아 낙태 금지 법안이 가져온 세 가지 결과는 이렇다.

우선 첫 4년 동안은 기대한 대로 출산율이 대폭 늘었다. 이 법안이 시행되고 나서, 인구 1,000명당 신생아 수가 14명에서 21명으로 증가했다. 그러나 이러한 출산율의 증가는 일시적이었다. 인간 세상에는 작용이 있으면 반작용이 있는 법이다. 아이를 키울 처지가 못 되는 여성이 임신을 하게 되었을 때 법대로 출산을 할 수 있을까? 가난한 사람이라고 모정이 없는 것은 아니지만, 낳아서 키울 수 없는 절박한 상황이라면 어떻겠는가. 임신한 여성이나 주변인들은 어쩔 수 없이 법의 허점을 이용해서 낙태를 할 수 있는 방법을 찾기 마련이다. 의사에게 뇌물을 주고 합법적으로 낙태를 할 수 있는 허위 진단서를 발급 받든지, 병원에 가지 않고 위험한 방법으로 낙태를 시도하는 경우도 늘어났다. 결국 루마니아 낙태 금지법이 시행된 지 4년이 지나자 잠시 증가했던 출산율은 제자리로 복귀하고 말았다.

두 번째 결과는 원치 않는 아기를 출산하게 된 많은 루마니아 여성들이 보육원으로 발길을 돌렸다는 것이다. 낙태 금지법을 피해서 낙태를 하는 방법을 찾지 못한 여성들은 어쩔 수 없이 원하지 않는 아기를 출산할 수밖에 없었을 것이다. 그렇다고 경제적 능력도 없고 아이를 키우고 싶은 의지도 부족한 산모가 아이를 양육할 수는 없다. 결국 가장 쉬운 해결책은 보육원이다. 루마니아에서 낙태 금지법이 시행되는 동안 보육원 원생의 숫자는 급격히 늘었고 열악한 시설과 영향 결핍 때문에 보육원에 거주하는 영아 사망률 또한 증가했다.

　마지막으로 주목할 수 있는 결과는 임신과 출산과 관련된 여성의 사망률이 가파르게 늘었다는 것이다. 낙태 금지법 때문에 정식 의사에게 낙태 수술을 받지 못한 여성은 위험한 불법 시술을 통해 낙태를 시도했다. 불법으로 낙태 수술을 받던 여성들이 과다 출혈과 감염 때문에 사망하는 일이 빈번했고, 그로 인해 임신 출산으로 인한 여성 사망률이 높아진 것이다. 낙태 금지법을 철폐하자 루마니아의 임신과 출산 관련 사망률이 낮아졌다. 이 사실로 우리는 낙태 금지법이 출산율을 높이기는커녕 오히려 애꿎은 젊은 여성을 희생시킨다는 결론을 얻을 수 있다.

　사실 낙태 금지법과 출산율의 관계를 두고 굳이 루마니아 사례를 가져올 필요도 없다. 《아픔이 길이 되려면》을 읽고 주변의 젊은 여성에게 만약 당신이 원치 않는 임신을 했는데, 국가가 낙태를 엄격히 금지한다면 어떻게 할 것인지를 물었다. 대부분 여성들이 깊게 생각할 것도 없이 불법 시술과 보육원을 언급했다. 다시 말해서 우리나라에서 낙태를 엄격히 불법화한다면, 과거 루마니아가 걸었던 전철을 고스란히 밟게 되는 것은 자명하다.

　참고로 우리나라 헌법재판소는 지난 2019년 낙태죄에 대해서 헌법 불일치 결정을 내렸다. 낙태를 한다고 해서 여성을 처벌하는 것은 헌법 정신에 맞지 않는다는 것이다. 그리고 2021년 1월부터는 임신 기간이나 이유에 상관없이 낙태를 할 수 있게 되었다. 그렇다고 해서 임신과 출산 문제에 대한 사회적 합의가 완전히 이루어진 것은 아니다. 산부인과협회에서는 임산부의 안전을 고려해서 임신 기간 10주 이내의 경우에만 조건 없이 낙태를 시행하겠다고 발표했는데, 여성계에서는 임신 기간에 상관없이 낙태를 할 수 있어야 한다고 주장한다.

이 문제에 대해서 우리 사회는 더 깊은 논의와 연구가 필요하겠지만 낙태 금지 법안이 유발하는 부작용에 관해서는 논쟁의 여지가 보이지 않는다. 연구와 설문을 할 필요도 없이 자유 의지를 가진 인간에게 국가가 강제로 출산을 강요한다고 해서 국가의 의도대로 낳아서 잘 키운다고 예상하기는 어렵다. 인간은 거의 본능적으로 자신에게 부과하는 강제력에서 벗어나는 탈출구를 찾기 마련이기 때문이다.

《아픔이 길이 되려면》이 주장하는 낙태 금지법이 가져오는 부정적인 파장에는 어렵지 않게 동의하게 된다. 그러나 이 책이 주장하는 것처럼 원치 않는 임신으로 인한 피해가 가난한 여성에게 집중된다고 생각하기는 어렵다. 김승섭 교수는 가난한 여성일수록 피임 교육을 충분히 받지 못하며, 피임 수단에 대한 접근성이 떨어진다는 이유를 든다.

적어도 우리나라는 이 경우에 해당하지 않는다. 우리나라가 미개발 저소득 국가라면 저자의 주장이 설득력을 갖겠지만 우리나라는 현재 선진국의 반열에 위치한 나라다. 현재 우리나라 의무교육은 주기적으로 모든 학생에게 피임을 포함한 성교육을 실시한다. 성인 여성도 마찬가지다. 적어도 콘돔을 살 돈이 없어서 피임을 하지 못했다는 사례를 들어 본 기억이 없다. 다만 이 책이 우리 사회가 아닌 인류의 문제를 고민하고 있다는 사실을 염두에 두면 저자의 주장은 타당하다. 전 세계에 흩어져 있는 저소득 국가의 여성은 피임 교육을 받을 기회가 드물고 콘돔을 쉽게 구하기 어렵다는 것은 자명하다.

우리나라는 여성 낙태 문제에 대한 원죄가 있는 나라다. 과거 남아 선호 사상이 기승을 부리던 시절 여성의 신체는 타인에 의해서 통제되는 경우가 잦았다. 여아에 대한 낙태 수술은 여성의 의견보다는 남아를 원하는 타인의 결정 때문에 행해지는 사례가 많았다. 게다가 남아를 출산하기 위해서 산모의 건강을 심각하게 해치는 각종 시술이 자행되기도 했다.

위험한 작업장은 약한 사람에게로

선진국에 진입했다고 자랑하는 대한민국이지만 여전히 많은 사람들이 자신의 직장에서 사고로 목숨을 잃는다. 물론 경영자의 작업 환경 개선 의지와 안전 교육이 부족하다는 비판도 가하지만,

작업장 인사 사고에는 우리가 주목하지 않는 사회적 불평등이 숨어 있다. 대기업이든 중소기업이든 위험한 작업은 보통 하청 업체나 비정규직 직원에게 맡긴다. 기업들이 자사 직원을 보호하기 위해서가 아니다. 위험한 일일수록 약자에게 맡기는 데에는 사악하고 교활한 이유가 있다. 하청 업체는 문제가 생겨도 원청 업체에 감히 이의를 제기하지 못하기 때문이다. 문제를 일으키면 더는 하청을 받지 못할까 봐 전전긍긍할 뿐이다. 그러니까 기업은 일감을 외주하는 것이 아니고 위험을 외주하는 셈이다.

외주 업체에 일감을 주면 인건비를 절약할 수 있으며, 더불어 사고가 나도 책임을 회피할 수 있는 가능성이 높아진다. 위험 외주는 국경을 가리지 않는다. 국내 대기업들은 안전 규정이 느슨한 나라를 찾아서 공장을 세운다. 안전 규정이 느슨하니 당연히 인사 사고가 더 많이 일어날 것이며 사고는 조용히 묻힐 것이다. 지금 이 순간에도 안전 규제가 닿지 않는 가난한 나라 노동자들은 일터에서 쓰러지고 제대로 된 보상도 받지 못한다.

재소자의 인권도 존중해야 하는가

《레 미제라블》로 유명한 빅토르 위고는 일찍이 무상 교육, 무상 급식, 사형제 폐지를 주장했다. 《레 미제라블》은 제목처럼 가난하고 약한 자를 위한 소설이다. 이 소설의 주인공 장 발장은 굶주리는 조카를 지켜보다 못해서 빵을 훔친 생계형 범죄자다. 물론 탈옥을 여러 차례 시도해서 가중 처벌을 받았지만 빵을 훔쳤다고, 19년 동안 교도소에 수감된 것은 누가 봐도 가혹하다. 더구나 출소를 한 뒤, 장 발장은 돈을 주고도 음식을 사 먹을 수 없었고 하루 묵을 숙소도 구하지 못했다. 범죄자 표식을 가진 장 발장은 돈을 내보여도 쫓겨나기 일쑤였다. 그러니까 위고는 범죄자가 원래부터 악한 존재가 아니라 사회가 범죄자를 만들어 낸다는 말을 하고 싶었던 게 아닐까? 그래서인지 위고는 무상 교육과 무상 급식을 실시해야 한다고 주장했다. 누구에게나 공평하게 교육의 기회가 주어지고 배를 곯는 사람이 없으면, 범죄는 자연히 줄어든다고 생각했던 것이다.

위고가 세상을 떠난 지 150년이 다 되어 가지만 범죄자의 인권을 논할 때 많은 사람들은 회의적인 의견을 낸다. 선량하고 더 불쌍한 사람을 돕는 것도 벅찬데, 나쁜 짓을 한 사람까지 보살펴야 하느냐는 것이다. 김승섭 교수는 이러한 의견에 다음과 같이 답한다. 범죄자는 이미 자유를 박탈당하는 것만으로도 죗값을 치르는 것인데 의료 서비스까지 제공하지 않으면 너무 가혹하지 않느냐는 것이다. 이에 대해서 적지 않은 사람들은 경범죄를 저지른 사람은 그렇더라도 인류를 저버린 흉악범에게도 의료 서비스를 제공하는 것이 과연 맞느냐고 반문한다. 하지만 김승섭 교수는 비록 흉악범일지라도 공동체가 제공하는 혜택에서 제외된 사람은 약자이며 그들의 인권도 보호받아야 마땅하다고 주장한다.

나는 이 문제에 대해 반론을 제기하고 싶다. 우리나라는 이미 재소자에 대한 충분한 의료 서비스를 제공하고 있다고 생각한다. 다만 재소자의 치료에 대해서 불평등 요소는 다분히 있다. 부자들은 변호사 접견을 핑계로 수감 생활을 제대로 하지 않으며 심지어는 병원에서 수감 생활을 이어 나가기도 한다. 적어도 우리나라에서는 재소자의 치료 자체보다는 의료 서비스에 있어서 부자와 가난한 자의 불평등을 논하는 것이 더 시급한 과제가 아닐까?

김승섭 교수의 주장대로라면 흉악 범죄를 저지른 자라도 수감 생활을 시작하는 순간 자유를 빼앗긴 '약자'로 변신한다는 것인데, 과연 이 상황이 사회 정의에 부합하느냐는 생각이 든다.

12
초과하는
에너지에 대한 경고

제레미 리프킨 《엔트로피》

□ □ □

《엔트로피》는 유용한 자원이 소비가 되면서 쓸모가 없는 에너지로 전환되는 열역학 제2
법칙을 사회적, 문화적 관점에서 분석하는 책이다. 과다한 개발, 환경 오염, 실업 등을
통해서 미래 세대가 써야 할 유한한 자원을 낭비하고 있는 현대 사회의 문제점을 파헤치
고 그 대안을 제시한다. 그러나 저자가 과학 전공자가 아니라는 점, 자신의 주장을 뒷받
침하는 과학적인 연구나 자료가 미흡하다는 점이 아쉬운 점으로 꼽힌다.

우리는 누가 만든
세상에 살고 있는가?

우리가 사는 현대는 기계로 가득 차 있다. 우리는 기계의 시대에 사는 셈이다. 기계에 둘러싸여 살다 보니 정밀, 속도, 정확성 등이 무엇보다 중요한 가치다. 우리는 매일 '이거 얼마나 빨라?', '거기까지 가는 데 얼마나 걸려?' 등의 질문을 달고 산다. 기계로 만든 아침을 먹고, 기계를 이용해서 출근한 다음, 기계를 켜면서 하루를 시작한다. 현대인에게 역사는 곧 기술 발달의 진행이다. 한마디로 우리는 기계론적 세계관이 지배하는 세상에 살고 있다.

그럼 대체 우리가 사는 기계의 시대는 누가 설계했을까? 프랜시스 베이컨, 르네 데카르트, 아이작 뉴턴, 이 세 사람이 현재 우리가 사는 세상을 만들었다고 생각하는 사람은 많지 않을 것이다. 그저 교과서에 나오는 위인이며 시험을 치르기 위해서 힘들게 공부를 한 기억만 떠오르기 마련이다. 놀라지 마시라. 이 세 사람이야말로 현재 우리가 사는 세상을 지배하는 기계론적 세계관을 설계한 장본인들이다.

베이컨은 고대 그리스 세계관을 맹렬히 부정함으로써 기계 패러다임의 기반을 마련했다. 플라톤, 아리스토텔레스로 대표되는 그리스 세계관을 한마디로 '탁상공론'으로 치부했다. 말만 거창하지 인간의 삶을 개선하려는 시도는 단 한 번도 하지 않았다고 비판했다. 베이컨은 진정한 학문은 인간의 삶에 새로운 발명과 힘을 선사하는 것에 집중되어야 한다고 믿었다. 한마디로 실용주의의 원조라고 할 수 있다. 베이컨이 일단 기계론적 세계관의 문을 열자 데카르트와 뉴턴이 그 뒤를 쫓아왔다. 데카르트가 기계론적 세계관의 설계도를 들고 왔다면, 뉴턴은 가게를 열고 사업을 시작하는 데 필요한 모든 공구를 가져왔다. 데카르트와 뉴턴은 수학적인 방법론을 통해서 세상을 본 사람들이다.

한편 기계론적 세계관을 창시한 삼총사의 눈부신 활약상을 지켜보던 존 로크는 정부와 사회의 역할을 기계적 세계관에 끌어들였고, 애덤 스미스는 경제를 기계론 속으로 포함했다. 로크는 존재하는지 증명도 할 수 없는 신을 세상을 통치하는 이념으로 삼을 수 없다고 판단했다. 따라서 인간으로 구성된 사회의 유일한 목표는 구성원이 재산을 축적하게 허용하는 것이라고 주장했다. 그에 따르면 정부나 사회의 목표는 구성원이 자기 이익을 추구하도록 장려하고 보장하는 것이어야 했다. 빈곤이야말로 인간을 악하게 만드는 암적인 존재이기 때문에, 부의 축적을 허용해 구성원이 부를 쌓아 갈수록 사회는 조화를 이루면서 잘 돌아간다고 생각했다.

그에 따르면 버려진 땅에 농작물을 심어 수확을 한다면 그만큼 인류의 풍요에 기여하는 것이다. 생산에 이바지하지 않는 국립 공원이나 산, 강은 모두 사회 발전을 막는 걸림돌에 지나지 않는다. 세상에 존재하는 모든 토지는 모두 생산에 기여하는 것이 로크가 생각하는 바람직한 방향이다. 따라서 더 넓은 평원에 농사를 짓지 않고 수렵 생활에만 몰두했던 아메리카 원주민들은 매도해야 마땅하다. 한마디로 풍요로운 땅을 가지고 있으면서 게으른 탓에 그것을 이용하지 않았다는 것이다. 아메리카 원주민들은 인간은 자연을 지배하는 주인이 아니고 자연의 일부에 지나지 않는다고 믿었다. 물론 토지를 매매한다는 개념조차도 없었다.

스미스는 경제에 있어서 도덕적 판단을 할 필요가 없으며 오로지 이익을 추구하는 구성원의 실용주의적인 판단으로만 경제가 돌아가야 한다고 믿었다. 동물은 기계에 지나지 않는다는 데카르트의 주장에 따라 가축을 비좁은 환경 속에서 사육하는 것이 정당화되었고, 로크의 주장에 따라 사회는 환경을 개발해서 생산성을 높이는 것만이 유일한 미덕이 되었고, 스미스의 주장에 따라 경제는 오직 개인의 이익을 추구하는 장이 되었다. 다시 말해서 우리가 현재 사는 세상의 가치관이 확립된 것이다.

세상에 공짜는 없다

열역학 제1법칙과 제2법칙을 한 문장으로 요약하면 이렇다. 세상의 에너지 총량은 변하지 않지만(제1법칙), 엔트로피 총량은 계속해서 증가한다(제2법칙). 여기서 제1법칙을 부연 설명하면 에너지 총량은 일정하기 때문에 지구의 종말이 오기 전에는 새로운 에너지를 창조하거나 파괴하는 것은 불가능하다. 왜냐하면 우주에 주어진 에너지 총량은 태초부터 정해져 있었고 세상이 없어지지 않는 한 변하지 않기 때문이다.

열역학 제1법칙만 있다면 우리는 아무런 걱정도 할 필요가 없다. 우주의 에너지 총량이 일정하기 때문에 에너지 고갈이 있을 수가 없다. 그러나 세상은 만만치 않다. 제2법칙이라는 복병이 숨어 있기 때문이다. 가령 우리가 석탄 한 덩이를 태운다고 생각해보자. 제1법칙에 의해서 태우기 전과 후의 에너지 총량에는 변함이 없다. 그러나 태워진 석탄 한 조각의 일부는 불타면서 아황산 가스와 다른 기체로 변화되어 공기 중으로 흩어진다. 없어진 에너지는 없지만 우리는 한 번 태운 석탄을 다시 태울 수 없다는 것을 안다. 여기에 제2법칙이 적용된다.

우주의 모든 에너지는 처음 상태에서 다른 상태로 옮겨질 때마다 일종의 벌금을 납부해야 한다. 여기에서 말하는 벌금이란 '일을 할 수 있는 쓸모 있는 에너지가 없어지는 것'을 말한다. 이 상황을 말하는 용어가 바로 엔트로피다.

엔트로피는 더는 일로 바꿀 수 없는 에너지의 총량을 측정하는 수단이다. 엔트로피 수치가 증가한다는 것은 곧 우리가 쓸 수 있는 에너지가 감소한다는 것을 의미한다. 쓸모가 없는 에너지는 쓰레기이며 오염 물질에 불과하다. 불행한 사실은 우리가 사는 지구는 엔트로피가 계속 증가할 뿐만 아니라 언젠가는 한계점에 도달한다는 것이다. 지구에 존재하는 자원은 계속해서 줄어들면서 엔트로피가 증가한다. 생명체가 태어나고 죽어도 엔트로피는 계속해서 증가한다.

많은 사람들은 인류가 끊임없이 진보해 왔다고 믿지만 엔트로피의 관점에서 보면 인류는 결핍, 위기, 실험의 단계를 거쳐 왔다. 즉 수렵 생활을 하던 원시인들은 농경 생활을 하게 되어, 잉여 농산물을 저장하게 되고, 상대적으로 여유가 생겨 문화와 예술에 눈을 돌렸다는 게 우리가 아는 상식이다. 그러나 실상은 이렇다. 수렵 생활을 그만두고 농경 생활을 하게 된 것은 다 이유가 있다. 철기 문명으로 발달한 농기구가 생겨서 어렵고 힘든 수렵 생활을 청산하고 생산성이 높은 농경문화로 전환한 게 아니다. 수렵 생활을 오래 해서 사냥감이 줄었지만 다른 지역으로 이주도 어렵게 된 사정 때문에, 어쩔 수 없이 농경이라는 실험을 감행할 수밖에 없었다는 것이다. 농경 덕분에 인류는 좀 더 풍요로운 사회를 건설했다고 알고 있지만, 사실은 인류가 새로운 문명과 기술을 개발할 때마다 더 많은 에너지를 추출하고 소모하는 속도가 빨라진 것이 사실이다.

수렵 생활과 농경 생활을 거치면서 산업 사회로 들어선 지 겨우 수백 년밖에 지나지 않은 인류는 에너지 고갈이라는 새로운 분수령에 서 있다. 농경 생활은 수렵 생활에 비해 더 많은 엔트로피를 만든다. 생산성을 높이기 위해서 화학 비료를 사용하며 토양의 영양분을 끊임없이 소모한다. 농경 사회에서 산업 사회로 전환하는 과정은 더욱 극적인 에너지 소모를 유발한다. 멀리 갈 것도 없이 우리가 매일 버리는 재활용품과 쓰레기가 모두 에너지를 무지막지하게 소모하고 있다는 증거다.

전문화는 어떻게
인간을 부품으로 만들었는가

기술 사회에 진입하면서 인간은 사회 구조의 부품으로 전락하며, 기능은 더욱 세밀하게 나눠지고 한정된다. 생각해 보라. 단순한 기계는 부품 수가 적고, 부품 수가 적은 기계일수록 고장이 덜 나고 새로운 환경에 더 쉽게 적응한다. 그러나 기계가 복잡해지고 부품이 많아지면 고장이 잦고, 어느 한 부분에 문제가 생기면 기계 전체가 작동하지 못하게 된다. 우리나라 대다수 국민이 사용하는 카카오톡 메신저의 데이터 센터 한 곳이 불이 나자, 며칠 동안 사회 전반이 마비되는 사태를 지켜보면 쉽게 이해가 된다. 변호 사라든가 의사도 고도로 전문화된 직업인데, 부동산 전문 변호사에게 저작권에 대한 문의를 하면 적절한 답변을 기대하기 어렵고, 내과 의사에게 눈 건강에 대한 문의를 해도 마찬가지다.

우리는 일상생활에서도 지나치게 전문화된 사회가 가지고 있는 취약성을 쉽게 경험한다. 가령 반도체 공급이 원활하지 않아 새 자동차를 구매하려고 2년 가까이 대기해야 하고, 지역의 대기업이 조업 중단을 하면 세금이 덜 걷히고 지역 경제는 위축되기 시작한다. 기술 전문 사회는 구성원의 기능을 지나치게 제한하기 때문에 다른 업무를 시키고 재배치하는 것이 어렵다. 기계도 마찬가지다. 생각해 보라. 우리가 노트북을 구매할 때 다양한 주변 기기를 구매하는데 같은 기능을 하는 주변 기기이지만 본인이 사용하는 노트북과 호환이 되지 않으면 무용지물이다.

생물학자들은 과도한 전문화는 종의 멸종에 가장 치명적인 역할을 한다고 말한다. 특정한 종이 생태계 속에서 지나치게 전문화되면 새로운 환경에 적응하기 어렵기 때문에 멸종의 길을 걷게 된다는 설명이다. 사람도 마찬가지다. 인간이 지나치게 전문화되고 현재의 에너지에 너무 친숙해지면, 새로운 에너지 환경으로 전환하는 데 필요한 융통성이 결여된다고 제레미 리프킨은 주장한다. 이 주장에는 반론의 여지가 존재한다.

우선 현대인이 사용하는 스마트폰을 생각해 보자. 과거에 우리가 사용하던 전화기, 팩스, 카메라, 스캐너 등은 오로지 한 가지 기능만 하는 기계였다. 그러나 스마트폰은 과거 수십 가지 기계가 하던 일을 할 수 있다. 오히려 과거의 단순한 기계들이 전문화되어 있지 않는가. 가령 꿀뜨개라든가 낫이나 삽을 생각해 보자. 꿀뜨개는 오로지 꿀을 뜰 때만 사용할 수 있고 낫이나 삽도 마찬가지다. 그러나 현대 농부들이 사용하는 트랙터는 다양한 주변 도구를 연결해서 다양한 일을 처리할 수 있다. 물론 트랙터는 땅을 깊게 파서 결국은 지력을 떨어뜨리고 비싸며 매연을 배출하는 점은 리프킨이 지적하는 엔트로피의 증가를 유발한다. 그러나 어쨌든 현대 기계가 과거의 여러 기계가 하던 일을 통합하는 것을 보면, 현대 기계가 꼭 세분화, 전문화된다고 보기는 어렵다. 과거에 스마트폰처럼 융통성이 큰 기계가 또 어디 있었는가.

물론 현대 사회가 전문화되어 가는 것은 맞다. 가령 우리가 시청에 전화를 걸어 민원을 요청하면 '담당자가 아니라서 잘 모르겠습니다'는 대답을 자주 듣게 된다. 그러나 기존의 에너지에 너무 친숙해서 새로운 에너지 환경에 적응하는 융통성이 현대인에게 부족하다는 리프킨의 주장에는 동의하기 어렵다. 오랫동안 석유는 우리에게 친숙한 에너지였다. 그러나 현재 도로에서 전기차를 어렵지 않게 볼 수 있다. 사람은 본능적으로 이익을 추구하는 생명체다. 아무리 친숙한 에너지라 할지라도 유지비가 저렴해서 본인에게 이득이 된다면 주저하지 않고 새로운 에너지에 적응하려고 한다.

엔트로피 법칙은
우리 사회에 어떤 영향을 주는가

좁은 땅덩어리 속에서 오밀조밀 농사를 짓는 우리는 미국 농업을 경탄하며 지켜본다. 끝이 안 보이는 대농장에서 헬리콥터로 농약을 뿌리고, 탱크처럼 큰 트랙터가 수확을 하는 장면은 미국의 농업이야말로 효율성의 정점에 있다는 생각이 들게 한다. 또 현대화되고 자동화된 사육 시스템을 도입한 한 명의 축산업자는 7만 5,000마리의 닭을 사육하고, 5,000마리의 소를 키울 수 있다. 그러나 리프킨은 미국의 농업을 사람이 만들어 낸 영농 방법 중에서 가장 비효율적이라고 비판한다. 더 나아가 소 한 마리에 쟁기를 매서 토지를 가는 전통 농부가 고도로 현대화된 대형 농장주보다 더 효율적인 농사를 짓는다는 믿기 어려운 주장을 펼친다.

물론 현대화된 대형 농장주가 단위 면적당 생산량은 전통 농부보다 많지만 문제는 현대 농장주가 사용하는 에너지 소모량이다. 단위 면적당 생산량을 높이기 위해 현대 농부는 엄청난 비료와 농약이라는 에너지를 소모한다. 또 생산성을 높이는 기계화된 농기계는 많은 에너지를 소모한다. 농사를 짓기 위해서 소모하는 에너지는 갈수록 증가하고 있으며 토양 손실과 오염이 뒤따른다.

생산 비용이 높아진 현대 농업의 피해자는 시장에서 식품을 사기 위해서 줄을 서는 소비자들이다.

국방비는 인간이 하는 활동 중에서 가장 큰 엔트로피를 생산한다. 우리는 미국의 국방력에 감탄한다. 국방비 예산이 우리나라 돈으로 1,000조 원이 넘는다고 해서 천조국이라는 별명을 붙이기도 한다. 그러나 생각해 보자. 미국이 엄청난 돈을 들여서 개발한 미사일로 무엇을 할 수 있는가? 미사일로 할 수 있는 일은 사람을 죽이고 사회를 파괴하거나 쓸모가 없어질 때까지 보관하다가 폐기 처분하는 길밖에 존재하지 않는다. 미국 국방성은 미국에서 가장 큰 에너지 소비자다. 미국 연방 정부가 사용하는 전체 에너지 중에서 80퍼센트를 국방부가 소모한다. 리프킨의 말에 의하면, 국방 예산이 일자리를 만든다는 주장도 허구에 가깝다. 가령 잠수함을 건조하기 위해서 20년간 매년 10억 달러를 무기 제조업체에 지불한다면 1만 6,000명을 고용할 수 있지만, 이 돈을 에너지를 덜 소모하는 태양열 집열판 제작에 투입하면 2만 명을 고용할 수 있다고 한다.

또 고도로 기계화된 군사 무기는 엄청난 에너지를 소모한다. 현재 우크라이나와 전쟁 중인 러시아 군대가 연료가 떨어져서 전차를 방치한 장면만 보아도 그렇다. 극단적인 예로 전 세계 국방비의 2퍼센트를 1년만 모아도 겨울에 난방을 못하는 제3세계 농촌 가정에 난로를 공급할 수 있다. 리프킨의 이런 주장은 매우 이상적이고 바람직하지만 실현 가능성이 거의 없다는 점에서 씁쓸함을 느끼지 않을 수 없다. 만약 우리가 사는 세계가 하나의 나라만 있다면 가능한 설정이다. 미국은 어쨌든 자국의 이익을 위해서 군비를 증강하는데, 자국의 군사비를 절약해서 제3세계를 인도적인 차원에서 지원할 리가 만무하다. 당장 북한과 대치하고 있는 우리나라도 사정은 마찬가지다. 우리나라에 있어서 안보보다 더 중요한 가치가 어디 있겠는가. 수십 년 된 전투기를 몰다가 추락하는 사고가 심심치 않게 발생하는 나라에서 국방비를 대폭 줄여 제3세계 저소득층을 지원하자고 하면 당장 우리나라 국민은 동의하지 않을 가능성이 크다. 지구에 사는 모든 인류가 평화를 지향하지 않는 이상 에너지를 더욱더 많이 사용하는 무기를 개발하고 구매하는 일은 멈춰지지 않을 것이다. 그러나 분명한 사실은 우리는 현재 에너지를 지나치게 사용하는 무기를 보유하려고 혈안이 되어 있고 후손들이 사용할 쟁기를 빼앗아서 칼을 생산하고 있는 꼴이라는 것이다.

대안은 무엇인가

엔트로피의 증가로 인해서 우리가 가지고 있는 에너지가 점점 고갈되어 간다는 우려를 할 때 가장 먼저 떠올리는 것은 태양 에너지다. 태양 에너지야말로 가장 탁월한 에너지라는 사실을 부정하는 사람은 많지 않다. 문제는 우리가 사는 문명이 지나치게 재

168

서울대 지원자들이
가장 많이 읽은 책 20

생이 불가능한 화석 연료에 의존한다는 사실이다. 태양 에너지가 깨끗하고 풍부하며 고갈될 가능성이 낮은 장점이 있지만 현재 우리가 누리고 있는 체제에는 적당하지 않다는 단점도 존재한다. 태양열로 집 한 채의 난방을 하는 것은 어려운 일이 아니지만 거대한 공장을 가동할 수는 없다. 또 태양열로는 100층짜리 건물의 엘리베이터도 가동하지 못한다. 그렇다고 100층짜리 건물을 걸어서 이동할 수는 없지 않은가. 또 우리가 현재 누리고 있는 현대 문명의 이기는 태양열 사회가 되면 상당 부분 포기해야 하는 고통도 뒤따른다. 그러나 현재 우리는 화석 연료가 만든 사회의 한계에 봉착하고 있으며 아무 대책도 세우지 않으면 결국 막다른 골목에 부딪친다.

과격하게 에너지를 소비하는 엔트로피 사회에서 저(低)엔트로피 사회가 되려면 우리 가치관도 수정해야 한다. 저엔트로피 사회는 인간과 자연을 분리하지 않는다. 리프킨은 기계론적 세계주의자 로크가 그토록 비판했던 아메리카 원주민식 자연관을 가져야 한다고 주장한다. 자연은 정복하는 대상이 아니며 모든 인간은 자연 속에 잠시 머물다가 가는 존재로 인식하는 것이 필요하다. 이런 세계관을 실천하는 것은 어려운 일이 아니다. 당장 자동차 대신에 자전거만 이용해도 저엔트로피 사회를 위한 기여가 될 수 있다.

또 리프킨은 유기 농법도 저엔트로피 사회를 위한 하나의 대안이 될 수 있다 말한다. 그러나 유기 농법으로 수확한 농산품은 비싸기 때문에 저소득층은 구매하기 어렵다는 사실을 지적하고 싶다. 리프킨은 부의 재분배가 저엔트로피 사회로 가는 하나의 방책이라고 주장하는데, 유기농 농법으로 지은 농산물은 부의 재분배는커녕 먹거리에 있어서 부의 불균형을 초래할 가능성이 농후하다.

리프킨이 주장하는 저엔트로피 사회로 가는 길은 당장 실현되기 어려운 측면이 많다. 가령 세계 인구가 폭발적으로 증가함으로써 생긴 과도한 에너지 소모를 줄이기 위해서 세계 인구를 줄여야 한다는 의견도 제기하는데, 세계 인구를 누가 어떻게 줄일 수 있다는 말인가. 당장 우리나라는 매년 출산율이 낮아서 모두가 걱정을 하며 수조 원의 예산을 쏟아붓지만 전혀 성과가 없는 실정이 아닌가. 한국이라는 한 나라의 인구 조절도 쉽지 않은데 세계 인구를 조절할 수 있는 주체와 방법이 존재하기란 어렵다.

《엔트로피》는 전반적으로 기계화 세계관이 만들어 가고 있는 세상이 진보가 아니며 오히려 퇴보라는 경고를 해 준다는 점에서 큰 의미는 있다. 하지만 문제 제기에 비해서 대안이 미흡하며 그 대안마저도 현실적으로 실천하기 어렵고 지극히 사변적인 측면이 많은 단점이 존재한다.

13
식량이 넘쳐나는 시대
기아의 진실

장 지글러 《왜 세계의 절반은 굶주리는가?》

□□□

논쟁적인 제목으로 눈길을 끄는 이 책은 우리가 막연하게 생각하고 있는 편견을 뒤집는
다. 왜 세계 인구의 절반이 배를 굶는 걸까? 우리는 흔히 전쟁이나 식량이 부족해서라고
생각한다. 하지만 이 책에 의하면 현재 우리는 지구의 모든 인구가 먹고 살고도 남을 만
큼의 식량을 생산한다. 오히려 버려지는 음식이 많은 것이 현대 사회의 문제다. 그런데
도 왜 굶주리는 사람들이 넘쳐나는 걸까? 이 책은 현재 기아를 둘러싼 각종 사회, 정치
적 문제들을 되짚어 보며 그 해결책을 모색한다.

몸으로 부딪쳐 세상에 나온 이야기

《왜 세계의 절반은 굶주리는가?》를 읽기 시작하면서 가장 먼저 공감하게 된 곳은 경제학자 우석훈 교수가 쓴 해제의 첫 구절이다. 우석훈 교수는 학자를 정의하면서 학자는 다른 직업과는 달리 고도의 도덕성과 용기를 갖춰야 한다고 말한다. 사실 우리 사회에서 학자나 지식인이라고 말하면 학문과 관련된 일을 하는 사람이라고 생각한다. 그러나 우석훈 교수의 말처럼 학자나 지식인은 모름지기 불의에 맞서 싸우고 약자를 위해서 투쟁하는 사람이어야 한다. 지식인이란 다른 사람의 고민을 자신의 고민으로 여기고, 다른 사람의 고통을 자신의 고통으로 여기는 사람이어야 한다. 기계적으로 시키는 일만 하고, 월급만 받으면 된다는 생각을 해서는 아무리 학식이 높더라도 지식인이 아니라는 뜻이다.

이런 맥락에서 《왜 세계의 절반은 굶주리는가?》를 쓴 장 지글러 교수야말로 행동하는 실천가이며 지식인의 전형이다. 그는 스위스에서 학문을 연구함과 동시에 아동 구호와 식량 문제 해결을 촉구하는 유엔 기구에서 활동한다. 그는 대학의 연구소에서 편안하게 굶주림을 연구하는 것이 아니고, 기아로 고통받는 곳이라면 어디라도 달려간다. 그 지역 아동들이 생존에 필요한 최소한의 영양 상태라도 지킬 수 있도록 한정된 예산과 지원금으로 고군분투하는 사람이다.

《왜 세계의 절반은 굶주리는가?》는 지글러 교수가 직접 굶주림에 허덕이는 세계 구석구석을 다니면서 보고 들은 경험을 토대로 쓴 책이다. 그래서인지 출간된 지 꽤 오랜 시간이 지났음에도 여전히 아동 기아 관련 도서 중에서 가장 뛰어난 전문성과 고급 정보를 담고 있다는 평가를 받는다. 우리나라가 아무리 풍요롭게 산다고 해도 전 세계 곳곳에 굶주리는 사람이 많다는 것을 모르는 사람은 거의 없다. 따라서 《왜 세계의 절반은 굶주리는가?》를 펼치기 주저하는 사람도 많다. 군이 보나 마나 뻔한 이야기를 읽어서 마음이 불편해지고 싶지 않은 것이다.

그러나 이 책을 읽다 보면, 아동 기아에 대한 우리가 미처 알지 못했던 놀라운 사실을 많이 알게 된다. 칠레의 기아 문제와 네슬

레와의 관계라든가 국제 식량 기구의 정책이 어떻게 결정되는지에 대한 자세한 정보를 접할 수 있다.

기아는 점차 심각해진다

분명 우리가 사는 세상은 진보하고 있고 약자에 대한 다양한 프로그램이 늘어나고는 있지만, 놀랍게도 기아는 갈수록 심각하다. 하루가 다르게 신기술이 쏟아지고 우리의 삶을 윤택하고 편리하게 만들어 주는 기술과 상품이 등장하지만, 지구의 다른 쪽에서는 굶은 사람이 늘어나고 있다는 사실은 충격이 아닐 수 없다. 《왜 세계의 절반은 굶주리는가?》가 2000년에 출간된 이후 증가 추세였던 기아 인구가 국제 사회의 노력으로 일시적으로 감소했다.

그러나 2015년을 기점으로 기아 인구는 다시금 증가하고 있다. 즉 2005년에는 기아 인구가 8억 5,000만 명에 달했지만, 점차 감소해서 7억 명대를 유지하다가, 결국 다시 증가 추세를 이어간 끝에 2018년에는 8억 1,500만 명 정도가 되었다. 기아 인구는 증가하고 있지만 지구의 다른 쪽에서는 무려 6억 명이 비만으로 고통받고 있으며, 13억 명이 과체중 상태다. 어느 한쪽에서는 썩은 음식 찌꺼기라도 먹겠다고 쓰레기장을 뒤지고 있지만 다른 한쪽에서는 남은 음식을 처리하지 못해서 버린다.

아프리카의 소말리아 같은 나라는 기아가 너무나 심각해서, 그들의 난민 캠프는 굶어 죽은 사람들로 '시체 산'을 이루었다고 해도 과언이 아니다. 《왜 세계의 절반은 굶주리는가?》가 출간될 당시에도 소말리아에는 기아를 해결할 만한 뚜렷한 연방 정부가 존재하지 않았다. 소말리아는 우여곡절 끝에 2011년 과도 연방 정부를 거쳐서 2012년에 와서야 새 헌법과 국회를 갖춘 정식 연방 정부가 수립되었다. 그러나 소말리아 북서부 지역은 소말리아 정부의 통제력에서 벗어나 '소말릴란드'라는 이름으로 국제 사회에 승인되지 않은 자치 구역으로 남아 있다. 참고로 소말릴란드는 비록 미승인 국가이지만, 오히려 유엔의 도움을 받을 수 있다고 한다. 그래서 정식 국가로 출범한 소말리아보다 자치력과 행정력이 더 잘되어 있다는 평가를 받는다.

소말리아는 영토가 남한의 6배 정도이지만 인구 밀도는 낮은 편이다. 내가 지금 소장하고 있는 2007년판 《왜 세계의 절반은 굶주리는가?》에는 인구가 1,000만 명 정도라고 나오지만, 2021년 인구 통계에 따르면 1,600만 명 정도다. 소말리아는 영아 사망률이 높고 내전이 끊이지 않기 때문에 평균 수명이 45세에 불과하다. 그런데 불과 14년 만에 나라 인구가 1.6배 늘어났다는 것은 그만큼 출산율이 높기 때문이다. 기아로 고통받는 나라이지만, 교육 수준이 낮고 피임 도구나 약의 보급률이 낮아서인지 대책 없이 출산율이 높은 것이다.

소말리아는 비록 국토의 절반이 건조한 사막이지만 국민이 굶어 죽을 만큼 환경이 열악한 나라가 아니었다. 소말리아는 동아프리카의 뿔처럼 툭 튀어나온 지역에 있는 나라다. 인도양 쪽으로 면해 있어서, 예로부터 동서양 교역의 중심지로서 무역으로 괜찮게 먹고 살았던 나라다. 소말리아 해적이 심심찮게 상선을 납치하고 괴롭히지만 지금도 여전히 소말리아 앞바다로 수많은 배들이 지나가는 이유는 그만큼 중요한 교역의 통로이기 때문이다.

소말리아는 오랜 내전이 국민의 기아 문제에 얼마나 큰 영향을 미치는지 잘 보여 주는 사례다. 소말리아에서는 여러 군벌이 부와 권력을 독차지하기 위해서 빈번하게 내전을 일으켰다. 이에 국가의 농지와 농업 기반 시설이 파괴되어 식량이 부족하고 국민은 굶주림에 시달리게 되었다. 또한 내전으로 인해 국제 사회에서 지원하는 식량마저 원활하게 보급될 수가 없었다. 국제 구호단체에서 지원한 쌀을 실은 화물선이 항구에 도착하면 어김없이 무장한 군벌들이 그 쌀의 일부를 가로챈 다음, 다시 시장에 되팔았기 때문이다.

더구나 치안이 워낙 불안해서 우리나라를 비롯한 대부분 나라는 소말리아를 여행 금지 국가로 지정했다. 따라서 굶주리는 소말리아 사람들을 돕고 싶은 자원봉사자나 국제단체의 봉사자들조차 소말리아에 거의 들어가지 못하는 형편이다. 2020년 코로나19 구호품을 실은 비행기가 무장 단체에 추락한 사례만 보아도 소말리아의 기아 문제가 얼마나 해결하기 어려운지 잘 보여 준다. 소말리아에서 각축을 벌이고 있는 군벌 세력들은 국민의 굶주림 해결이나 평화에는 관심이 없다. 그들은 오직 부와 권력을 독차지하고 싶다는 목표에 사로잡힌 자기 민족을 망치는 주범이다.

기아에 대한 심리적 위안

우리나라만 해도 기아 문제는 남의 일처럼 느껴진다. 음식이 넘치다 못해 음식을 맛있게 많이 먹는 행위 자체가 하나의 즐거움이며 돈을 버는 콘텐츠가 되기도 한다. 생존을 위해 음식을 먹는 것은 과거의 일이고, 이제는 더 맛있거나 더 건강한 음식을 찾아다니며 먹는 것이 관심사가 된 지 오래다. 그리고 돈을 들여서 남은 음식을 버린다. 그러나 아프리카, 아시아, 남아메리카의 많은 지역에서는 아동들이 영양실조에 걸리고 굶어 죽고 있다. 기가 막힌 현실이 아닐 수 없다.

미디어에서는 비썩 마른 불쌍한 아동들의 모습이 자주 보이지만 우리는 그저 지구 반대쪽에서 일어나는 일상으로 여기고 큰 충격으로 여기지 않는다. 그리고 미디어는 기아 문제를 뉴스로 자주 보도하지도 않는다. 사실 우리는 뉴스보다는 기아로 고통받는 사람을 돕자는 국제기구의 캠페인 영상을 더 자주 본다. 부자 나라가 많은 지구의 북반구와 가난한 나라가 많은 남반부의 뉴스 양에서도 차별이 존재한다. 오죽하면 남반구 국가들이 국제 뉴스에 보도되려면 전쟁이라도 벌어져야 한다는 말이 있겠는가. 영국 총리 관저에 사는 고양이의 근황이 웬만한 아프리카 국가의 중요한 현

안보다 더 비중 있게 자주 보도된다.

　풍요로운 나라가 다른 나라의 기아 문제에 대해서 큰 죄책감이나 책임감을 느끼지 않는 이유 중의 하나를 토머스 로버트 맬서스가 쓴 《인구론》에서 찾아볼 수 있다. 영국의 고전파 경제학자 맬서스는 1798년 출간한 《인구론》을 통해서 식량은 산술급수적으로 늘어나지만, 인구는 기하급수적으로 증가한다고 말한다. 맬서스는 인구의 증가를 막지 않으면, 사회 구성원 전체에게 식량을 공급할 수 없는 사태가 온다고 주장했다. 맬서스는 저소득 국가에 대해서는 오히려 비위생적인 습관을 장려해야 한다고까지 주장했다. 좁은 거주지에 가능한 많은 사람이 거주하게 하고 늪지대처럼 전염병이 돌기 좋은 환경에서 살도록 유도하자는 것이다. 그러한 환경에서 자연스럽게 전염병이 발생하게 해서 인구를 감소시켜야 한다는 것이다.

　맬서스의 《인구론》은 권력자와 부유한 자에게 여러모로 유용한 이론이었다. 과거 우리나라의 출산율이 너무 높았던 시절에는 산아 제한을 기치로 내건 정부에게 매우 유용하고 강력한 메시지를 줄 수 있는 무기였다. 교과서에서 맬서스의 인구론은 중요하게 언급되었고, 교사들은 침을 튀기고 언성을 높여가며 인구가 증가하면 우리 모두 망한다고 역설하였다. 맬서스의 《인구론》을 추종하는 사람들은 무려 20세기까지 저소득 국가에 대한 지원을 중지해야 한다고 주장했다. 이들은 아프리카와 아시아의 저소득 국가들의 국민은 원래 국민성이 게으르고 무턱대고 자식을 많이 낳기 때문에, 굶주리는 것은 어쩔 수 없는 일이라고 생각했다. 그들에게 국제 사회의 기아 문제야말로 지구 상에 존재하는 인구를 적당한 선에서 유지하는 자연스러운 수단이다.

맬서스의 《인구론》은 출간될 당시 부를 독차지하던 지배층과 주류 경제학자들에게 환영받았고 주류 이론으로 군림했다. 문제는 맬서스의 《인구론》이 오늘날의 우리에게도 영향을 주고 있다는 점이다. 18세기 경제 이론을 21세기 현재의 시각에 비추어 보면 여러 가지 오류가 발견될 수밖에 없지만, 심리적 기능에 대한 영향력은 여전하다. 즉 맛난 음식을 먹으면서 텔레비전을 보다가 기아에 허덕이는 아프리카 아동의 모습이 나오면 누구나 양심의 가책을 받게 된다. 하지만 지구의 인구가 줄어야 한다는 맬서스의 《인구론》이 다소 마음을 불편하지 않게 만들어 준다. 기아 문제라는 끔찍한 문제에 대해서 다소 외면하고 무관심하게 만들어 주는 심리적 위안을 맬서스의 인구론이 제공하는 셈이다.

소는 살찌고 인간은 굶주린다

오래전 개고기에 관한 논쟁을 벌이던 한 유명인이 개고기도 문제이지만 더 큰 문제는 소고기라고 일갈을 한 적이 있다. 무슨 말일까? 《왜 세계의 절반은 굶주리는가?》에는 세계 곳곳에서 수확되는 옥수수의 25퍼센트를 부자 나라에서 사육되는 소가 소비한다고 밝히고 있다. 이 자체만으로 놀라운 수치인데, 2012년경에 발표된 미국 농무부 자료에 따르면 전 세계 옥수수 소비량의 61퍼센트가 사료로 이용되고 있다. 일반적으로 소득이 늘어나면 고기 소비가 늘어난다. 최근 소득이 급격하게 늘어난 나라에서 소고기 소비가 늘어남에 따라 소를 사육하는데 필요한 옥수수에 대한 수요가 갈수록 늘어나는 추세다. 문제는 소고기 1킬로그램을 생산하기 위해서는 사람의 식량으로 쓸 수 있는 곡물이 7킬로그램이나 소비된다는 사실이다.

또 시장에서 거래되는 곡물의 가격은 카길을 비롯한 대규모 곡물 거래 회사가 이익을 극대화하기 위해서 마음대로 조정한다. 말하자면 옥수수의 비축량이 많다고 해서 옥수수를 주식으로 삼는 아프리카 저소득 국가가 저렴한 가격으로 옥수수를 구매할 수 있는 상황이 벌어지기 힘들다는 것이다. 부자 나라들은 애초에 생산량을 적절히 조정해서 곡식과 육류가 지나치게 많이 생산되는 것을 방지하려고 애쓴다. 또 비축량이 지나치게 많으면 싼값에 시장에 내놓지 않고 폐기한다.

1939년 발표한 존 스타인벡의 《분노의 포도》는 대공황 당시의 곡식에 관한 잔혹한 현실을 잘 보여 준다. 소작하는 땅과 거처를 잃고 일자리와 식량을 얻기 위해서 캘리포니아로 이주한 가족은, 자신들의 눈앞에서 가격 하락을 우려한 캘리포니아 농장주들이 멀쩡한 오렌지를 땅에 묻는 장면을 목격한다. 부유한 캘리포니아 농장주는 남아도는 식량을 가난한 사람에게 나눠 주거나 싼값에 시장에 내놓기보다는 차라리 폐기하는 것을 선택한 것이다. 존 스타인벡이 《분노의 포도》를 통해서 탐욕스러운 농장주들의 만행을 고발했고 퓰리처상까지 받았지만, 식량을 둘러싼 비참한 현실은 고스란히 현재에도 이어지고 있다.

침묵의 외투를 벗어던질 수 있을까

교육이야말로 기아 문제에 관한 사회적인 관심을 가장 효율적으로 끌어올 수 있는 수단 중의 하나다. 미래 사회를 이끌어 가고 정책을 만들어 갈 청소년들에게 기아에 관한 교육을 체계적으로 꾸준히 하는 것이 중요하지만, 어쩐지 학교에서는 기아 문제를 비중 있게 다루지 않는다. 우리나라만 해도 그렇다. 저소득층과 약자에 대한 배려와 지원은 다양하고 꾸준히 이뤄지고 있지만, 다른 나라의 고질적인 기아 문제에 관해서는 관심이 거의 없다고 해도 과언이 아니다.

학생을 둘러싼 다양한 문제를 다루는 창의적 체험 활동에서조차 기아에 관한 활동은 찾아보기 힘들다. 학교와 교사는 사회현상에 가장 민감한 집단 중의 하나이고, 교사는 일반적으로 사회 참여적인 성향을 지닌 사람이 많다는 것을 생각하면 수수께끼 같은 현실이다.

이 기이한 현상을 브라질의 조슈에 데 카스트로 전 유엔식량 농업기구 이사는 1952년 출간한 저서《기아의 지리》를 통해서 '금기시되는 기아'라고 규정했다. 즉 학교와 교사는 이 지구 상에 그토록 많은 사람이 기아에 허덕이고 있다는 사실을 수치스럽게 여기고 있어서, 침묵의 외투를 뒤집어쓰고 있다는 것이다.

한국의 학교도 이런 생각에서 크게 벗어나지 못한 것처럼 보인다. 특히 우리나라는 권위주의 시대 정권하에서는 '원하는 것을 무엇이든 얻을 수 있는 행복한 나라'라고 학생들에게 가르치는 것이 당연한 의무였다. 교과서와 교사는 우리나라를 급속도로 발전하는 행복한 나라라고 가르쳐야지, 우리 사회의 어두운 면을 언급해서는 안 되었던 시절이 길었다. 권위주의 정권하에서는 음악, 미술, 연극, 사진뿐만 아니라 문학에서조차 힘없고 고통받는 사람을 조명하는 것은 금기시되었고 실질적으로 탄압받았다. 우리나라 학교 현장은 아직도 과거의 악습에서 벗어나고 있지 못하는 형국이라는 비판을 피하기 어려운 상황이다. 아직도 어린 학생에게는 사회의 좋은 모습만 보여 주고 가르쳐야 한다는 정서가 우리 사회를 지배하고 있는 것은 아닐까.

다변화하는 기아 원인과 통계

온난화를 비롯한 기후 변화와 산림 파괴 또한 지구의 기아 문제를 일으키는 주요한 원인이다. 문제는 식량 생산을 감소시키는 사막화가 기아 문제가 심각한 아프리카와 아시아 일부 지역에 유독 심하다는 사실이다. 《왜 세계의 절반은 굶주리는가?》가 출간된 2000년대 초반 아프리카의 대표적인 사막 지역인 사헬 지방에서는 매년 5~10킬로미터가 사막 지대로 변하고 있다. 사막화가 진행될수록 해당 지역에 사는 주민들은 물을 구하기 힘들고 농작물을 재배하기 힘들다. 사막화가 진행되면 최소한 15미터를 파고들어가야 겨우 물 구경을 할 수 있는데, 가난한 나라에서 그 정도 깊이의 땅을 팔 수 있는 장비가 충분할 리 없다. 또 땔감을 구하고 화전을 일구기 위해서 산림이 마구 파괴되는 것도 식량 부족의 주요 원인이 되고 있다.

지구 온난화가 갈수록 심해지는 최근에는 유례가 없는 홍수와 가뭄이 빈번히 일어나는데, 가난하고 식량이 부족한 국가일수록 이에 대한 대처는 형편없으며 피해가 극심하다. 이상 기후가 전쟁과 정치적인 문제보다 더 심각하게 식량 문제에 타격을 주는 요소로 부상했다.

《왜 세계의 절반은 굶주리는가?》와 같은 책은 통계 자료가 중요하다. 기아 문제를 논의하기 위해서는 전 세계 몇 명의 인구가 어떤 원인으로 굶주리는지를 파악하는 것이 우선되어야 하기 때문이다. 비록 개정판이 나오기는 했지만, 여전히 언급되는 많은 통계 자료에서 시대에 뒤떨어진 항목들이 심심찮게 눈에 띈다. 또한 기아 문제를 강조하기 위해서 다소 극단적인 논거를 내세운 부분들도 보인다. 가령 북한이 기아를 테러 도구로 이용하고 있다는 주장을 펼치는데, 우선《왜 세계의 절반은 굶주리는가?》는 김정일이 통치하던 북한을 토대로 저술되어서 다소 현 상황과 맞지 않는 측면이 있다. 그리고 북한 정권이 기아 문제를 알면서도 아무런 조치도 취하고 있지 않다고 말하지만, 그들도 식량 문제를 해결하려고 나름대로 방책을 찾기 위해서 고군분투하고 있지 않은가.

물론 이런 아쉬움에도 기아 문제에 관한 여러 가지 원인을 정확하게 제공한《왜 세계의 절반은 굶주리는가?》의 미덕은 전혀 훼손되지 않는다.

14
우리 유전자에
새겨진 이기적 본성

리처드 도킨스 《이기적 유전자》

□□□

현대 생물학의 새로운 지평을 열었다는 《이기적 유전자》는 출간된 지 40년이 넘었지만 여전히 논쟁적인 책이다. 이 책에 따르면 우리의 주인은 인간이 아니라 유전자다. 인간은 주체적으로 행동하는 존재가 아니라 유전자에 새겨진 대로 행동하는, 그저 유전자를 운반, 저장, 전달하는 기계이자 로봇에 불과하다는 뜻이다. 따라서 후대에 유전자를 남기는 것이 우리의 본성이고, 그렇기에 우리는 '이기적'이라는 주장을 담고 있다. 이러한 리처드 도킨스의 주장은 뜨거운 논란을 일으켰으며 아직도 찬성과 반대 이론이 팽팽하게 맞붙고 있다.

과학책은 이과생들의 전유물인가?

일반적으로 문과생들은 소설이나 인문학 관련 책은 자주 읽지만, 과학책은 가까이 두지 않는 경우가 종종 있다. 이런 경향은 성인에게까지 이어지는 확률이 높은데 책을 꽤 읽고 독서 에세이를 여러 권 펴낸 나 또한 예외가 아니다. 책이라면 장르를 가리지 않고 골고루 읽는다고 자부했지만, 과학책이라면 배가 암초를 피하는 것처럼 멀리해 왔다. 이유는 간단하다. 과학책을 읽을 때면 마치 비포장도로를 운전하는 것처럼 덜컹거리기 일쑤였다. 과학적인 원리와 개념이 자주 나와서 이해하기 어려웠다.

그러나 적어도 균형 잡힌 지식인과 현대 사회를 이끌어 가는 구성원이 되려면 과학 지식이 필요하다. 다양한 분야의 석학들이 모여서 생활 속의 지식을 알려 주는 한 TV 프로그램에서 인문학 석학들이 자동차 내비게이션의 기본적인 원리를 처음 알고 감탄하는 장면이 있었다. 인문학 석학들은 우리가 매일 사용하는 내비게이션의 위치 정보를 통신업체가 제공하는 것으로 알았다고 한다. 사실은 내비게이션을 켜면 작동하는 GPS는 2만 킬로미터 상공에 떠 있는 네 개의 인공위성과 연결되어 정보를 받고, 그 자료를 운전자에게 보여 준다. 과학자가 나름대로 쉽게 내비게이션의 원리를 설명했음에도 불구하고 몇 번을 다시 봐도 무슨 말인지 이해하지 못하는 사람들도 있지만, 그 정도 지식은 고등학교 물리 교과서에 나오는 기초적인 지식이라고 대수롭지 않게 생각하는 사람도 있다.

우리는 과학 지식이 만든 세상에 산다. 극소수의 천재처럼 문명의 이기를 직접 설계하고 제작할 수는 없지만, 매일 사용하는 도구가 어떤 원리로 작동하는 것을 아는 것과 모르는 것은 큰 차이를 만들어 낼 수 있다. 우리나라 교육도 갈수록 문과와 이과를 엄격하게 분리하던 시스템에서 벗어나 융합 교육으로 향하고 있다. 반쪽짜리 지식인으로는 더는 치열해져 가는 국제 사회의 경쟁에서 우위를 점할 수 없다는 것을 인식했기 때문이다. 고대 그리스는 과학과 철학을 분리하지 않았다. 우리가 위대한 철학자로 알고 있는 아리스토텔레스와 탈레스만 해도 철학뿐만 아니라 자연과학에서도 큰 발자취를 남겼다.

아리스토텔레스는 생물학, 물리학, 역학 등 여러 자연 과학에 정통한 인물이며, 모든 물질은 물로 구성되어 있다고 통찰한 탈레스는 기하학과 천문학을 연구하여 그림자 길이로 피라미드의 높이를 측정하는 성과를 거둔 인물이기도 하다. 예나 지금이나 세상을 바꾼 인물들은 문과와 이과를 구분해서 한쪽 분야에 치중하지 않았다.

페이스북을 창업한 마크 저커버그는 고등학생 때 컴퓨터 도사이기도 했지만, 고전 문학에서도 우수한 성적을 거뒀다고 한다. 하버드대학 재학 시절 그의 전공은 컴퓨터공학과 심리학이었다. 누구나 저커버그를 컴퓨터공학의 천재라고 생각하지만 정작 본인은 컴퓨터공학과 심리학이 연결되는 지점에 큰 흥미를 느낀다고 밝혔다. 따지고 보면 과학책만 배경지식이 필요한 것은 아니다. 모든 책을 이해하려면 어느 정도의 배경지식이 필요하다. 타고난 문과라고 해서 과학책을 멀리할 것이 아니라 본인의 수준에 맞는 적당한 과학책을 고르면 마치 고속도로를 운전하는 것처럼 편안하게 읽어 나갈 수 있다.

《이기적 유전자》로
진화생물학에 도전해 보자

《이기적 유전자》는 진화생물학자로 우리나라에서도 유명한 리처드 도킨스의 대표적인 진화생물학 교양 저서다. 《만들어진 신》

《눈먼 시계공》《지상 최대의 쇼》를 비롯한 많은 도킨스의 저서 중에서 가장 많이 팔리고 가장 열렬한 논쟁을 불러일으킨 책이 바로 《이기적 유전자》다.

이 책은 다윈의 진화론이 미처 빠뜨린 부분을 채워 넣고 어려운 부분을 좀 더 쉽게 설명하는데 치중한 신다윈주의의 연구 성과를 바탕으로 했다. 즉 도킨스가 진화생물학자들의 연구 결과를 바탕으로 과학에 익숙하지 않은 일반 독자들도 쉽게 이해할 수 있도록 쓴 책이다. 어떻게 보면 신다윈주의의 관점에 따라서 쉽게 다시 쓴 《종의 기원》이라고 말해도 무리는 아니다. 어려운 이론이나 문장을 배제하고 간결하면서도 핵심을 추렸기 때문에, 진화생물학에 대한 배경지식이 충분하지 않은 독자라도 쉽게 읽어 나갈 수 있는 책이다.

시오노 나나미의 《로마인 이야기》가 사료로서의 가치는 떨어지지만 많은 사람들에게 로마에 관한 관심을 불러일으킨 것처럼, 《이기적 유전자》는 대중 과학 교양 도서이지만 많은 일반 독자들이 진화생물학에 진지하게 접근하고 싶다는 호기심을 불러일으켰다는 점에서 큰 의미가 있다. 이 책의 제목 《이기적 유전자》는 잘 지은 제목이기도 하고 쉽게 오해를 살 수 있는 제목이기도 하다. 서점에서 이 책을 처음 본 사람은 쉽게 '이기적'이라는 문구를 보고 '자신의 이익만을 추구하는'이라는 사전적인 의미를 생각하기 마련이다.

그러나 이 책에서 말하는 '이기적'이라는 말은 다른 이의 자원을 이용해서 자기 복제를 증가시키는 행위이며, 반대로 '이타적'이라는 용어는 자신의 자원을 이용해서 다른 이의 자기 복제를 증가시키는 행위를 말한다. 좀 더 구체적으로 설명해 보자. 도킨스가 말하는 이기적이란 용어는 남극에 서식하는 황제펭귄 집단에서 그 예를 찾을 수 있다. 황제펭귄 무리는 바다로 뛰어들기 전에 포식자인 바다표범이 있을까 봐 주저하게 된다. 이때 황제펭귄 무리 중의 한 마리가 다른 펭귄을 바닷속으로 떠밀어 버리는 경우가 있다. 바닷속에 떠밀린 펭귄을 바다표범이 기다렸다는 듯이 잡아먹으면 다른 펭귄들은 바다로 뛰어들지 않는다. 이처럼 다른 이의 희생을 발판으로 삼아 무리의 안전을 도모하는 것이 도킨스가 말하는 이기적이란 용어의 정의다.

인간 사회에서도 당연히 이기적인 행위를 쉽게 볼 수 있다. 가령 자신이 속한 조직에서 부당한 처사가 행해질 때 누군가 나서서 항의하기를 바라지만, 정작 자신은 나서기 싫은 경우다. 이때 누군가를 설득하거나 꼬드겨서 자신들을 대신해 부당함을 해결하려는 태도가 이기적인 것이다.

반면 이타적인 행위란 무엇일까? 강에서 물을 마시는 새끼 영양을 노리고 사자가 달려드는 장면을 생각해 보자. 새끼 영양의 목숨이 위태로운 순간 어미 영양이 나타난다. 어미 영양은 자신이 사자의 눈에 띄기 쉬운 위치로 자신을 내던지고 잡아먹힘으로써 새끼를 구한다. 어미 영양은 새끼를 구하기 위해서 자신을 위험에 노출하는데 이런 경우를 두고 도킨스는 이타적 행위라고 말한다. 또 매와 같은 포식자가 접근하는 것을 보고 '독특한 경계음'을 냄으로써 무리는 구하지만, 자신은 포식자의 주의를 끌게 되어 위험에 처하는 것도 이타적인 행위에 포함할 수 있다.

도킨스는 이기적 행위든 이타적 행위든 결국 자신의 유전자를 후대에 전달하고 싶은 욕구에서 비롯된 것이라고 설명한다. 우리가 흔히 생각하는 이기적, 이타적이란 말이 진화생물학에서는 다른 의미로 사용하고 있다는 것만 알게 되더라도 우리는 진화생물학이라는 낯선 학문에 한 발짝 발을 들여놓는 셈이다.

인간은 어떤 존재인가?

인류는 문명이 시작된 이후로 끊임없이 '인간은 어떤 존재인가?'라는 질문에 대한 답을 고민해 왔다. 이 질문에 대한 해답으로 철학자들은 저마다 다양한 의견을 내놓았다. '인간은 사회적 동물'이라는 유명한 통찰을 비롯해서, '인간은 생각하는 갈대'라는 말에 이르기까지 인간 존재에 대한 성찰은 끊임없이 이어졌다. 인간 존재에 대한 해답은 이루 헤아릴 수 없을 만큼 많지만, 결국 인간이 고귀한 존재이며 만물의 주인공이라는 공통점을 부정하는 사람은 많지 않다.

그런데 느닷없이 도킨스라는 진화생물학자가 등장해서 인간은 단지 유전자를 운반하는 도구에 지나지 않는다고 주장했다. 《이기적 유전자》를 읽다가 머리를 두들겨 맞는 것 같은 충격을 받는 독자들이 많은 이유다. 인간이라는 존재가 겨우 유전자가 잠시 머무는 임시 거처에 불과하다는 도킨스의 주장은 전통적인 인간 존재에 대한 가설에 익숙한 모든 사람에게 충격으로 다가올 수밖에 없다. '인간이 겨우 유전자를 담는 그릇에 지나지 않는다'는 도킨스의 주장은 인간 존재를 다른 동물과 다른 특별한 위치에 둔 사람에게는 불편한 주장이다. 도킨스에 따르면 인간은 고귀한 인격체도 아니며, 자신의 운명을 결정하는 자유 의지를 가진 존재도 아니다. 심지어 높은 도덕성을 갖춘 윤리적인 존재도 아니다. 그저 유전자를 잠시 보관했다가 전달해 주는 기계나 그릇에 불과하다. 인간은 마치 유전자가 운전하는 대로 움직이는 자동차나 마찬가지라는 것이다. 《이기적 유전자》가 그토록 많은 논쟁을 불러일으킨 이유다.

인간은 왜 때로는 이기적으로
때로는 이타적으로 행동하는가?

철학자들이 오랫동안 '인간은 어떤 존재인가'라는 주제로 논쟁을 이어갔다면, 진화학자들은 '인간은 왜 때로는 이기적으로 행동하고 때로는 이타적으로 행동하느냐'는 질문에 대한 해답을 구하려고 애써 왔다.

당신을 새끼 오리라고 생각해 보자. 야생 새끼 오리인 당신이 어미 오리와 함께 도로를 건너다가 맨홀에 빠졌다고 가정해 보자. 이 상황에서는 새끼를 아무리 사랑하는 어미라고 할지라도 어미 오리는 당신을 구할 수 없다. 당신의 목숨이 위태로운 순간, 길을 걷던 한 사람이 당신을 발견하고 구출하려고 애쓴다. 혼자서는 당신을 구할 수 없다고 판단한 행인은 주변 사람을 불러 모아서, 갖은 노력 끝에 당신을 구해 낸다. 마침내 당신은 다시 어미의 품에 안긴다. 그리고 고생 끝에 당신을 구해 준 행인은 집에 돌아가서 공장식 농장에서 고통스럽게 사육된 닭을 도살해 만든 닭 요리를 죄책감 없이 맛있게 먹는다.

여기서 예로 든, 불편함을 감수하고 아무런 인연이 없는 야생 새끼 오리를 구출해 주는 인간과 타고난 본성을 누리지 못하는 가혹한 환경에서 사육된 닭을 잡아서 요리를 하고 게걸스럽게 먹어 치우는 인간은 서로 다른 종이 아니다. 그렇다면 우리 인간은 어떤 경우에는 이타적으로 행동하고, 또 어떤 경우에는 이기적으로 행동하는지 수수께끼가 아닐 수 없다.

또 물에 빠진 다른 사람을 구하기 위해서 목숨을 걸고 기꺼이 물에 뛰어드는 사람이 있지만 자신의 작은 이익을 위해서 스스럼 없이 다른 사람을 해치는 사람도 있다. 도킨스는 이런 인간의 양면성을《이기적 유전자》를 통해서 한마디로 정리한다. '이게 다 유전자가 이기적이라서 그래'가 도킨스가 내놓은 인간의 양면성에 대한 대답이다. 좀 더 자세하게 설명해 보자. 동물이 때로는 이기적으로 때로는 이타적으로 행동을 하는 이유는 그렇게 해야 유전자가 자신을 복제해서 생존할 확률이 높아지기 때문이라는 것이다. 이 명제는 의외로 간단하게 우리 주변에서 확인할 수 있다.

동물의 암컷들은 세심하게 짝짓기 상대를 선택한다. 암컷의 선택을 받기 위해서 수컷들은 싸움을 벌이고 최후의 승자가 암컷을 차지한다. 또 어떤 암컷들은 수컷이 구애해도 쉽게 받아 주지 않는다. 결국 포기할 줄 모르고 끈기를 가지고 계속해서 구애하는 수컷이 교미에 성공한다. 암컷은 힘이 센 수컷과 교미해야 강인한 새끼를 잉태할 수 있다. 또한 끈기를 가지고 구애하는 수컷과 교미해야 새끼가 태어났을 때 자신과 새끼의 안전을 보장받을 수 있다. 결국 동물이 때로는 이타적으로, 때로는 이기적으로 행동하는 것은 그렇게 해야 자신이 생존할 수 있고 자신이 생존해야 자신의 유전자를 후대에 전할 수 있기 때문이다.

《이기적 유전자》가 단순히 진화생물학에 관한 지식을 알려 주는 책이 아니고 인간 세상을 이해하는 데 큰 도움을 준다는 평을 받는 이유가 여기에 있다. 우리가 직장이나 학교에서 때로는 자신의 가치관에 맞지 않지만 무리에서 떨어지지 않기 위해서 노력하거나 친구나 직장 동료를 뒤에서 험담하고 배척하는 것은 모두 자신의 유전자 복제 가능성을 높이기 위해서라는 이론으로 쉽게 설명될 수 있다.

인간은 특별한 존재인가?

《이기적 유전자》에 대한 가장 흔한 오해는 이기적 유전자가 인간의 진정한 유전자이며, 인간은 이기적 유전자의 명령에 따르는 기계에 지나지 않는다는 생각이다. 이 책이 말하고자 하는 것은 자연 선택, 즉 처한 환경 속에서 유리한 유전인자를 가진 개체가 그렇지 않은 개체보다 생존 확률이 높아진다는 원리에 입각한다. 다음 세대로 더 많은 후손을 남기기 위해서 더 정교하게 다듬어지는 실체는 집단이나 개체가 아니고, 유전자라는 것이다. 또 이기적 유전자라고 해서 인간이 반드시 이기적으로 행동한다는 의미가 아니며, 후손을 남기기 위한 가능성을 높이는 행위를 이기적이라는 말로 비유했을 뿐이다.

인간 개체가 유전자를 잠시 담아 주는 그릇에 지나지 않으며, 유전자는 오직 자기 복제에 몰두한다는 도킨스의 주장은 결국 인간이 다른 동물에 비해서 특별한 존재가 아니라는 불편한 진실에 도달하기 마련이다. 그러나 도킨스는 《이기적 유전자》에서 자신만의 독특한 밈meme이라는 개념을 통해서 인간을 다른 동물과 차별화시킨다. 밈은 도킨스가 처음 사용한 용어로 흉내라는 그리스어 mimesis에서 따왔다.

밈은 생물학적 전달 단위인 유전자와는 달리 문화적인 전달 단위다. 종교, 유행, 건축, 관습 등이 밈이라고 할 수 있는데 오랫동안 사람들이 흉내를 통해서 후손에게 전달되는 문화다. 강한 유전자만이 후손에 전달되는 것처럼 영향력이 크고 모방하는 사람이 많은 밈만이 후손에게 전달된다. 반짝 유행했다가 사라지는 유행어 따위는 생명력을 가지지 못한 밈이다.

어쨌든 도킨스는 인간은 다른 동물과는 달리 생물학적인 유전자에 대항할 만한 밈이라는 차별성을 가지고 있다고 주장한다. 사실 《이기적 유전자》의 내용 대부분이 신다윈주의 사상을 정리한 것이지만, 밈 이론은 도킨스의 독창적인 이론이기 때문에 주목할 만하다. 도킨스는 밈이라는 개념을 통해서 말하자면 인간을 다른 동물에 비해서 특별 대우를 한 셈이다.

인간은 밈을 통해서 유전적인 본능에 부합하지 않은 문화를 만들어 가기도 한다. 가령 자식을 생산하는 것이 유전자의 본능인데, 인간은 비혼주의나 피임이라는 유전자의 본능에 반하는 문화를 탄생시키고 유지한다. 인간이기 때문에 유전자의 본능에 대항할 수 있는 강력한 밈을 만들 수 있다는 것이다. 그렇다고 해서 도킨스가 문화적 전달이 오로지 인간의 고유한 재능이라고 고집하는 것은 아니다.

도킨스는 뉴질랜드 앞 바다 섬에서 서식하는 안장새의 노랫소리를 동물의 문화적 전달이라고 인정한다. 안장새는 무리별로 각자 다른 노래를 보유하고 있으며, 노래의 패턴을 연구한 결과 어미에게서 새끼에게 유전적으로 전해진 것이 아니었다. 젊은 안장새는 무리의 다른 개체의 노래를 흉내 내서 자신만의 노래로 체득

했으며, 심지어는 다른 수놈의 노래를 모방하다가 자신만의 새로운 노래를 발명하는 일도 있었다.

도킨스는 분명히 안장새의 노래 창작이 유전적인 방법이 아니지만, 이들은 결국 괴상하고 신기하며 특수한 경우에 지나지 않는다고 결론 짓는다. 언어, 의복, 음식, 예술, 건축과 같은 비유전적인 문화 전달의 위력을 유감없이 발휘하는 것은 역시 우리 인간뿐이라는 것이다.

《이기적 유전자》에 대한 비판

도킨스는 지나치게 동물의 이기적 유전자를 강조함으로써 가진 자의 탐욕과 착취를 정당화하는 데 이바지했다는 비판을 받는다. 인간의 유전자는 원래 이기적이기 때문에 개인이 얼마든지 욕심을 내고 이기적인 행위를 해도 부끄러워할 필요가 없다는 일종의 면죄부 같은 것이다. 이기성을 발휘해서 자신의 욕심을 채우는 사람은 유전자를 후대에 전달하는 유능한 사람이고, 그렇지 못한 사람은 도태될 수밖에 없는 현실을 인정해야 한다는 결론에 도달할 수 있다. 또 《이기적 유전자》는 인간의 끝없는 탐욕을 정당화함으로 무한 경쟁으로 내몰 수 있다는 비판도 받는다.

도킨스는 인간을 단지 유전자를 담는 그릇에 지나지 않는 존재라고 주장했다가, 밈을 통해서 유전자에 맞설 수 있는 유일한 동물이라고 주장한다. 대체 인간을 어떻게 봐야 하는지 독자는 헛

갈릴 수 있다. 더구나 부모의 자식에 대한 이타적인 사랑을 유전자의 번식을 위한 명령에 따른 행위라고 분석함으로써 인간의 숭고한 사랑을 무시한다는 비판도 받는다.

또《이기적 유전자》는 유전자를 지나치게 중요하게 여긴 나머지 마치 유전자를 통해서 모든 것을 바꿀 수 있는 세상이 올 것이라는 믿음을 갖게 하였다. 인간의 모든 특징을 유전자로 설명할 수 있다는 '유전자 열풍'을 초래하기도 하였다. 그러나 오늘날 과학자들은 여러 가지 실험과 시도를 통해서 생물의 형질과 특징은 유전자보다는 환경에 의해서 더 많이 좌우된다는 사실을 밝혀내고 있다.

15

한국에서
'정의' 열풍을 일으킨 화제의 책

마이클 샌델 《정의란 무엇인가》

□□□

《정의란 무엇인가》는 독특한 책이다. 저자의 본고장인 영미권에서는 10만 권 정도가 판매된 이 책이 한국에서는 200만 권이 넘게 팔렸을 정도로 매우 인기다. 그만큼 한국 사회에 '정의'에 대한 열망과 정의로운 사회에 대한 염원이 높다고도 볼 수 있다. 누구보다도 정의로운 사회를 꿈꾸지만 아직 그런 사회가 구현되지 않았다는 것을 모두가 스스로 인정하고 있는 셈이랄까. 물론 정의에 대한 정의를 제대로 내리지 못하고 있다는 비판도 받고 있지만, 《공정하다는 착각》과 더불어 마이클 샌델의 책이 한국에서 유독 많이 읽히는 이유에 대해서는 한번 생각해 볼 필요가 있다.

어떤 사회가 정의로운가?

우리는 이 책을 이해하려면 우선 어떤 사회가 정의롭다고 말할 수 있는지를 생각해야 한다. 마이클 샌델은 우리가 중요하게 생각하는 것들, 수입과 부富, 권리와 의무, 권한과 기회, 공직과 명예를 각각 자격이 있는 사람에게 배분하는 사회를 정의로운 사회라고 규정한다. 이 말은 부정하기 어렵다.

대한민국 또한 자본주의 국가이며 부를 축적하고 이익을 추구하는 것이 당연하며, 누구든지 능력만 있으면 자신이 원하는 부와 명예, 공직 등을 얻을 수 있다. 이십 대 초반의 나이에 수조 원의 재산을 축적하거나 기업의 CEO가 되는 것을 비난하는 사람은 별로 없다. 정당하게 자신의 능력으로 이룬 성과라면 많은 사람들의 롤 모델이 되기도 한다.

그러나 공무원이 부정한 방법으로 수십만 원의 시간 외 수당을 착복하는 것은 비난한다. 또 공기업의 말단 직원이라도 지인 찬스로 입사한 사람에 대해서는 분개한다. 그 지위를 차지할 수 있는 자격이 없는 사람이라고 판단하기 때문이다. 그럴 만한 자격이 있는 사람에게 사람들이 소중하게 생각하는 것들이 돌아가는 사회가 '정의로운 사회'라는 정의는 간단하고 명료한 것 같지만, 또 다른 어려운 문제가 기다린다. 《정의란 무엇인가》는 과연 누가 우리가 소중하게 생각하는 것들을 가질 수 있는 자격이 있는가에 관한 논쟁을 다루는 책이다.

미덕인가 탐욕인가?

2004년 플로리다를 휩쓴 허리케인이 대서양으로 빠져나가자, 22명의 인명과 110억 달러의 재산이 사라졌다. 피해는 여기에서 그치지 않았다. 태풍이 지나간 자리에는 가격 폭등이라는 또 다른 재앙이 다가왔다. 태풍 때문에 전기가 공급되지 않자, 냉장고를 틀수 없게 된 사람들은 평소 2달러에 불과했던 얼음 한 봉지를 10달러에, 평소 250달러였던 가정용 소형 발전기를 2,000달러에 구매해야 했다. 또 허리케인 때문에 집을 잃은 사람들이 모텔에서 숙박했는데 평소 40달러였던 방에 160달러나 지불해야 했다. 이른바 타인의 불행과 고통을 악용해서 자신의 이익을 극대화하는 바가지요금은 동서고금을 막론했다. 바가지요금을 탐탁지 않게 여기는 것은 인지상정이라 미국 사회도 플로리다 상인들을 규탄했다. 그리하여 법무부 장관이 가격 폭리 방지법을 시행하려고 하자, 일부 경제학자들은 이 법과 바가지요금에 대한 군중의 분노는 순전히 오해해서 비롯되었다고 주장했다.

많은 사람들은 그 상품이 가지고 있는 본연의 가치 즉 공정가격에 거래되어야 하며 폭리를 취하면 안 된다고 생각한다. 그러나 경제학자들이 판단하기에는 공정가격이라는 것은 존재하지 않으며 상품은 오직 수요와 공급의 법칙에 의해서 결정된다고 주장한다. 이 문제는 사소한 우리들의 일상생활 속에서도 쉽게 발견된다. 가령 우리가 자주 사용하는 중고 거래를 생각해 보자. 어떤 사람이 절판이 되어서 쉽게 구할 수 없는 책을 정가에 두 배에 팔려고 한다고 가정해 보자. 몇몇 사람들은 그 사람이 바가지를 씌운다고 생각하고 비난한다. 정가에 사서 두 배의 이익을 취하는 것은 부당한 일이라는 것이다. 그러나 독자에 따라서 그 책이 꼭 필요한 사람이 있다. 그 사람은 정가의 두 배를 주고라도 그 책을 구해야 한다면 정가의 두 배 가격은 공정가격이라는 것이다.

자유 시장 경제를 지지하는 경제학자들은 허리케인 당시 플로리다의 물가를 공정한 가격이라고 판단한다. 사람들은 평소 익숙한 가격보다 훨씬 가격이 높아질 때를 가격 폭리라고 비난하지만 경제학자들은 익숙한 가격 자체가 절대적인 것은 아니라고 주장한다. 즉 허리케인이라는 특수한 상황에서 형성되는 가격 폭등 또한 시장의 자연스러운 흐름이라는 것이다. 허리케인이 발생한 지역에서 얼음, 생수, 지붕, 발전기, 숙박료가 폭등하면 수요자의 소비를 자제시키고 먼 곳에 있는 공급자가 허리케인이 발생한 지역으로 공급을 확대하려는 동기를 강화한다고 판단한다. 플로리다 지역 얼음 가격이 폭등하면 타지역 얼음 제조업자들이 플로리다로 얼음 공급을 확대할 것이다. 타지역 업자의 입장에서는 플로리다의 얼음 가격이 높지 않다면 유통 비용을 더 써 가며 거리가 먼 플로리다로 얼음을 공급할 이유가 없다. 자유 시장 경제를 지지하는 학자들은 '시장이 견딜 수 있는 가격'을 책정하는 것은 폭리가 아니며 탐욕도 아니라고 주장한다. 일리가 있는 주장이다.

2022년 가을 포항을 강타한 폭우에 이 지역 대기업인 포스코의 많은 생산 시설이 침수되었다. 포스코는 시설 복구에 필요한 전기 수리 기술자에게 일당 125만 원을 지급하였다. 포스코는 시설 복구를 빨리해야 쌓이는 손해를 줄일 수 있기에 높은 일당을 지급하였고 감당할 수 있는 금액이었을 것이다. 포스코가 높은 일당을 지급했기 때문에 전국에 있는 전기 수리 기술자들이 대거 포항으로 몰려들었고, 포스코는 시설을 조기에 복구할 수 있는 인력을 확보했다. 이 경우 포스코가 전기 수리 기술자에게 지급한 일당 125만 원은 결코 폭리가 아니고 공정가격인 것이다. 포스코 입장에서는 125만 원을 받고 일하는 전기 기술자는 해가 되기보다는 득이 된다.

이처럼 시장 논리를 중요하게 생각하는 사람들은 복지와 자유를 앞세운다. 생산자가 시장이 원하는 상품을 공급하기 위해서 열심히 일하도록 동기를 부여하면, 사회 전체의 복지 즉 경제적 번영을 이룩한다고 생각한다. 또 시장은 상품에 대한 공정한 가격따위를 매기지 말고 생산자와 소비자가 서로 교환하고자 하는 가치에 가격을 매기자는 것이다.

반면 가격 폭리 방지법에 찬성하는 사람은 시장 자율에 따른 가격 인상이 사회 전체의 경제적 이익에 도움이 되지 않는다고 생각한다. 가령 허리케인 때문에 숙박료가 폭등하면 부자들은 가격에 상관없이 얼마든지 이용할 수 있지만, 가난한 사람들은 비싼가격 때문에 안전한 숙소를 이용하지 못하고 위험한 본인 집에 머물 수밖에 없다. 따라서 가격 폭리 방지법을 지지하는 사람들은사회 전체의 복지를 생각할 때, 가격이 폭등할 경우 꼭 필요한 생필품을 구하지 못하는 가난한 사람들의 고통도 포함해야 한다고말한다.

또 가격 폭리 방지법을 지지하는 사람들은 어떤 경우에서도자유 시장이 사실상 자유롭지 않다고 주장한다. 가령 허리케인으로 인한 이재민들이 턱없이 비싸게 생필품을 구매하는 것은 생산자와 소비자 간의 자유로운 거래보다는 강탈이 더 잘 어울리는 표현이다. 좋은 사회는 힘든 시기를 함께 헤쳐 나간다. 이익을 최대한 많이 챙기기보다는 서로를 보살핀다. 사회에 고난이 닥쳤을 때 이웃으로부터 최대한 많은 이익을 챙기려는 사회는 좋은 사회가 아니다. 물론 가격 폭리 방지법은 이웃의 어려운 사정을 이용해 이익의 극대화를 추구하는 탐욕을 완전히 없애지는 못한다. 그러나 이웃을 괴롭히는 탐욕을 부리면 불이익을 준다는 신호 정도는 줄 수 있다.

타인의 고통을 이용해서 이익을 추구하지 않는 미덕과 오직 시장의 거래에 의해서 가격이 정해져야 한다는 자유는 서로 장단점을 가지고 있으며 이분법으로 분리하기는 어렵다. 왜냐하면 현대 사회는 겉으로는 경제적 풍요와 개인의 자유를 중요하게 생각하고 있지만, 그 내면에는 좋은 사회가 추구해야 할 명예와 미덕이 무엇인지 고민하고 있지 않는가. 우리는 무한 자율 경쟁의 사회에 살고 있지만 한편으로는 이웃을 배려하고 어려울 때 서로 돕는 미덕을 가치 있게 생각한다. 경제가 어려울 때 건물주가 임대료를 고스란히 챙기기보다는 임대료를 낮춰서 세입자를 배려하는 풍경이 낯선 풍경이 아니다. 이런 풍경이야말로 우리 사회가 진보하고 있다는 증거다.

사람은 자신을 소유하는가?

우리가 사는 세상은 대부분 자유 시장 경제 원리에 따라서 움직인다. 그러나 앞서 말했듯이 세상은 자유 경쟁과 시장 원리로만 움직인다고 말하기에는 여러 가지 논쟁의 여지가 있다. 자유 경쟁이라든가 미덕이라는 가치가 보통 사람과는 거리가 먼 거시적인 문제라고 생각하는 사람이 많지만, 사실 우리 실생활에 밀접하게 관련이 되어 있고, 누구나 살아가면서 한두 번쯤은 겪게 되는 우리들의 문제다.

사람은 누구나 나이가 들면 병이 들고 죽는다. 가족이 장기를 이식 받아야 하는 중병에 걸렸다고 생각해 보자. 그렇게 되면 장기 거래는 도덕성과 윤리 따위를 떠나 생사의 문제가 된다. 가족 중 한 명이 장기 이식만이 살길이라고 한다면 우리는 절박한 심정으로 돈으로라도 장기를 사고 싶다는 마음을 가질 수 있다. 하지만 대부분의 나라에서는 장기 매매를 금지한다. 우리나라 만 해도 기증자가 나타나면, 우선 매매가 아닌 순수한 기증인지 철저하게 검증한다. 그렇지만 자유지상주의자들은 장기 매매를 합법화해야 한다고 주장한다. 신체는 자신의 소유이니 자신이 원할 때 매매할 권리가 있으며, 장기 거래가 합법화되면 장기 이식을 기다리다가 죽어 가는 수많은 생명을 살릴 수 있다고 주장한다. 내 신체는 내 것이니 필요할 때 언제든지 돈을 팔 수 있다는 자유 시장에 입각한 것이다.

그럴듯한 말이지만 다른 문제가 도사리고 있다. 가령 신장 두 개 중의 하나를 팔면 문제가 없겠지만, 나머지 하나마저 떼어 내면 그 사람은 죽는다. 완전한 자유 시장 경제 원리에 따르자면 이런 경우에도 장기 매매를 허용해야 한다. 실제로 1990년대 캘리포니아 한 교도소에서 수감자가 두 번째 신장을 딸에게 주려고 했지만, 병원 윤리위원회는 이를 허용하지 않았다. 그렇다면 두 개의 신장 중에서 하나만 매매를 허용했으니, 사람의 신체는 자신의 소유라는 개념에 부합하지 않는 걸까?

최근 이슈가 되고 있는 안락사 문제로 넘어가 보자. 자유지상주의자들은 당연히 안락사를 찬성한다. 자기 몸이 자신의 소유이니 안락사를 금지하는 것은 부당하다는 것이다. 안락사를 찬성하는 사람이 모두, 내 소유의 몸은 내 마음대로 하겠다는 논리를 내세우는 것은 아니다. 신체의 소유권을 따지기 전에 인간은 누구나 존엄하게 죽을 수 있는 권리가 있으며 연명 치료의 고통에서 해방되고 싶다는 자신의 결정을 존중해야 한다는 입장이다.

자유지상주의자에 주장대로면 성매매도 처벌할 근거가 없어진다. 실제로 성매매가 합법화된 나라도 여럿 있다. 우리나라는 성매매가 불법이니 완전한 자유지상주의를 적용하는 것은 아니다. 다만 성매매에 종사하는 인구를 사회적 약자로 판단하고 성매매를 그만두는 경우, 사회적 차원에서 다양한 지원을 해 줌으로써 성매매 인구를 줄여 나가려고 노력한다.

우리나라도 심심찮게 징병제를 포기하고 모병제로 가자는 주장이 제기된다. 자유지상주의자들은 모병제를 일종의 국가에 의한 노예제라고 생각한다. 자유주의에 입각한 공리주의자들은 사회 구성원을 강제로 군대에 데려가 생명을 잃을 수도 있는 위험에 내모는 것은 사회 전체의 행복이 감소한다는 논리를 내세운다. 군대도 자유 시장 경제 원리에 따라서 수요자와 공급자가 공평하게 득이 되어야 하는데, 징병제는 일방적으로 국가에만 유리한 제도라고 할 수 있다. 그래서 자유지상주의자들은 모병제가 최선이라고 주장한다. 군 복무를 원치 않는 사람은 군대에 가지 않고, 입대를 해서 자신의 이익이 극대화된다고 생각하는 사람만 군대에 간다면, 사회 구성원 모두가 자신의 권리를 침해받지 않는다. 실제로 모병제를 실시하는 미국은 입대 보너스, 높은 급여, 질 좋은 교육의 기회를 입대자에게 제공한다.

좋은 사회로 가기 위한 미덕을 중요하게 생각하는 사람은 자유지상주의자들이 주장하는 모병제를 반대한다. 모병제를 실시하면 결국 가난한 사람만이 자신의 목숨을 걸고 입대를 한다는 생각이다. 실제로 미국의 현역 병사의 계층을 분석하면 저소득 계층과 중산층 집안 비율이 압도적으로 높다. 심지어 최근 모병된 병사의 25퍼센트 가량이 고등학교조차 졸업하지 못했다고 한다. 한마디로 모병제를 실시하면 돈이 많고 많이 배운 사람들은 군대에 가지 않고, 가난하고 교육을 받지 못한 사람이 군대에 가기 마련이다. 미국 국회의원 자녀 중에 군대에 간 사람은 2퍼센트에 지나지 않는다고 한다.

멀리 갈 것도 없이 징병제를 실시하고 있는 우리나라조차 상류층과 부자들의 병역 면제율이 서민보다 높다는 통계 자료를 심심찮게 접한다. 그나마 우리나라는 징병제를 실시하고 있기 때문에 군대가 모두의 문제이지만, 모병제를 실시하는 미국은 사정이 다르다. 이라크를 비롯한 중동 지역에서 전쟁 중 전사자가 속출했는데도, 그 시간 미국 본토에서는 부유한 중산층 이상의 시민들이 비싼 입장료를 내고 프로야구를 느긋하게 즐겼다. 대부분의 미국인들은 사회적 약자와 소외 계층을 전쟁터로 내몰고, 자신은 전쟁으로 인한 그 어떤 위험에도 노출되지 않은 상태로 자기의 삶을 살아간다.

징병제를 실시하는 나라는 병역을 시민으로서 당연한 의무이며 미덕이라고 생각하는 공감대가 형성된다. 그러나 모병제를 실시한다면 병역이 사회 구성원 일부의 문제이지 사회 전체의 문제가 아니게 된다. 만약 미국 국회의원들의 자식들이 군대에 갈 의무가 있었다면, 이라크 전쟁은 애당초 시작되지도 않았을 거라고 많은 사람들이 생각한다. 자신이 전쟁을 결정하지만 전쟁터에 나가서 죽어 나가는 것은 자기 자식이 아니기 때문에 너무나 쉽게 전쟁을 이행했다는 것이다.

대학 입시에서의 공정성 문제

텍사스 법학전문대학원에 응시했는데, 높은 점수를 받고도 불합격한 백인 학생이 소송을 제기했다. 그럴 만도 한 것이 자신보다 성적이 낮은 흑인과 멕시코계 미국인이 합격했기 때문이다. 그 대학은 사회적 소수자에게 가산점을 주는 소수 집단 우대 정책을 시행하고 있었다. 즉 자신이 가산점을 받지 못하는 백인이기 때문에 역차별이라고 판단한 것이다. 이 소송에 대해 대학원측은 텍사스의 입법 기관과 법조계에 인종적, 민족적 다양성을 높여가는 것을 중요한 사명으로 삼는다고 답했다. 텍사스 법학전문대학원은 이런 자신들의 목적을 달성할 수 있도록 사회적 소수 인종에 대한 합격 기준을 일반 학생보다 더 낮게 정해 두었다.

텍사스 법학전문대학원처럼 소수 인종에 대해서 가산점을 주는 제도를 시행하는 대학은 소수 집단 우대 정책이야말로 사회 계층의 차이로 인한 시험 격차를 조정한다고 생각한다. 즉 뉴욕의 빈민가에 소재한 고등학교를 졸업한 학생이 맨해튼의 명문 고등학교를 졸업한 같은 점수를 받은 학생보다 우수하다고 판단하는 것이다. 우리나라도 마찬가지다. 교육 여건이 현저히 빈약한 면 단위 시골 학교 학생이 강남 8학군 학생과 비슷한 점수를 받았다면, 시골 학교 학생이 더 우수한 학생이라는 생각이다.

또 사회적 약자에 대한 대학 입시 배려는 과거의 잘못을 보상한다는 취지에서 비롯되었다. 사회적 약자를 그 상황에 이르도록 몰아넣은 과거의 잘못과 차별을 보상해 주는 차원으로 대학 입시에서 우대를 한다는 것이다. 그러나 이 주장은 쉽게 반박에 부딪친다. 우리나라만 해도 그렇다. 세월호 참사 때문에 고통을 받은 학생들에게 대학 입시에서 우대를 하는 것은 반론의 여지가 없다. 그러나 대학 입시 우대로 보상받는 학생은 원래 피해자가 아닌 경우가 많고, 보상하는 사람 또한 과거의 가해자가 아닌 경우가 많다. 또 미국에서 소수 집단 우대 정책의 수혜자 중에는 환경이 매우 열악한 빈민가가 아닌 중산층 이상의 부유한 동네에서 자란 학생들도 많다. 부유한 집안 출신의 히스패닉 학생이 소수 민족이라는 이유로, 가난한 집안에서 어렵게 공부한 백인보다 우대를 받아야 합당한 것인지에 대한 논란이 존재한다.

《정의란 무엇인가》는 우리 사회에 존재하는 정의, 공정, 자유, 미덕 등 다양한 가치들과 연관되는 문제들을 다양한 관점에서 다룬다. 우리가 사는 세상이 좀 더 정의로운 사회로 진보하기 위해서 우리가 어떤 고민을 해야 할지도 잘 알려 준다. 분명히 이 책은 우리가 매일 겪는 이슈에 대해서 평소 우리가 생각하지 못했던 지점을 짚어 주는 장점이 있다.

그러나 저자가 자신의 논리를 전개하기 위해서 가상의 비현실적인 예를 심심찮게 제시하는 부분은 독자들에게 피로감을 줄 수도 있다. 가령 은퇴를 선언한 농구 황제 마이클 조던 때문에 상실감에 시달리는 시카고 불스 팬을 위해서, 연방 의회가 '마이클 조던에게 다음 시즌의 삼분의 일을 현역 선수로 뛰라고 요구하는 법을 통과시켰다'고 가정하는 설정 따위가 그렇다. 물론 비현실적이고 극단적인 예시를 들어, 독자들이 저자의 논리 전개를 좀 더 쉽게 이해하게끔 할 수 있다. 하지만 반복되면 독자들의 현실 감각을 둔하게 만드는 위험이 있다.

게다가 저자 샌델이 구체적으로 어떤 신념을 가지고 있는지 파악하기 어려울 뿐만 아니라 심지어 이 책을 읽고 나서도 과연 정의가 무엇인지 깨닫는 것도 쉽지 않다. 정의에 관한 다양한 주장만 나열해 놓은 것 같은 느낌을 지울 수 없었다. 틀린 것이든 맞는 것이든 자신의 주장을 분명히 표출하는 것 또한 학자의 중요한 덕목이 아닐까라는 생각을 한다.

16
카르페 디엠
지금 내 뜻대로 나의 꿈을

N.H 클라인바움 《죽은 시인의 사회》

□□□

《죽은 시인의 사회》는 독특한 책이다. 이 책의 제목을 말하면 영화를 떠올리는 사람도 많을 테고, 소설 원작을 영화화했구나 생각하기도 쉬울 것이다. 하지만 그러한 통념과는 달리 이 책은 영화 시나리오를 소설화한 것이다. 영화의 인기가 책 출간으로 이어진 경우이다. 미국 상류층의 교육에 있어서 문제점을 비판하는 소설이지만, 우리나라 교육의 문제점에도 대입해 볼 수 있어서 많은 공감을 자아낸다. 자식의 진로를 마음대로 결정하고 강요하는 부모들에게 경종을 울리며, 십 대 청춘들에게 '지금 나의 꿈을 좇을 것'을 주문한다.

역사상 최고의 오역

죽은 시인의 사회Dead's poets society는 명백한 오역이다. 영어 society는 사회라는 뜻도 있지만, 단체나 모임이라는 의미도 있다. 굳이 우리말로 번역하자면 '죽은 시인의 모임'이라든가 '죽은 시인의 동아리' 정도가 더 정확하다. 이 소설에 등장하는 명문 사립학교인 웰튼아카데미 학생 몇 명이 학교 몰래 동굴에 모여서, 고전 시를 읽고 쓰는 모임을 일컫기 때문이다.

독자들이 이해하기 쉽게 의역을 하자면 '고전 문학 동아리', '고전 시 읽기 동아리' 정도가 될 텐데 아무래도 이런 제목보다는 확실히 《죽은 시인의 사회》라는 제목이 독자들의 시선을 끌기 쉽다. 소설 속에서 웰튼아카데미 졸업생을 뜻하는 웰튼 소사이어티를 사회라고 번역하지 않고 소사이어티라고 표기한 것으로 유추하면 번역자가 실수로 죽은 시인의 사회라고 번역한 것으로 생각되지는 않는다. 이 소설의 제목을《고전 문학 동아리》라고 붙인다면 얼마나 많은 독자가 이 책에 관심을 가질 것인지를 생각하면 확실히 오역이지만 성공한 오역이라고 할 수 있다.

이 소설은 역사상 최고의 오역이라는 유명세 말고도 특이점이 또 있다. 유명하고 성공한 소설을 원작으로 영화가 만들어지는 경우가 대부분인데 이 소설은 영화가 인기를 끌자 다급하게 영화 줄거리를 바탕으로 소설을 쓴 경우다. 이런 경우 소설의 완성도가 떨어지기 마련인데 이 소설은 예외적으로 괜찮은 수준이라고 평가할 만하다.

그러나 영화의 줄거리를 소설로 각색한 태생적인 한계 때문에 문학적으로 깊이 감명 받을 수준은 아니며, 확실히 소설보다는 영화로 감상하는 것이 더 나은 선택이다. 문학적인 완성도보다는 소설이 주는 메시지에 주목하며 읽는 것이 낫다.

키팅 선생이 말하는 카르페 디엠

소확행(작지만 확실한 행복)이라는 말이 아마도 1997년에 번역 출간된 무라카미 하루키의 수필집《작지만 확실한 행복》에서 연유되어 유행한 것처럼, 우리나라 장년층의 가장 흔한 좌우명처

럼 보이는 카르페 디엠^{carpe diem}은 영화 〈죽은 시인의 사회〉 덕분에
우리에게 익숙한 말이 되었다.

정확한 통계는 없지만, 우리나라 중장년층의 SNS 프로필 문구
중에서 가장 흔하게 보이는 것이, 바로 카르페 디엠이 아닐까 한
다. 영어권에서는 Seize the day라고 표현을 하는데 '오늘을 즐겨
라' 정도로 번역되겠다.

원래 이 말은 고대 로마 공화정 말기의 시인, 호라티우스가 쓴
시 〈송가〉에서 나왔다.

Sapias, vina liques et spatio brevi spem longam reseces
현명하게 살아가게나, 그대의 포도주를 마시게,
짧기만 한 인생, 먼 장래에 대한 기대는 접어 두게.

Dum loquimur, fugerit invida aetas
지금 우리가 이야기하는 순간에도,
질투의 시간은 우리를 질투하며 흐른다네.

Carpe diem, quam minimum credula postero
지금, 이 순간을 붙잡게,
먼 장래에 대한 기대는 최소한으로 하게나.

호라티우스는 카이사르의 후계자가 피비린내 나는 전쟁을 끝내고, 마침내 아우구스투스라는 칭호를 얻으며 팍스 로마나(로마에 의한 평화)를 열었을 때 로마 시민들에게 이제는 평화를 즐기라는 의미로 카르페 디엠이라고 외쳤다. 그리고 그 자신이 부르짖은 카르페 디엠을 실천했다. 명예와 부가 따르는 황제의 비서 자리를 마다하고 자신의 취향을 좇아서 평생 즐겁게 살다 죽었다.

명문 대학 진학률이 가장 높지만, 강압적이고 엄격한 웰튼아카데미에 교사로 부임한 키팅 선생이 학생들에게 외친 카르페 디엠은 호라티우스가 말한 카르페 디엠과는 약간 결이 다르다. 호라티우스는 로마의 평화를 즐기라고 외쳤지만 키팅 선생은 '인생을 부질없이 낭비하지 말라'는 뜻에서 카르페 디엠을 외쳤다. 그러니까 키팅 선생은 출세를 좇는 데에 집중해서 소년 시절 가졌던 꿈을 허무하게 포기하는 제자들을 안타깝게 여겨서 한 말이다.

웰튼아카데미 학생들은 부유한 부모의 지원과 강압으로 명문 대학을 졸업해 의사나 법률가가 되기 위한 길을 걷고 있었다. 웰튼아카데미 학생들은 진로를 부모가 결정하며, 심지어 과외 활동도 교장 선생이 결정해 주었다. 전인 교육을 지향하며 자유로운 수업 방식을 실천하는 키팅 선생을 제외한 다른 모든 교사의 수업은 강압적이며 암기 위주다. 진로 결정과 학교생활에 있어서 학생들에게 자유 의지라는 것은 존재하지 않는다.

키팅 선생은 사회적으로 성공한 삶보다는 자신의 꿈을 좇는 인생을 학생들에게 알려 주고 싶었다. 그러니까 키팅 선생이 말한 카르페 디엠은 자신의 꿈을 뒤로 미루지 말고, 지금부터 자신의 꿈을 좇으라는 말에 가깝다. 자신이 좋아하는 공부와 일을 하는 것이 현재와 미래를 행복하게 사는 길이라고 생각했다. 자신이 원치 않는 일을 하면서 인생을 낭비하지 말라는 이야기가 되겠다.

여전히 진행 중인 낭비되는 삶

《죽은 시인의 사회》는 1959년 미국 명문 사립 고등학교 웰튼 아카데미를 배경으로 한다. 이 학교의 목표는 학생들이 하버드와 예일 같은 명문 대학에 입학하고 출세해서 학교와 부모의 명예를 높이는 것이다. 학생들은 부모의 뜻을 좇아 공부하는 기계가 되며 부모는 물질적인 지원과 인맥을 동원해서 자식들을 의사와 법률가로 키우기 위해서 애쓴다.

그러나 이제 갓 부임한 삼십 대 초반의 키딩 선생은 무엇보다 학생이 스스로의 진로를 결정해야 한다고 말한다. 또 사회적 성공보다 자신의 꿈을 강조하는 가르침을 준다. 이에 감명을 받은 학생 닐은 의사가 되라는 부모의 명령에 반기를 들고, 자신의 꿈이자 즐거움인 연극의 길로 들어선다. 연극이야말로 인생의 낭비라고 생각하는 닐의 부모는 닐의 뜻을 무시하고 강제로 전학을 보

내기로 한다. 결국 닐은 스스로 생을 마감함으로써 부모가 강제로
자신에게 명령한 인생을 거부한다.

소설 속에서 자신이 원하는 길을 걷지 못한 닐이 세상을 떠난
지 60년이 지났다. 카르페 디엠이 한국의 독자와 관객들에게 각인
이 되었지만, 한국의 웰튼아카데미는 여전히 건재하다. 현재 한국
에서 명문 대학 진학률이 높은 고등학교일수록 교육 과정과 학교
운영이 입시에 맞추어져 있으며, 많은 학비가 든다. 웰튼아카데미
의 목표가 오직 아이비리그 진학에 맞추어져 있듯이, 현재 우리나
라 고등학교에도 부모가 원하는 학교에 진학하는 것이 유일한 목
표인 학생들이 많다. 그들에게 자신의 적성이라든가 흥미는 반영
될 여지가 전혀 없다.

진로는 누가 결정해야 하는가?

《죽은 시인의 사회》는 영화와 소설로 세계 곳곳에 큰 공감과
메시지를 던져 주었지만 정작 세상은 바뀌지 않았다. 빅토르 위고
가 《파리의 노트르담》을 통해서 노트르담 성당의 아름다움과 가
치에 대해서 찬양한 결과, 폐허가 되어 가던 노트르담 성당이 재
건되었다. 찰스 디킨스가 쓴 《올리버 트위스트》는 산업 혁명 당시
의 영국 사회에 만연한 열악한 노동 환경을 통렬히 비판하여, 빈
곤층에 관한 관심과 노동 환경 개선을 일부나마 이끌어 냈다.

하지만 《죽은 시인의 사회》는 눈에 보이는 그 어떤 변화를 불

러오지는 못한 듯하다. 사람들에게 많은 공감은 불러왔지만, 실질적으로 청소년의 진로 문제에 대한 눈에 띌 만한 개선을 이루었다고 보기 어렵다. 사실 본인의 진로는 본인의 흥미와 적성에 따라야 한다는 주장은 끊임없이 제기되었다. 《죽은 시인의 사회》보다 한 세대 먼저 출간된 서머싯 몸의 《인간의 굴레에서》를 살펴보자.

주인공 필립은 코흘리개 시절부터 엄격하고 가부장적인 성직자 백부 슬하에서 자라게 된다. 필립의 백부는 웰튼아카데미의 교사와 같은 훈육법을 사용하였다. 어린 필립에게 강제로 성경 구절을 암기하게 하고 힘겨운 과제도 냈다. 그러다가 필립은 자신의 흥미와는 전혀 상관없이 공인회계사의 길을 걷게 된다. 보호자의 강압으로 억지로 끌려간 공인회계사의 길이 적성에 맞을 리가 없고 잘할 수도 없었다. 당연히 필립은 얼마 못가서 공인회계사를 그만둔다.

반면 필립의 숙모는 최대한 필립을 존중했다. 필립이 백부가 낸 숙제가 버거워 혼자 울고 있을 때, 필립의 자존심을 고려해서 일부러 울음을 그칠 여유를 두고 문을 열었으며, 백부처럼 강제로 어떤 책을 읽으라고 명령하지 않았다. 숙모는 그저 그림을 좋아하는 필립에게 그림책을 오래 보여 주었고, 결국 그림 옆에 적혀진 이야기가 궁금해진 필립은 장난감을 버리고 책을 찾게 되었다. 숙모는 필립이 가지고 있는 흥미를 스스로 찾아내도록 유도했지, 그

서울대 지원자들이
가장 많이 읽은 책 20

에게 어떠한 주입 교육도 하지 않았다.

《죽은 시인의 사회》에서 부모가 강권한 의사의 길을 뒤로 하고 연극배우가 되려고 했던 닐처럼, 공인회계사 일을 그만둔 필립은 파리로 그림 공부를 하러 떠난다. 닐이 결국 목숨을 끊음으로써 자신의 꿈을 거둔 것처럼, 필립도 그림에 재능이 없다는 것을 깨닫고 일 년 만에 화가의 길을 포기한다.

부모가 자식의 진로에 있어 결정을 강제하지 않아야 한다는 증거가 여기에 있다. 닐은 부모의 뜻을 거스르지 못해 미처 자신의 꿈을 시도해 볼 기회도 없었지만, 보호자의 뜻을 거스르고 미술 공부를 원 없이 했던 필립은 비록 자신이 그림에 재능이 없다는 사실을 실감하고 꿈을 포기했지만, 그는 실패자가 아니었다. 필립은 다른 사람의 뜻에 따라 적당히 타협하며 얻는 것보다 스스로 노력하다가 실패를 통해서 더 많은 것을 거둘 수가 있다는 결론을 얻었다. 즉 부모가 자신의 진로에 지나치게 관여해서 자식이 얻는 것보다 자식 스스로 판단하는 것이 실패를 하더라도 오히려 더 많은 것을 얻는다는 것이다.

자식에게 본인이 원하는 진로를 강요하는 웰튼아카데미의 학부모와 교사가 잘못되었다는 것은 이미 기원전 6세기에 활동한 노자의 《도덕경》을 통해서도 알 수 있다. 《도덕경》에 나오는 상선약수上善若水는 최고의 선은 흐르는 물과 같다는 뜻이다. 다시 말하자면 스스로 남들이 원치 않는 낮은 곳에 자리 잡는 것이 최고의 선이라는 것이다. 교사나 부모라고 해서 학생과 자식 위에서 군림해서는 안 되고, 그저 뒤에서 응원해 주고 도와주는 것이 최고의 선이라는 이야기도 되겠다. 기원전 6세기 노자의 사상은 1960년대 키팅 선생의 교육관과 일치한다. 노자는 뒤집어서 생각하고, 반대로 가면 더 좋은 결과를 얻는다고 가르쳤다.

그렇다. 키팅 선생은 남들이 알아주는 길보다는 자신의 개성을 살리는 것이 낫다고 가르쳤다. 웰튼아카데미의 학부모들은 하나같이 자식들이 아이비리그를 졸업하고 의사나 법률가가 되기를 원한다. 남들이 알아주는 길을 선택하고 싶은 욕구를 자식에게 투영하는 것이다. 그리고 부모 자신의 부와 명예를 자식들에게 고스란히 물려주고 싶은 욕구에 따른 것이기도 하다. 키팅 선생은 다른 사람이 가지 않는 길을 선택한 것이 자신의 인생을 바꾸었다고 말한다. 물이 어디로든지 흘러갈 수 있듯이 꼭 정해져 있는 길이 아니라 내가 스스로 다른 길을 내어 갈 수 있다는 교훈을 주는 셈이다.

확증 편향의 위험성

위고는 《파리의 노트르담》을 통해서 인쇄술의 발달로 인한 정보의 홍수를 우려했다. 위고는 금속 인쇄술이 발명되기 전에 건설된 건축물을 인류 문명이 응집된 한 권의 책이라고 생각했다. 당대의 문화, 사상, 예술이 건축술에 집결되기 때문이다. 오랜 세월에 걸쳐 신중하게 건축되는 건축물과 달리 책은 인쇄술의 발달로 순식간에 세상에 나오기 때문에 여론을 호도하는 가짜 뉴스를 양산하기 쉽다는 것이다. 그래서 위고는 인쇄술의 발달이 이끈 르네상스를 '화려한 쇠퇴'로 정의했다.

키팅 선생도 이 점을 학생들에게 일깨워 주었다. 어떤 생각에 대해서 강한 확실히 들더라도 한 번쯤은 다른 방향에서 그 문제를 바라보는 지혜와 여유를 가질 것을 주문했다. 키팅 선생이 학생들에게 교과서를 찢고 교탁 위에 서라고 주문한 것도, 세상을 다른 각도에서 보는 시각을 알려 주고 싶었기 때문이다.

청소년기는 확증 편향에 빠지기 쉬운 시기다. 본인만의 가치관이 성립되기 전에 외부에서 주입된 사상이나 가치관에 빠지면 무슨 일이 일어나게 될까? 아마 그러한 청소년은 자신의 가치관을 정립하지 못하고 마치 경주마처럼 앞만 보고 달리는 신세가 되기 쉬울 것이다. 웰튼아카데미 학생들이 부모의 강압과 교사들의 훈육에 길들여져 자신의 꿈을 전혀 생각하지 못하고 의사나 법률가가 되는 것이 당연하다고 여기는 것처럼 말이다.

사회적으로 성공은 했으나 정작 죽을 때까지 자신의 흥미와 적성을 알지 못한다면, 어떨까? 다른 사람이 정해 준 인생을 살다가 세상을 떠나는 것은 불행한 일이다.

독서도 마찬가지다. 책을 읽을 때 저자의 생각과 주장에만 너무 집중하는 것은 좋지 않다. 호기심이 많은 청소년은 저자의 새로운 주장과 생각에 비판 의식 없이 빠져들기 쉽다. 그러나 아무리 흥미롭고 주의를 끄는 책이라고 할지라도 반드시 자기 생각을 정리하고 비판적인 시각으로 책을 바라보는 습관을 기르는 것이 중요하다. 새로운 지식을 얻는 것만큼이나 자신의 내면에 자리 잡은 고유한 목소리를 기르는 것 또한 필요하기 때문이다. 자신만의 가치관과 판단력을 기르지 못하면 어른이 되어서도 가짜 뉴스에 휘둘리는 신세가 되기에 십상이다.

문학이 왜 중요한가?

의사, 경영자, 법조인을 지망하는 학생이 대부분인 웰튼아카데미에서 문학이란 그저 교과서에 적혀 있는 대로 암기해서 시험을 잘 치르면 그만인 것으로 취급한다. 과연 문학이 경영학이나 의학과 전혀 상관이 없으며, 사회적으로 성공하고 나서 취미로 즐기면 되는 것일까?

키팅 선생에게 정답이 있다. 우리가 시를 읽는 것은 시인이 인류의 한 사람이며 문학이야말로 '삶의 양식'이기 때문이다. 시와 소설을 읽는 것은 경영학이나 의학 공부와 무관한 것이 아니다. 도스토옙스키는 뛰어난 소설가이기도 하지만 뛰어난 심리학자이기도 하다. 그의 소설을 읽다 보면 인간 심리에 대한 놀라운 통찰을 볼 수 있는데, 그렇다면 소설이 경영학이나 의학과 연관이 없다고 말하기 어렵다.

삼십 년 가까이 교사로 일하면서 확신하게 된 것인데, 책을 아끼면서 읽을 정도로 독서량이 많은 학생은 반드시 그 결실을 본다는 것이다. 문학을 누리는 것은 키팅 선생의 말처럼 수많은 삶의 양식을 접하게 될 뿐만 아니라 문학과 연관이 없다고 생각되는 과목의 공부에도 큰 도움이 된다. 문학을 탐독함으로써 체득되는 문해력은 텍스트를 빨리 이해하고 요점을 가려내는 능력을 배양하는데, 이 능력이야말로 모든 학문의 기초 체력이 되는 요소다. 문학은 갈 길이 바쁜 수험생에게 시간 낭비가 되는 것이 아니고, 좀 더 효율적이고 폭넓은 공부를 가능하게 해 준다.

키딩은 어떻게 키딩이 되었는가?

《죽은 시인의 사회》를 읽으면서 가장 궁금했던 것은 키딩 선생은 어떻게 키딩 선생이 되었냐는 것이다. 즉 키딩 역시 웰튼아카데미 출신으로서 우수한 성적으로 명문 대학에 입학했다. 전형적인 웰튼아카데미가 추구하는 인재인데, 어떻게 기존의 전통과 규율을 무시하고 자신만의 교육법을 체득하고 적용할 생각을 하게 되었을까? 하지만 책에는 이에 대한 설명이 부실하다. 물론 다른 사람이 걷지 않은 길을 걷다 보니 인생이 달라졌다고 말하지만, 이것만으로는 그의 극적인 변모를 이해하기 어렵다.

또 이 소설은 입시 위주 교육의 문제점을 학생 개인과 학부모와의 갈등 구조를 통해서 표출했을 뿐 사회 전반적인 교육 시스템에 대한 고민이 없다는 점도 아쉬운 대목이다. 학교 교육이 달라지지 않고, 부모가 달라지지 않는데, 학생의 각성만으로 학생의 진로가 달라지기 어렵지 않을까? 어쩌면 자신의 꿈을 포기하고 목숨을 버린 닐의 죽음은 충분히 예견된 것이 아닐까?

17
1998년 퓰리처상에
빛나는 새 시대의 고전

재레드 다이아몬드 《총, 균, 쇠》

□□□

책 제목에서도 볼 수 있듯이 총기와 병균, 금속이 인류 역사에 어떤 영향을 미쳤는지 분석하는 《총, 균, 쇠》는 1998년 퓰리처상 수상작으로, 뉴기니 원주민이 저자에게 던진 질문에서 비롯되었다. "유라시아인들은 화물(배, 총, 갑옷)을 발전시켜 뉴기니까지 진출했는데 왜 우리는 그런 화물을 발전시키지 못했는가." 이에 진화생물학자인 저자는 왜 민족이나 나라별로 발전 속도가 다른지를 이 책을 통해 파헤친다. 저자는 그 원인을 각기 민족이나 나라가 처한 환경 및 기후에 따른 것이라며, 금속 무기나 질병 등을 통한 삶의 터전의 확장 및 이주도 이에 영향을 끼쳤다고 답한다.

지루한 책인가? 흥미로운 책인가?

《총, 균, 쇠》는 서울대학교 도서관에서 가장 많이 대출된다는 왕관을 쓴 책이다. 역사, 지리학, 환경학에 관한 저자의 지식이 총동원되었으면서도 일반 독자들이 읽기에 난해한 책도 아니다. 인류 발전의 비밀을 알아낸 듯한 성취감을 얻을 수도 있지만, 한편으로는 같은 이야기를 반복하는 지루한 책이라는 생각도 든다. 나는 이 책에 대한 글을 쓰기 위해서 벽돌처럼 두꺼운 책을 두 달 가까이나 가방 속에 넣고 다녔다. 사실 이토록 흥미진진한 내용을 담고 있는 책을 빨리 읽지 못하고 오랜 시간에 걸쳐서 읽었다는 것이 의아했다.

왜 그럴까? 역설적으로 이 책이 지루하다고 느껴진다면 그 책임은 저자인 재레드 다이아몬드의 지나친 지적 성실함에 있다. 이 책을 집필할 때 저자의 아내가 불평했다고 한다. 주장에 관한 사례를 몇 개만 쓰면 되지 왜 이렇게 많이 썼냐는 것이다. 아내의 비판에 다이아몬드는 "아니, 내가 그동안 발견하고 연구한 사례가 이렇게 많은데, 어떻게 그중에서 몇 개만 골라서 책에 넣을 수 있겠는가."라고 대꾸했다고 한다.

그렇다.《총, 균, 쇠》는 거칠게 말하면 저자의 주장을 입증하기 위한 사례 모음집이라고도 볼 수 있다. 즉 이 책은 주장 더하기 사례, 사례, 사례, 사례, 사례, 사례, 사례의 형식이다. 이 점이 일부 독자들에게 같은 말을 무한 반복하는 지루한 책으로 오해될 수 있다. 그래서 의학계에 혜성 같이 등장한 불면증 치료제라는 오명을 가지고 있는 책이기도 하다. 그러나 여러 민족이 저마다 다른 역사의 길을 걸은 이유를 각 민족의 생물학적 우열 때문이 아니라 환경적 차이 때문이라는 결론을 끌어낸 자체만으로 이 책은 우리 시대의 고전으로 자리매김하기에 모자람이 없다. 그리고 이 책이 우리나라에 번역 출간된 2005년까지만 해도 이 책만큼 지리, 역사, 인류학을 융합해서 설명한 책이 드물었다. 이 책이 출간된 지 20년 가까이 지나면서 다양한 분야를 조합해서 설명하는 책이 늘어났고 유튜브에도 비슷한 조합으로 설명하는 채널이 늘어나면서 이 책이 주는 신선함은 많이 줄어들었지만 이제 막 인류학에 입문하는 독자들에게는 큰 충격을 주는 책이라는 것은 분명하다.

《총, 균, 쇠》처럼 새로운 과학적인 사실 관계에 기반을 둔 책은 성인보다는 청소년에게 더욱 권할 만하다. 십 대 시절이야말로 경험과 학습에 의한 선입견이 성인보다 적기 때문에《총, 균, 쇠》에 감탄을 하면서 몰입하게 된다. 물론 차츰 더 공부를 하다 보면 자연스럽게 이 책에 관한 오류를 발견하게 되지만, 어린 시절에는 현재의 주류 이론이나 관점이라도 확실히 붙잡고 가는 것이 중요하다. 책에서 읽었던 내용과 다른 새로운 사실이 등장하면 교차 검증하고 보완해 나가면 될 일이다. 찰스 다윈의《종의 기원》이 출간된 지 150년이 지났지만, 여전히 위대한 고전으로 건재한 이유는 과학적인 오류가 없는 책이라서가 아니다. 오히려 세월이 지나오면서 진화에 관한 견해가 끊임없이 수정되고 있다. 그런데도 찬사를 받는 것은 진화에 대한 이론 발전의 출발점이 바로《종의 기원》이기 때문이다.

뉴기니 원주민 얄라의 호기심

나는 역사책을 즐겨 읽지만, 중·고등학교 시절 공부를 하기가 짜증나고 교과서를 펼치는 것조차 싫은 과목이 의외로 국사였다. 5,000년 우리나라 역사는 고난으로 얼룩져 있다. 빛나는 시절보다는 주변 강대국들에 침략과 수모를 겪은 역사가 더 많다. 우리 민족 불행의 정점은 국사 교과서 후반기에 시작된다. 우리나라의 근현대사를 공부하다 보면 한숨이 절로 나온다. 역사를 잊은 민족에게 미래는 없다고 하지만 우리 조상들이 서서히 외세에 굴복당하는 과정을 찬찬히 공부하자면 자괴감이 절로 드는 것은 어쩔 수 없었다. 그 와중에 1980년대까지만 해도 공교육을 담당하는 학교에서조차 우리 민족의 자긍심을 높이기보다는 오히려 비하를 하는 발언을 자주 들었다. 특히 '조선 사람은 사흘에 한 번은 때려야 제대로 한다'는 식의 말은 적어도 사흘에 한 번 정도는 듣고 살았다. 그래서 당시 학생들은 일찍이 과학 문명을 발달시켜 선진국이 된 서양 국가 들은 애초에 우리와 바탕이 다르며 그저 본받고 배워야 할 대상으로 여겼다.

한국 학생들이 한참 우리의 역사에 자괴감을 느끼고 서양인은 애당초 우리와 근본 자체가 다른 우월한 존재라고 여기고 있던 1972년 7월의 어느 날이었다. 우연히 장차 《총, 균, 쇠》를 저술하게 될 다이아몬드와 함께 뉴기니 해변을 걷게 된 원주민 얄라는 오스트레일리아에게 통치를 받는 자국의 운명에 대한 강한 궁금증을 토로했다. 오늘날 파푸아 뉴기니라고 불리는 1972년 당시 뉴기니는 식민지 지배를 받으면서 백인들을 '나으리'라고 불러야 했다. 백인들은 쇠도끼, 의복, 청량음료, 성냥, 의료품 등과 같은 뉴기니 주민이 일찍이 구경도 못한 문물을 들여왔다. 가장 빈곤한 처지에 있는 백인조차 그 어떤 뉴기니 주민보다 문명이 주는 혜택을 훨씬 더 받고 살았다.

얄라는 자신들의 조상들은 어떤 경로로 뉴기니에 살게 되었으며 백인들은 어떻게 뉴기니를 식민지로 정복할 수 있었는지 물었다. 또 백인들은 문명의 이기를 만들고 뉴기니까지 가져왔는데 뉴기니 사람들은 어째서 그런 물건을 만들지 못했는지 물었다. 얄라의 질문을 좀 더 확장하면 전 세계의 부와 권력은 어떤 과정을 거쳐서 오늘날의 모습으로 되었으며 '왜 아메리카, 아프리카, 남태평양의 원주민들은 유럽을 정복하고 유럽 사람들을 몰살하지 못했는가?'로 이어진다.《총, 균, 쇠》는 뉴기니 원주민 얄라의 호기심에 대한 대답이라고 볼 수 있다.

전설의 168명 대 8만 명의 싸움

뉴기니 원주민 얄라는 자신들이 오스트레일리아의 지배를 받고 백인들을 주인으로 섬기는 현실이 답답했겠지만, 백인들에게 당한 것으로 치면 훨씬 더 참담한 선배들이 있었다. 1532년 11월 스페인의 정복자 프란시스코 피사로와 맞붙었다가 대패한 잉카의 황제 아타우알파와 그 부하들만큼 황당하고 처참한 패배자가 있을까. 아타우알파는 당시 아메리카 대륙에서 가장 크고 발달한 국가의 절대 통치자였고, 피사로 또한 유럽에서 제일 강력한 나라였던 스페인의 카를로스 1세를 등에 업고 있었다. 그러나 스페인에서 최소한 1,600킬로미터 떨어진 낯선 땅에 도착한 피사로가 거느린 병사는 168명에 지나지 않았다. 그에 반해 자신의 본진에서 피사로를 상대하게 된 아타우알파 황제는 지금 막 다른 인디언과의 전투에서 승리하고 돌아온 8만 명의 대군을 거느리고 있었다.

이 전투의 결과는 어이없게도 168명의 병사를 거느린 피사로가 아타우알파 황제를 생포함으로써 사실상 끝나 버렸다. 아타우알파는 잉카제국에서 태양신과 다름없는 존재였기 때문에 생포된 상황에서 내리는 명령도 그 효력을 전혀 잃지 않았다. 피사로는 아타우알파를 8개월 동안 볼모로 삼아 역사상 가장 높은 몸값을 받았을 뿐만 아니라 잉카제국을 맘껏 수색했으며 멀리 떨어진 본국에서 추가 병력을 지원받을 수 있었다. 황제의 몸값으로 가로 6.7미터, 세로 5.2미터, 높이 2.4미터가 넘는 방을 황금으로 가득 채웠지만, 피사로는 약속을 어기고 황제를 처형했다. 피사로는 아타우알파를 생포함으로써 엄청난 황금과 본국으로부터의 지원군이 도착할 수 있는 시간을 확보한 것이다. 8만 명의 군사를 거느린 잉카제국의 황제가 긴 여행에 지친 168명의 병사를 거느린 피사로에게 생포된 사건은 근대사를 상징하는 충돌이며, 세계 다른 지역에서 발생한 문명화된 이주민과 지역 원주민들의 충돌의 양상을 들여다볼 수 있는 표본이기도 하다.

이 전투에서 우리가 가장 먼저 주목해야 할 점은 8만 명의 잉카제국 인디언 전사들이 말을 처음 보았다는 사실이다. 현대인들이 아메리카 대륙 원주민을 생각하면 자연스럽게 연상되는, 대평원에서 비호처럼 말을 타고 누비는 인디언 전사들의 이미지는 1492년 콜럼버스가 아메리카 대륙에 상륙한 이후에 구축되었다.

말이라는 동물을 처음 본 잉카제국 전사들은 당황했고 도망치려 했지만, 그것마저도 여의치 않았다. 잉카제국 척후병들이 난생처음 본 적의 무기에 대해 보고하려고, 배후에 진을 치고 있는 아군에게 달려갔지만, 말을 탄 스페인 군사들이 순식간에 쫓아와 척후병을 죽였다. 말을 탄 기마병이 돌진할 때 생기는 무서운 소음과 충격, 신속하고 정확한 공격 때문에 넓은 평지에서 펼쳐진 전투에서 잉카제국 전사들은 속수무책으로 학살되었다.

가축과 농작물이라는 신문물

말은 물리적인 전투에서만 스페인 군대에 효자 노릇을 한 것은 아니었다. 말을 비롯한 가축들은 전쟁에서는 훌륭한 무기가 되었고 논밭에서는 효율적인 농기구로 헌신했다. 유럽의 백인들이 가축화에 성공한 다양한 동물들은 정복 전쟁에서 의도하지 않았던 병원균이라는 무기를 제공했다. 천연두, 페스트, 홍역, 인플루엔자 등과 같은 전염병들은 원래 동물들 사이에서 옮겨지던 병원균이었는데 돌연변이를 거쳐서 인간의 병원균으로 진화했다. 야생 동물을 처음으로 가축화시킨 사람들은 이 병원균의 최초 희생자가 되었지만, 곧 면역성을 갖추기 시작했다. 전염병에 면역력을 갖춘 유럽인들이 아메리카에 처음 상륙하게 되었을 때 일찍이 전염병에 노출된 경험이 없는 원주민들은 새로운 유행병에 쓰러지기 시작했다. 유럽인들은 병원균을 의도적으로 원주민들에게 살포하기에 이르렀고 전투를 치르지 않고도 원주민들을 몰살할 수 있었다. 잔혹한 정복자의 무기에 의해서 죽은 아메리카 원주민들보다 그들이 가져온 지독한 병원균에 의해 죽은 원주민들이 훨씬 더 많았다.

오늘날 미국은 세계 최대의 농업 국가이기도 하다. 그만큼 비옥한 토양이 널렸다는 이야기다. 아메리카 원주민들은 백인들이 들어오기 전까지 천지에 널린 자신의 비옥한 토양에 농사를 짓지 않고 대부분 수렵 생활로 생계를 이어갔다. 아메리카 원주민들이 기름진 땅을 통해서 식량을 생산하지 않은 것은 가축으로 키울 동물과 농작물로 키울 만한 식물이 거의 없었기 때문이다. 아무리 토양이 비옥한들 맨손으로 농사를 지으면 생산성이 낮을 수밖에 없다. 그러다가 1492년 이후 백인들이 말을 비롯한 가축과 농작물을 들여오자 아메리카 원주민들은 농사에 유용한 가축을 이용해서 생산성이 높은 농사를 짓기 시작했다.

극히 일부 지역의 아메리카 원주민들이 맨손으로 땅을 파고 파종을 할 때 유라시아 대륙 농부들은 쟁기와 가축을 이용해서 생산성이 높은 농사를 짓고 있었다. 맨손으로 땅을 파는 것보다 쟁기를 이용하면 더 쉽게 더 깊게 땅을 파서 농사를 짓기 때문에 더 많은 농산물을 생산할 수 있었고 남은 농산물과 잉여 인력이 생기기 마련이다. 중국의 춘추전국시대에 수많은 사상가가 나타나고 문명이 발달할 수 있었던 것도 철기 문명이 도입되고 생산성이 높은 농사를 지었기 때문이다. 철기 문명과 가축의 이용은 농업의 생산성을 대폭 향상시켰을 뿐만 아니라 다양한 병균에 대한 저항력이라는 무서운 무기를 장착시켰다.

즉 농경 생활을 하면 자연적으로 인구 밀도가 높아질 수밖에 없고 전염병에 취약할 수밖에 없다. 물론 만연한 전염병 때문에 수많은 생명이 유명을 달리했지만 아울러 다양한 전염병에 대한 면역력도 함께 키워 갔다. 반면 수렵 생활을 하며 인구 밀도가 낮은 군락을 중심으로 생활하던 아메리카 원주민들 사이에 전염병은 드물었지만, 면역력 또한 키울 기회가 없었다. 따라서 유럽의 백인들이 가져온 병균에 취약할 수밖에 없었다.

또 인간에게 유용한 동물을 가축화하고 식량으로 사용할 수 있는 식물을 작물화하게 되면 계층화된 사회, 혁신적인 기술을 갖춘 사회를 구축할 수 있다. 스페인 군대가 잉카제국을 정복할 수 있었던 것은 가축화된 동물과 작물화된 식물을 갖춤으로써 강력한 정부, 문자, 금속 무기, 유럽 대륙 고유의 병원균이 있었기 때문이다. 《총, 균, 쇠》라는 제목에 유럽인들이 아메리카 원주민들을 정복할 수 있었던 요인들이 모두 등장하는 셈이다.

대륙의 모양이 만든 대륙의 운명

세계 지도로 대륙의 모양을 비교해 보면 흥미로운 사실을 알게 된다. 아메리카 대륙은 세로가 긴 모양이고 유라시아 대륙은 동서로 긴 모양이다. 대륙의 모양과 문명의 발달이 무슨 관련이 있을지 의아하겠지만 다이아몬드는 대륙의 모양이야말로 문명의 발달에 있어서 다른 무엇과 비견될 수 없는 지대한 영향을 미쳤다고 주장한다.

즉 대륙의 축 방향이 가축과 농작물, 문자를 비롯한 중요한 발명품의 전파 속도에 큰 영향을 주었다는 것이다. 식량 생산을 독립적으로 시작된 곳은 일부에 지나지 않고 인류 역사에 있어서 대부분 지역은 다른 지역에서 농산물과 가축을 들여와서 농업을 발전시켰다. 또 농업 기술과 가축을 발전시킨 민족들이 다른 지역에 이주한 결과 그 지역의 문명이 발달하였다고 다이아몬드는 주장한다. 즉 대부분의 인류 문명 발달은 전파와 이주의 결과물이라는 것이다.

식량 생산이 가장 빠르게 전파되었던 지역은 동서축 방향을 가진 대륙이었다. 예를 들어서 서남아시아에서 유럽과 이집트 쪽으로 빠르게 전해졌는데 평균 전파 속도는 1년에 1.1킬로미터였다. 반면 남북축 방향 대륙은 아주 느리게 식량 생산이 전파되었다. 예를 들어 멕시코에서 북쪽에 있는 미국 서남부 지역에 농사 기술이 전파된 속도는 일 년 평균 0.8킬로미터가 채 되지 않았다. 특히 멕시코에서 시작된 옥수수와 콩이 미국 동부에서 재배되기까지의 전파 속도는 연평균 0.5킬로미터 이하였다. 페루의 라마가 에콰도르에 전해진 속도는 연평균 0.3킬로미터에 지나지 않았다.

동서축 방향 대륙 즉 유라시아 대륙이 농작물의 전파에 유리한 이유는 같은 위도이기 때문에 밤낮의 길이, 계절의 변화가 같기 때문이다. 그리고 같은 위도상에 있는 지역은 병충해, 기온, 강우량, 식물의 서식지가 서로 비슷하다. 그러나 아메리카 대륙처럼 세로가 길어서 위도가 지역별로 다른 지역은 기온부터 큰 차이가 나기 마련이다. 예를 들어서 캐나다 농부가 옥수수를 키워 보겠다고 더운 멕시코에서 서식하는 것에 적응된 품종을 심는다면 어떤 일이 벌어지겠는가? 그 불쌍한 멕시코산 옥수수는 싹을 틔우기도 전에 3미터나 되는 눈에 파묻혀 있게 될 것이다.

사람 또한 위도에 따른 환경 변화에 민감한 존재다. 추운 북유럽 날씨에 익숙한 사람들이 무더운 저지대 지역으로 이주를 한다면 어떨까? 열대 지역 날씨를 견디지 못할 뿐만 아니라 말라리아 같은 질병에 걸릴 확률이 높아진다.

또 하나의 문명의 발전에 영향을 미치는 이유로는 지리적 방해물이 있다. 안데스에서 라마를 가축으로 정착시킨 지 무려 5,000년이 지난 후에도 멕시코의 원주민 사회에서는 개 말고는 이렇다 할 가축이 없었다. 중앙아메리카와 남아메리카의 중간에 있는 무더운 저지대가 각 지역 간의 전파를 방해했기 때문이다. 기후, 재배 조건, 농업 기술의 전파에 있어서 위도는 큰 역할을 하며 지형적, 생태적 장애 또한 농업의 전파에 큰 영향을 주었다. 가령 미국의 동남부와 서남부는 같은 위도상에 자리 잡고 있지만 두 지역 사이에 농사를 짓기에 매우 부적합한 땅이 가로막고 있어서 두 지역 간의 농산물 전파는 매우 느렸다.

그렇다면 중국은 왜?

중국이야말로 문명을 발달시킬 수 있는 조건을 고루 갖추었고 실제로 인류 문명의 발달에 크게 이바지하였다. 중국은 다이아몬드가 말하는 가로로 긴 땅덩어리이기 때문에 일찍이 농업을 발달시켰고 다양한 동물을 가축화시키는 데 성공했다. 이런 이점 덕분에 중국은 화약, 종이, 나침반, 인쇄술과 같은 문명의 이기를 발명했다. 콜럼버스가 초라하고 작은 세 척의 배로 아메리카 대륙에 간신히 도달하기 몇백 년 전에, 이미 중국은 길이 120미터에 승선 인원이 2만 8,000척에 달하는 거함을 거느리고 있었다.

중국이 유럽보다 먼저 아메리카 대륙과 유럽 대륙을 정복하지 못한 것은 미스터리에 가깝다. 굳이 이유를 추리해 보면 이렇다. 중국은 콜럼버스보다 훨씬 빨리 즉 1405년부터 이미 해외로 선단을 보내기 시작했다. 그러나 이 항해를 두고 두 파벌 간의 싸움이 벌어졌고 불행하게도 선단 파견에 반대하는 파가 승리했다. 선단 파견에 반대한 파벌은 싸움에서 이기자 즉시 선단 파견을 중단했고 조선소마저 폐쇄해 버렸다.

또 중국이 지나치게 정치적으로 통일되어 있었던 것도 중국의 해외 진출을 방해했다. 일단 선단 파견이 금지되자 중국 전체에서

이 결정은 전혀 번복할 수 없는 불문율이 되어 버렸다. 반면 여러 나라로 분열된 유럽에 살았던 콜럼버스는 사정이 달랐다. 콜럼버스는 포르투갈 왕을 비롯한 네 번의 시도에서 모두 실패했지만 다섯 번째 시도에서 스페인 왕을 설득하는 데 성공했기 때문에 신대륙을 발견하기 위한 선단을 꾸릴 수 있었다. 다섯 번째 시도에서 실패했다 해도 결국에는 콜럼버스가 선단을 꾸려 해외로 진출할 가능성은 컸다. 당시 유럽에는 수백 명의 군주가 있었으니 콜럼버스는 그중 한 명을 설득하는 데 성공하면 제 뜻을 펼칠 수 있었다.

중국은 통일되어 있었고 유럽은 분열되어 있었다는 점이 해외 진출에 큰 영향을 주었다. 다이아몬드는 인류 문명의 발달 정도의 원인을 지리나 환경의 차이에 기인한다고 주장하고 증명하는 큰 업적을 남겼다. 아프리카나 아메리카 원주민들은 태생적으로 서양인보다 열등한 존재이기 때문에 문명의 발달이 늦었으며 정복당했다는 보편적인 주장을 뒤집었기 때문이다.

그러나 문명의 발달을 지나치게 지리 환경의 차이로 보는 시각에 매몰된 나머지 국민성이라든가 문화적 차이를 간과했다는 비판도 피할 수 없다. 또 탐구 대상이 태평양 뉴기니 지대 섬에만 치중된 것도 독자가 지루하다고 불평을 할 수 있는 부분이다.

18

우리의 생태계를
교란시키는 것들에 대하여

레이첼 카슨 《침묵의 봄》

□□□

봄은 왔는데, 왜 새 울음소리는 들리지 않는 것일까. 무분별한 살충제 사용으로 생태계
가 파괴되었기 때문이다. 책 제목 '침묵의 봄'은 바로 이러한 뜻을 담고 있다. 《침묵의
봄》은 DDT를 비롯한 살충제 남용이 심각한 환경 오염과 생태계 파괴를 불러일으킨다는
것을 경고한다. 문명의 발전이 이롭지만은 않은 상황에서 우리는 어떻게 해야 할까? 그
렇다고 현대의 이로움을 버리고 과거로 회귀할 수는 없지 않은가. 과학의 눈부신 발전에
반기를 든 이 책을 두고 찬반 의견이 분분하지만, 환경의 미래는 우리의 미래와도 맞닿
아 있다는 문제의식을 제대로 심어 준 공은 부인할 수 없을 것이다.

문학책인가? 과학책인가?

《침묵의 봄》만큼 문학적인 제목을 가진 과학책은 드물다. 침묵의 봄이라는 제목이 의미하는 것은 인간의 무분별한 살충제의 사용으로 더는 새가 울지 않고 물고기들은 다 사라져서 활기찬 봄의 소리가 들을 수 없다는 것이다. 이 책을 처음 읽기 시작하면 웬만한 독자들은 당황하기 마련이다. 분명히 과학 도서인데 마치 시 구절이나 동화를 연상케 하는 아름다운 문장으로 시작하기 때문이다. 이 책의 저자 레이첼 카슨은 대학 시절 원래는 문학을 전공했다가 생물학으로 전공을 바꾼 이력을 생각하면 이해가 되겠다. 이런 이유로《침묵의 봄》은 문학과 과학의 결합이라는 찬사도 함께 얻었다.

선구자가 겪은 고초

　카슨은《침묵의 봄》을 출간하면서 살충제가 생명체를 살해하는 독약이라고 최초로 경고한 사람이다. 듀폰을 비롯한 살충제 제조업자들은 그녀의 주장에 극렬하게 반발했다. 카슨이야말로 독극물보다 더 독한 여자라는 독설을 비롯해서 박사 학위가 없는 독신 여자라는 비하에 이르기까지 카슨에게 쏟아진 비난은 가혹할 정도였다. 농약 제조업자들은 과학적인 자료나 합리적인 의견으로 카슨을 비판한 것이 아니고 레이첼이 박사 학위가 없는 여성이라는 점을 강조하고 자연을 너무 낭만적으로 본다는 식의 인식 공격을 퍼부었다.

　책이 출간되기 전부터 미리 정보를 입수한 농약 회사들은 살충제의 위험을 고발하는《침묵의 봄》의 출간을 막기 위해서 발 빠르게 움직였다. 그들은 카슨이 미국의 식량 생산을 방해하기 위해서 활동하는 공산주의자라는 음모론을 퍼트렸고 출간을 하면 소송을 제기하겠다고 엄포를 놓았다. 온갖 방해 공작에도《침묵의 봄》이 출간되자 다우케미컬은 살충제를 사용하지 않아서 농산물의 수확이 급감하는 상황을 예상한 침묵의 가을Silent Autumn을 발표하기에 이른다. 이른바《침묵의 봄》에 대항하는 맞불 작전을 펼쳤다. 레이첼을 경계한 전국 해충제협회는 해충제를 사용하지 않으면 식량이 부족해서 기아에 허덕일 것이라는 가사를 담은 노래를 발표했으며 전국농약협회도 이에 질세라《사실과 억측》과《레이첼 카슨에 대처하는 방법》이라는 소책자를 발행해서 레이첼의 주장을 조직적으로 반박했다.

레이첼에 대한 비판은 크게 두 갈래로 나눌 수 있다. 첫째 레이첼은 전문적인 과학자가 아니고 대중을 상대로 글을 쓰는 글쟁이에 불과하다는 주장이다. 레이첼은 전문가가 아니기 때문에 그녀의 주장이 신빙성이 없다는 것을 부각하려는 의도였다. 사실《침묵의 봄》은 과학적인 실험이나 자료의 분석보다는 독자들과 본인이 겪은 일상적인 사례가 주를 이룬다. 그리고 문학을 전공했던 경험을 살려 독자들의 흥미를 불러일으키는 문학적인 문체가 많다. 농약 회사들은 이런 점을 지적하며《침묵의 봄》이 환경 문제를 전문적으로 다룬 책으로 인정하지 않으려 했다. 그리고 레이첼이 미혼 여성이라는 점도 반대파의 좋은 공격 거리가 되었다. 나이가 많은 미혼 여성은 히스테리를 부리고 자연을 신비롭게 바라보기 때문에 논리적인 주장을 펼칠 수 없다고 비하했다. 사실 1960년대까지만 해도 과학이라는 학문은 남성의 전유물이었기 때문에 자신들의 영역을 미혼 여성이 침범했다는 사실에 들끓은 분노가 기저에 깔려 있었다. 이 모든 방해 공작에도 레이첼은 전국적인 지지와 명망을 쌓아 갔다.

그러나 카슨에 대한 비판은 길고도 매섭고 사나웠다. 2012년에는 1962년에 출간된《침묵의 봄》출간 50주년을 기념해서《침

묵의 봄 50》이라는 카슨을 비판하는 글 모음집이 나왔으며 심지
어는《레이첼은 틀렸다》라는 제목의 반^反 레이첼 카슨 사이트도 등
장했다.

《침묵의 봄》이 바꾼 세상

《침묵의 봄》이 출간된 지 60년이 되었지만, 이 책에 대한 논란
이 여전히 뜨겁다는 사실은 이 책이 얼마나 큰 파장을 가지고 왔
는지를 방증한다. 이 책이 출간된 1962년 이전만 하더라도 서양
사람에게 자연이란 인간을 위해서 봉사하는 도구에 불과했다. 인
간이 자연과 더불어 살아간다는 개념은 없었고 자연은 인간에게
필요한 자원과 물자를 제공하는 수단에 지나지 않았다. 따라서 자
연은 인간에 의해서 통제되어야 하고 개발되는 것이 당연했다. 또
사람은 다른 생명체와는 달리 기본적으로 고귀하며 우월한 존재
이기 때문에 다른 생명체나 자연을 인간의 필요에 따라 소유하고
개조하며 개발할 권리를 가진다고 생각했다.

그러나《침묵의 봄》이 출간이 되자 자연에 관한 생각이 달라
졌다. 자연은 인간에게 귀속된 자원이 아니라 인간도 자연 속에서
다른 동물과 공생해야 하며 인간이 존재하기 위해서는 자연을 지
켜야 한다는 생각이 대두되었다. 즉 자연은 이용하는 대상이 아니
고 보호해야 할 존재로 격상되었다. 아울러 인간은 다른 동물과
마찬가지로 자연의 주인이 아닌 자연의 일부이기 때문에 자연을

함부로 착취할 수 없다는 인식이 자리 잡았다. 한마디로 '자연과 인간은 공존해야 한다'라는 카슨의 주장이 사회적으로 논의되기 시작되었다.

카슨의 또 다른 업적은 인간과 자연이 별개가 아니며 인간이 자연에 미친 영향은 결국 생태계를 통해서 인간에게 다시 돌아온다는 개념을 대중에게 각인시킨 것이다. 즉 농사를 수월하게 짓기 위해서 살충제를 뿌리면 생태 순환이나 비를 통해서 결국 그 살충제가 인간의 몸에 침투할 수 있다는 위험을 알렸다. 미국에서는 이미 1972년에 레이첼의 경고를 받아들여서 살충제인 DDT를 영구적으로 퇴출하는 등 살충제에 대한 경각심을 높였지만, 그 당시 우리나라 사람들은 여전히 살충제를 애용하고 있었다. 1970년대만 하더라도 농부들은 웅덩이에 독한 농약을 풀어서 물고기가 물 위로 둥둥 떠오르면 요리를 해 먹었다. 그 당시 농부들은 독한 화학 물질이 물고기만 죽인다고 생각했으나, 물고기 요리를 해 먹은 자신들의 인체에 화학 물질이 침투할 수도 있다는 사실을 전혀 인식하지 못했다.

사실 1960~70년대까지만 하더라도 우리나라 서민은 기아에 허덕였고 삼시 세끼를 챙겨 먹는 것 자체가 행운일 정도로 식량이 부족했다. 따라서 살충제에 대한 위험 따위는 귀에 들리지 않았을 것이다. 실제로 환경에 해로운 질소 비료는 우리나라 농업의 생산성을 비약적으로 향상해 우리를 굶주림에서 해방한 공을 세웠다.

1970년대 우리나라 농부들은 질소 비료와 살충제를 너무나도 사랑했다. 그 당시 시골에서 자란 나는 동네에 엿장수가 오면 질소와 요소 비료 포대를 한 아름 들고 가서 엿과 바꿔 먹곤 했는데 집 안에 빈 비료 포대가 보였던 경우가 드물 정도였다.

또 경운기마저 흔치 않던 시대에 우리 집 창고에는 엔진이 달린 농약 분무기가 위용을 자랑하고 있었다. 카슨이 1960년대 우리나라 사람이었다면 그의 영향력은 매우 미미했을 것이 분명하다. 미국은 풍요로운 나라여서 카슨의 살충제 비판에 대한 공감은 자연스러운 일일 수밖에 없었다. 물론 미국에도 살충제가 농업 생산성을 높였다는 이유로 카슨의 주장에 반기를 든 사람들이 많았다. 한편 당장 먹고 살 수 있는 식량이 부족한 나라에서는 친환경 정책을 추진할 여력이 없었다. 1962년에 미국에서 초판 발행한《침묵의 봄》이 우리나라에 정식으로 번역 출판된 것이 2002년이라는 사실만으로도 우리나라가 생태 문제에 신경을 쓸 여유가 없었다는 것을 방증한다.

엄청난 반향을 일으킨《침묵의 봄》

《침묵의 봄》은 출간되자마자 대중에게 큰 충격을 던져 주었고 독자들의 반응 또한 즉각적이며 열광적이었다. 출간 첫해에 이미 60만 부가 판매되었고 베스트셀러 1위에 올랐다. 카슨이《침묵의 봄》으로 혜성과 같이 등장한 것은 아니었다. 이 책이 발간되기 전에 이미 카슨은 전국적인 인지도를 가진 과학책 저술가였다. 그녀의 첫 성공작이자 최대 성공작은 《침묵의 봄》이 아니고 1951년에 발표 한 《우리를 둘러싼 바다》인데 이 책은 무려 86주 동안 베스트셀러 자리를 지켰고 200만 권이 팔려 나갔다. 해양생물학을 전공한 학자답게 해양학과 바다에 대한 광대한 지식 그리고 바다 생물에게 닥친 위험을 모든 독자가 읽기 쉬운 문체로 쓴 책인데 향후 카슨이 전문 작가로 발돋움하는 기반이 되었고 동시에 전국적인 명성을 가진 작가로 부상하는 계기를 마련해 주었다.

카슨은 대중들의 관심을 받으며 독자들과 편지와 전화로 끊임없이 환경 문제에 대해서 소통을 하고 있었다. 《침묵의 봄》은 1962년이 되어서야 출간되었지만, 카슨은 1940년대 후반부터 이미 전국적으로 무분별하게 남용되는 농약의 위험성을 고발하는 편지나 글을 신문사에 기고했다. 다양한 형태로 살충제의 위험을 설파하던 중 1958년 1월 12일 《보스턴 헤럴드》는 살충제 남용을 막아달라는 헌터 여사의 편지를 게재했고 독자들로부터 큰 반응을 일으켰다. 살충제의 무분별한 사용으로 꿀벌, 새, 메뚜기들이 자취를 감추었다는 헌터 여사의 편지와 자료는 카슨에게 전달되었고, 카슨은 이 자료와 편지를 계기로 《침묵의 봄》을 집필하게 된다.

《침묵의 봄》은 카슨 혼자서 저술한 책이라고 볼 수 없다. 이 책을 집필하면서 카슨은 다양한 계층에게서 환경에 관한 고발과 일상생활에서의 사례를 접수하였고 이를 책에 수록하였다. 《침묵의 봄》이 출간되기 이전에 이미 미국 사회에서는 살충제에 대한 위험을 어느 정도 인식하고 있었다. 제초제의 부작용이 공론화되었고 평소에 즐겨 먹던 과일이 어느 날 판매금지가 되는 상황을 겪으면서 이 상황에 대한 이유를 누군가가 설명해 주기를 대중들은 기다렸다. 누구라도 살충제나 제초제의 위험성을 경고하는 상품을 들고 나오면 불티나게 팔릴 상황이 마련된 상태에 카슨이 《침묵의 봄》을 들고 나온 것이다. 더구나 카슨은 독자들과 꾸준히 피드백을 주고받으면서 그들을 홍보에 활용했고 《침묵의 봄》의 출간을 방해하는 세력 또한 오히려 책의 선전에 도움을 주는 결과를 만들었다. 더구나 출간에 앞서 《뉴요커》에 3주간 연재를 한 것도 홍보에 큰 도움을 주었다. 독자들에게 책의 내용이 간략하나마 홍보하는 기회가 되었기 때문이다.

책이 출간된 이후에도 독자들은 카슨과 함께 환경 이슈에 대한 대중의 관심을 끌어내기 위해 노력했고 마침내 1970년 4월 22일을 '지구의 날'로 제정하는데 결정적인 기여를 하였다. 지구의 날의 선언문을 발표한 이날에 무려 25만 명의 자연보호론자가 운집했다고 하니 카슨의 영향력이 얼마나 지대했는지 가늠이 된다. 《침묵의 봄》이 출간되기 이전에는 과학 문명은 무조건 선이며 진보였다. 그러나 이 책의 출간을 계기로 사람들은 과학의 발달이 대량 살상 무기로 나타난 것에 대한 반성을 시작하였고, 환경파괴로도 이어질 수 있다는 사실을 인식하기 시작했다. 또 새로운 기술을 일상에 도입할 때 환경에 미치는 영향을 고려해야 한다는 가치관도 형성되기 시작했다. 이런 인식이 모여서 결국 1969년 미국이 '국가환경정책법'을 제정하는 원동력이 되었음은 물론이다. 또 우리나라가 현재 시행하고 있는 환경영향평가 제도가 미국의 국가환경정책법의 영향을 받은 사실을 생각하면 카슨은 미국의 살충제 정책을 넘어서 국경과 시대를 막론하고 환경에 정책에 관한 큰 업적을 남긴 것이 분명하다.

《침묵의 봄》이 발간된 지 60년이 지났지만, 이 책이 현재를 이야기하는 책으로 생각되는 것은 오늘날에도 화학 물질의 부작용에 대한 뉴스를 심심치 않게 접하기 때문이다. 최근 몇 년 사이에만 해도 우리는 살충제 달걀, 가습기 살균제, 라돈 침대, 생리대 발암 물질 등에 관한 뉴스에 경악하기도 하고 분노하기도 하면서 화학 물질 공포증에 시달리고 있다.

《침묵의 봄》에 대한 비판

"논쟁의 여지는 존재하지만, DDT 사용을 금지한 것이야말로 20세기 최악의 비극이다. 히틀러가 죽인 사람보다 더 많은 사람이 죽임을 당했다"《쥐라기 공원》의 작가로 유명한 마이클 크라이튼의 말이다. 이게 도대체 무슨 말일까? 크라이튼이 지적한 것은 DDT 사용을 금지함으로써 말라리아에 걸려 사망한 사람이 급증했다는 사실이다. 1940년대 후반부터 본격적으로 사용된 DDT는

《침묵의 봄》으로 촉발된 환경보호단체의 노력으로 1972년 미국에서 완전히 퇴출당할 때까지 대략 20년 동안 사용되었는데 역설적이게도 그사이에 무려 5억 명을 말라리아 감염에서 구해 냈다.

말라리아는 대표적인 저개발 국가에서 발병하는 질병인데 인도의 예를 보자. 1953년 그러니까 인도에서 DDT를 사용하기 전에는 7,000만 명이 말라리아에 걸려서 80만 명이 사망했다. 반면 DDT가 사용된 1966년에는 말라리아 감염자가 100만으로 1969년에는 29만 명으로 줄어들었다. 스리랑카도 사정이 비슷하다. DDT를 사용하기 전인 1946년에는 말라리아 환자가 300만 명이었는데 DDT를 사용한 1956년에는 7,300명으로 줄었다. 사망자는 거의 제로에 수렴했다.

제2차세계대전 당시 남태평양에서 일본군과 맞서 싸웠던 연합군은 전투에서 사망한 수보다 말라리아에 걸려 죽은 수가 더 많았다. 그래서 영국의 총리 처칠은 DDT를 '신의 약물'이라고 추앙했다. 말라리아모기를 죽임으로써 감염을 예방한 DDT의 순기능은 카슨을 비롯한 환경보호론자들도 부정하지 않았을 만큼 탁월하다. 오죽하면 1970년 미국 국립과학협회가 "DDT는 인류역사상 가장 큰 빚을 진 화학 물질이다."라고 격찬을 했을까. DDT는 페니실린과 함께 공중 보건에 이바지한 가장 위대한 화학 물질이기도 하다. 살충제 DDT를 개발한 스위스의 화학자 파울 헤르만 뮐러는 1948년 노벨생리의학상을 수상했다. 1935년부터 살충제 연구를 시작한 뮐러가 정한 개발 목표는 안전성이었다. 온혈동물과 식물에는 전혀 해를 주지 않으면서 여러 종류의 곤충에게는 치명적이어야 했다. 게다가 그 효력이 오래 가기를 원했다. 이 난해한 조건을 충족시키는 물질을 찾기 위해서 뮐러는 4년에 걸쳐 삼백오십 가지의 화학 물질을 실험한 끝에 마침내 염화계탄화수소인 '다이클로로 다이페닐 트라이클로로에테인' 즉 우리가 DDT라고 아는 물질을 찾아냈다. 이 물질로 당시 유럽에서 유행하던 발진 티푸스를 단 3주 만에 종식시켰고, 이탈리아 폰차 제도를 말라리아에서 해방해 주었다. 이 마법의 약에 매료된 미군은 몸 전체에 뿌리는 방법을 교육하기에 이른다.

《침묵의 봄》이 논란의 주인공이 된 것처럼 뮐러의 노벨생리의학상도 논란의 중심이 되었다. 수많은 사람을 질병에서 구원한 뮐러의 노벨상 수상은 당연하다고 칭송을 했지만 뒤늦게 곤충이 아닌 동물에게서 유해성이 발견된 일을 계기로 잘못된 노벨상 수상의 표상으로 폄하되기도 했다. 물론 뮐러의 명성에 결정적인 타격을 준 것은 《침묵의 봄》을 통해 DDT의 유해성을 고발한 카슨이었다. DDT를 개발한 뮐러와 카슨은 지독한 악연인 셈이다.

DDT를 둘러싼 논쟁에서 승리한 카슨과 환경보호단체 덕분에 한때 신의 약물이라고 칭송받았던 물질은 세상에서 퇴출당하였다. 그 결과 DDT가 쫓아낸 말라리아가 부활했다. 말라리아는 주로 아프리카와 저개발 국가에서 발생한다. 약간 오래된 통계이긴 하나 2011년 세계보건기구에 따르면 전 세계적으로 한 해에 65만 명이 말라리아로 사망한다. 더욱 비참한 것은 말라리아 사망자의 85퍼센트가 5세 이하이며, 91퍼센트가 아프리카인이라는 점이다. 카슨은 DDT가 말라리아를 퇴치하겠지만 결국 사람에게 암을 유발한다고 주장한 바 있다. 그리고 아이러니하게도 본인 또한 암으로 세상을 떠났다.

그러나 카슨을 비판하는 사람들은 DDT와 암이 직접적으로 연관되어 있다는 아무런 과학적인 근거를 찾을 수가 없다고 주장한다. 아울러 개발자인 뮐러가 애초에 주의를 기울여서 사용하라고 경고를 했지만, 미국에서는 적당량보다 수백 배 또는 수천 배까지 남용한 사실을 지적하며 아무리 좋은 약도 오남용을 하면 부작용이 생길 수밖에 없는 것이 아니냐며 DDT를 변호한다. 이 주장은 일리가 있다. 현재에도 부작용이 없는 약은 거의 존재하지 않는다. 그런데도 우리가 기꺼이 약을 복용하는 것은 그 부작용보다 순기능이 절실하기 때문이다. DDT를 사용하다가 실제로 환경이 오염될지라도 말라리아로 죽는 그것보단 낫지 않느냐는 주장도 존재한다.

한편 DDT를 금지함으로써 말라리아를 창궐시켰다는 비판에 대해서 근거 없는 카슨 죽이기라는 반론도 있다. DDT를 금지한 것은 미국이었지 아프리카가 아니었다는 사실을 지적하면서 아프리카나 저개발 국가에서 현재에도 말라리아가 활개를 치는 것은

DDT를 금지해서가 아니라 말라리아모기가 DDT에 대해서 내성이 생겼기 때문이라고 설명한다. 즉 DDT를 대량으로 살포해서 모기를 죽이면 그다음 해에는 DDT를 뿌려도 죽지 않는 강한 내성을 가진 모기가 등장한다는 설명이다. 이런 식으로 해가 갈수록 DDT에 더 강한 내성을 가진 모기가 나타나므로 아무리 DDT를 살포해도 무용지물이 되기 마련이다.

이 논쟁이 어떤 식으로 결론이 나더라도 《침묵의 봄》이 우리에게 던져 준 교훈은 변하지 않는다. 그 어떤 과학 기술이든 생태계를 무시하고 오남용을 한다면 그 부작용은 돌이킬 수 없다는 교훈 말이다.

19
세계가 점점 나빠지고 있다는
착각에 울리는 경종

한스 로슬링과 올라 로슬링, 안나 로슬링 《팩트풀니스》

□ □ □

《팩트풀니스》는 아버지와 아들, 며느리가 함께 쓴 독특한 인문 교양서다. 빌 게이츠가
극찬을 했다고 알려진 이 책은, 우리가 알고 있는 사실이 알고 보니 착각이었다는 것을
밝히며 우리가 어떻게 세계를 인식하면 좋을지를 안내한다. 대표적으로 우리는 세상이
'점점 살기 힘든 곳으로 변해 가고 있다'고 믿는다. 과연 그럴까? 《팩트풀니스》는 우리의
생각과 달리 이 세상은 점점 '살기 좋은 사회로 진보하고 있다'는 사실을 많은 조사와 통
계 자료를 통해서 보여 주며, 보다 긍정적으로 세상과 미래를 바라볼 수 있도록 돕는다.

팩트풀니스factfulness란?

《팩트풀니스》는 책의 내용을 잘 아우르는 좋은 제목이다. 그러나 영어권 독자가 아니라면 책 내용을 짐작하기 어려운 제목이기도 하다. 'factfulness'는 분명 사전에 있을 법한 단어처럼 보이지만 사실은 저자 한스 로슬링이 만든 신조어다. 우리나라 번역본은 '사실충실성'이라고 번역하는데 이 책의 부제 '우리가 세상을 오해하는 열 가지 이유와 세상이 생각보다 괜찮은 이유'를 보면 이 책이 무엇을 말하는지 대충 짐작하게 된다.

《팩트풀니스》는 우리가 사는 세상을 왜곡해서 이해하고 있으며 '사실충실성'을 통해서 세상을 좀 더 정확하게 보자는 메시지를 담고 있다. 로슬링은 우리가 세상을 실제보다 더욱 부정적으로 바라보게 만드는 인간의 본성 열 가지를 차례로 열거한다. 그리고 자세한 사례와 대안을 제시해 자신들의 주장을 뒷받침한다.《팩트 풀니스》는 같은 맥락의 내용이 반복되는 경향이 있기 때문에, 세상을 부정적으로 보는 열 가지 인간의 본성을 여기서 모두 소개할 필요는 없을 것으로 생각한다.

간극 본능

사람은 모든 것을 두 집단으로 나누고 두 집단 사이에 거대한 불평등이 존재한다는 본능이 있는데 이것을《팩트풀니스》에서는 간극 본능이라고 부른다. 간극 본능 때문에 사람은 세상의 모든 나라를 부자 나라와 가난한 나라로 나눈다고 설명한다. 가령 북유럽 사람들은 제3세계에 사는 사람들은 도저히 자신들처럼 풍요롭게 살 수 없다는 '간극' 발언을 하곤 한다. 그건 우리나라 사람들도 마찬가지다. 본능적으로 우리는 세상을 부자와 가난한 자로 나누게 되지 않는가.

로슬링이 지적하는 것처럼 현재와 50년 전을 비교하면 세상은 많이 변했다. 과거에 비해서 오늘날 절대다수 나라에서 아동 사망은 흔치 않은 일이 되었다. 믿기지는 않겠지만 로슬링의 주장에 따르자면 세계 인구의 85퍼센트가 선진국에 편입되었으며 겨우 6퍼센트만이 소위 말하는 저소득 국가에 포함된다. 이런 실정에도 우리나라 사람을 포함해서 서양의 선진국 사람들은 인간 본성에 따른 착시에 빠져서 세상을 본다.

오늘날 세계는 출산율과 아동 사망률만 줄어든 것이 아니라 주거, 소득, 교육, 보건, 위생, 치안, 민주주의 진척도, 수도와 전기 보급 등에 있어서 괄목할 만한 성장을 이뤘다. 한마디로 예전처럼 세계를 부자 나라, 가난한 나라라는 이분법으로 나누기가 어려워졌다. 이제는 대부분 부자 나라와 가난한 나라의 중간에 해당한다는 것이다. 대다수 사람들은 부자는 아니지만 그럭저럭 먹고 살 만한 수준을 영위하며 살아간다. 《팩트풀니스》에서는 주장의 근거로 세계은행과 유엔이 발표한 자료를 내세운다. 단순히 저자가 주관적인 생각으로 말하는 것이 아니라는 이야기다.

《팩트풀니스》에서 말하는 중간 계층 사람들은 삶의 질을 높이기 위해서 스마트폰, 생리대, 샴푸, 오토바이 등을 자유롭게 소비한다. 이들을 그저 가난한 사람으로 치부할 수는 없는 노릇이다. 저자는 세상을 있는 그대로 바라보려면 가난한 나라와 부자 나라라는 이분법 사고를 멈춰야 하며 대안으로 소득에 따라 네 단계로 나누는 방법을 제안한다. 《팩트풀니스》에서는 소득 수준을 네 단계로 나눌 때 오늘날 절대다수의 사람들은 2단계나 3단계에 포함된다고 말한다. 이 사람들은 1950년대 서유럽과 북아메리카의 생활 수준과 비슷하다는 것이다.

결론적으로《팩트풀니스》는 간극 본능이라는 오류를 범함으로 세상을 제대로 바라보지 못할 수 있다고 말한다. 이를 위해서는 양극단으로 나눠서 생각하는 습관을 버려야 하고, 평균을 따져서 비교해야 한다고 조언한다.

부정 본능

우리는 세상이 점점 나빠진다는 거대한 오해에 빠져 있다. 많은 사람은 부정 본능이라는 본성 때문에 좋은 것보다는 나쁜 것에 주목하는 경향이 있다. 매스컴에서는 연달아 환경 오염은 심각해지고 있고 이상 기후로 인해서 빙하가 녹아내리고 있다고 보도한다. 또 멸종 위기에 처한 동물도 나날이 늘어 가고 온실 가스 때문에 생기는 문제에 대한 경고가 잇따른다.

그러나 따지고 보면 로슬링이 말하는 은밀하고 조용히 이루어지는 인류의 진보는 매스컴에서 다루지 않는다. 언론은 자극적이고 극단적인 뉴스가 소비자에게 더 잘 먹힌다는 사실을 잘 안다. 인간의 삶을 개선하는 발전인데도 너무 느리고 작아서 뉴스거리가 안 되기 때문에 우리가 인식하지 못하는 경우가 많다.

우리 주변을 한번 둘러보자. 불과 20~30년 전과 삶의 질과 방향성이 크게 달라지고 좋아졌다는 어른 세대의 말을 들어 보았을 것이다. 생활을 편리하게 해 주는 각종 전자 제품, 직장 복무 규정과 복지 혜택, 약자를 배려하는 정책 등이 그렇다. 학교만 해도 그렇다. 무상 급식, 학생을 위한 체험 학습 비용 지원, 정보화 지원, 교복비 지원 등만 해도 예전에는 상상하기 어려웠던 부분에서 다양한 지원이 이루어지고 있다.

합법적 노예제도, 에이즈 감염, 아동 사망, 전쟁으로 인한 사망, 항공기 사고 사망, 아동 노동, 재난 사망, 천연두, 굶주림 등 인간을 불행하게 만드는 요소는 줄어들고 있다. 반대로 자연 보호 구역, 여성 투표권, 탈문맹, 전기 보급, 휴대 전화, 물 공급, 인터넷, 예방 접종처럼 삶의 질을 높이는 요소는 늘어나고 있다.

부정 본능, 즉 좋은 것보다 나쁜 것에 주목하는 본성은 어디에서 기인한 것일까? 《팩트풀니스》에서는 이렇게 말한다.

첫 번째는 과거를 잘못 기억하는 것이다. 어른 세대는 버릇처럼 '옛날이 좋았지'라고 자주 말한다. 즉 자신이 지나온 과거를 미화하는 것이다. 당장 2022년에 살던 사람에게 1960년대의 우리나라로 되돌아가서 살라고 한다면 그는 손사래를 칠 것이 분명하다. 옛날이 더 좋았던 것이 아니라 대부분 더 나빴다.

두 번째는 언론의 선별 보도다. 전쟁, 기아, 정치, 부정부패, 질병, 해고, 테러 등은 언론이 관심을 가지고 보도해야 할 뉴스다. 그러나 사고가 나지 않은 항공기, 별 문제 없이 잘 자라서 수확하게 된 농산물 같은 단조롭고 일상적인 뉴스들을 매번 똑같이 보도할 수는 없다. 주인을 물어서 죽인 개는 뉴스거리가 되지만 주인을 물지 않고 오늘도 평온하게 지내는 개의 일상은 뉴스거리가 되지 않는다.

더욱이 요즘은 정보 확산이 신속하기 때문에 예전에도 실제로 발생했지만 보도되지 않았던 일들이 뉴스를 타고 많은 사람에게 전파된다. 최근 언론이 심심찮게 다루는 학교 폭력이라든가 교권 침해 사례는 과거에도 많았지만 정보가 확산되는 매체가 빈약했기 때문에 묻히고 지나가는 경우가 많았다. 로슬링은 부정 본능을 극복하기 위해서는 현재 세상은 나쁘지만 나아지고 있다고 생각해야 하며, 아예 나쁜 뉴스가 나오려니 예상하라고 조언한다. 다시 말하면 세상은 분명히 진보하고 있지만 그와 동시에 나쁠 수도 있다는 확신을 가지며, 좋은 뉴스는 보도되지 않는다는 사실을 명심하라는 것이다.

그러나 언론이 나쁜 뉴스만 보도한다는 로슬링의 주장에는 동의하기 어려운데 언론도 사람들에게 주목을 끌 수 있는 미담을 보도하고 싶어 한다. 그러나 나쁜 뉴스 자체는 사회적으로 법적으로 절차가 따르기 때문에 수면 위로 올라오지만 좋은 뉴스는 적극적으로 파헤치지 않는 이상 당사자가 아니고서는 파악하기 어려운 장애가 있다. 실제로 언론은 미화를 보도하기 위해서 다소 과장된 상황을 기사에 포함해서 아름답고 감동적인 스토리를 만드는 것을 게을리하지 않는다. 비단 언론 보도뿐만 아니라 예능 프로그램에서도 '미담 제조기'라는 신조어가 회자될 만큼, 다양한 매체에서 미담을 주요 콘텐츠로 삼으려고 노력하고 퍼트린다.

직선 본능

현재 지구 인구가 급격하게 증가하고 있다는 것은 누구도 부정하지 않는 진실이다. 지구라는 한정된 공간에서 인구가 무한정 늘어난다면 이는 곧 지구 멸망을 초래한다는 것도 사실이다. 따라서 지구 인구의 급격한 증가를 막기 위해서는 극단적인 조치가 필요하다고들 생각한다. 로슬링도 지구 인구가 무섭게 증가하고 있다는 사실은 인정하지만 우리가 생각하는 것처럼 상황이 '직선'으로 증가하지 않는다는 점을 지적한다. 쉬운 예를 들어 보자. 만약 키가 50센티미터에 몸무게가 3.5킬로그램인 신생아가 태어났다고 생각해 보자. 이 신생아가 6개월이 지나면 키가 67센티미터쯤으로 자랐다고 가정해 보자. 이 추세대로 성장한다면 세 번째 생일을 맞을 때가 되면 키가 152센티미터가 되며, 열 번째 생일이 되면 4미터가 넘는 거인이 되어야 한다. 그런데 실제로 키가 4미터인 사람이 있는가?

인구도 마찬가지다. 현재 세계 인구는 분명 빠르게 성장하고 있고 2022년 현재 80억 명을 돌파했지만 인구 증가세는 둔화하기 시작했으며 21세기 말쯤에는 100억 명과 120억 명 사이에서 평평해질 것이라고 유엔 전문가들은 추측한다. 쉽게 말해서 지구가 풍선처럼 점점 부풀어 올라 더는 압력을 못 견디고 터지는 일은 벌어지지 않는다. 현재 인구가 늘어나는 것은 신생아 수가 급증해서가 아니라 의료 기술과 영양 상태의 개선으로 평균 수명이 늘어났기 때문이며, 이미 출산율은 급격한 성장 추세가 멈춘 상태라고 로슬링은 설명한다. 한마디로 인구 대폭발의 시대는 이미 종말을 고했다는 말이다.

실제로 지구 상의 극빈자층을 제외하면 평균 자녀 수는 두 명에 불과하다. 이란, 멕시코, 인도, 방글라데시, 스리랑카 등도 평균 자녀 수가 두 명인 부류에 속한다. 따라서 인구 성장을 막기 위해서는 출산율이 높은 극빈층을 줄이고 피임과 성교육을 비롯한 더 나은 삶을 제공해야 한다. 우리가 생각하는 것처럼 데이터가 직선으로 뻗어 나가는 경우는 현실에서 존재하기 어렵다. 대부분 추세는 직선보다는 S자 곡선이나 낙타 등의 혹처럼 완만하게 진행된다. 생후 6개월간의 성장 속도를 언제까지나 유지하는 아이는 세상에 존재하지 않는다. 게다가 그럴 것이라고 예상하는 부모 또한 존재하지 않는다.

공포 본능

언론은 사람들의 공포 본능을 이용해서 주목을 끌려는 유혹을 떨쳐 버리기 어렵다. 많은 사람들이 주목하는 뉴스는 인간이 가지고 있는 여러 가지 공포가 조합된 것들이 많다. 가령 납치라든가 항공기 사고가 그렇다. 이런 뉴스는 인간의 부상에 대한 공포와 감금에 대한 공포를 자극하기 때문에 사람들의 이목을 끈다. 지진이나 건물 붕괴로 갇혀 있던 사람이 기적적으로 살아 돌아왔을 때 사람들이 유독 주목을 하는 이유는 인간의 여러 가지 공포심이 합해져서 뉴스로써 힘이 강해졌기 때문이다.

반면 위험한 세계가 아닌 평온한 세계는 덜 파괴적이고 더 안전하다. 2016년만 해도 총 4,000만 대의 항공기가 별 탈 없이 착륙했다. 치명적인 사고를 낸 항공기는 열 대에 지나지 않는다. 물론 언론이 보도하는 것은 전체 항공기 가운데 0.000025퍼센트에 불과한 열 대의 항공기다. 그렇다고 "뉴욕에서 출발한 BA0016기가 대한민국 인천 공항에 무사히 착륙했습니다."라는 뉴스를 내보낼 수는 없지 않은가.

코로나19 예방 접종을 생각해 보자. 물론 코로나19 예방 접종 주사를 맞고 부작용 때문에 유명을 달리한 불행한 사람도 있다. 이런 사례가 뉴스에 보도됨으로써 예방 접종 자체를 두려워하는 사람도 적지 않다. 그러나 예방 접종 주사를 맞고 부작용이 발생해서 목숨을 잃는 경우가 몇 퍼센트나 될까? 코로나19 부작용으로 고통받는 사람은 뉴스에 등장하지만 부작용이 없이 코로나19를 예방한 사람의 소식은 뉴스에 나오지 않는다. 물론 예방 접종이 만사형통은 아니지만 코로나19 예방 접종의 부정적인 사례를 뉴스에서 보고 필요 이상의 공포를 느끼는 것도 그다지 바람직하다고 보기 어렵지 않을까? 공포에 지나치게 몰입하면 엉뚱한 곳에 힘을 쓰는 부작용을 겪게 된다.

물론 공포 본능이 순기능이 없는 것은 아니다. 안전 대책을 철저히 강구하고 사고 원인을 분석해서 앞으로 발생할 수 있는 위험 요소를 제거해 나가는 진보를 끌어낼 수 있다.

실제로 날이 갈수록 항공기 사고 발생률은 줄고 있다. 카슨이 《침묵의 봄》으로 DDT의 위험성을 경고한 이후로 오랫동안 많은 사람들은 '화학 물질 공포증'에 시달렸다. 화학이라는 말만 들어가도 무조건 건강에 해롭고 위험하다는 공포 본능이 작동했다. 그러나 2006년 미국 질병통제예방센터와 세계보건기구는 마침내 온갖 과학적인 검토를 마치고 DDT를 사람에게 '미약하게 유해한' 물질로 분류함과 동시에 건강에 해가 되는 점보다 유익한 점이 더 많다고 발표했다. 그렇다면 카슨이 《침묵의 봄》을 통해서 DDT 사용을 경고하고 사람들이 공포 본능에 시달려 화학 물질 공포증에 매몰된 것은 오로지 백해무익한 일일까? 그건 아니다. 《침묵의 봄》의 경고 덕분에 무분별한 살충제 사용이 줄어들었고 세계적인 환경 운동이 시작되었다.

이처럼 공포 본능은 좀 더 안전한 사회로 가는 촉매제 역할을 하는 좋은 기능이 있지만 여기에 너무 몰입되면 세상을 너무 편협하게 바라보게 되는 시각을 가질 수 있는 역기능도 존재한다. 어쨌든 우리는 매일 끔찍한 사고 소식을 전하는 뉴스를 접하지만 분명한 사실은 우리는 인류 역사상 가장 안전하고 평화로운 시대에 살고 있다는 것이다.

일반화 본능

사람은 누구나 범주화하고 일반화하려는 본능을 가지고 있다. 일반화 본능은 말 그대로 무의식중에서 나오는 행동이지 편견이 있다는 뜻은 아니다. 따지고 보면 범주화는 생각의 틀을 잡는 필요한 작업이며 실제로 유용하다. 그러나 일반화 본능은 세상을 왜곡되게 바라볼 수 있는 원인도 제공한다. 즉 일부나 소수의 문제를 전체의 문제로 확대하는 오류를 발생시킬 수 있다.

매스컴이나 일부의 경험담을 듣고 제3세계를 사람이 살기에 적당하지 않은 곳으로 생각하지는 않는가. 그러나 실제로 인도 케랄라주 티루바난타푸람이나 우간다 캄팔라에 가 보면 잘 정돈된 도시 경관을 보고 깜짝 놀라기도 한다. 우리가 가지고 있는 선입견처럼 거리에서 죽어 나가는 사람은 구경하기도 힘들다. 신호등도 잘 정비되어 있고 하수 처리 시설도 완비되어 있다.

반대로 요즘 매스컴에서 자주 다루는 전원생활을 생각해 보자. 언론에서 매스컴에 다루는 전원생활은 극히 일부에 지나지 않는다. 아름다운 풍경 속에서 가족끼리 모여서 오순도순 이야기하며 식사를 하는 장면은 누가 봐도 부러운 풍경이다. 그러나 그 일부만 생각하고 막상 전원생활을 시작하면 전혀 예상하지 못한 문제점을 만나게 된다. 시골 생활의 낭만 뒤에는 편의 시설의 부족과 의료 서비스로부터 멀어질 수 있는 위험이 도사리고 있다. 일반화 본능은 일부와 전체를 똑같은 것으로 생각하게 만든다.

어떻게 세상을 제대로 볼 수 있는가

《팩트풀니스》에서는 수치에 너무 연연해하지 말라고 충고한다. 물론 데이터가 인간의 생활을 이해하는 데 큰 도움을 주지만 때로는 수치보다는 사람들을 관찰함으로써 더 정확한 결론을 끌어낼 수도 있다.

가령 모잠비크 총리를 지낸 파스코알 모쿰비는 자국의 경제 상황을 파악할 때 1인당 GNP보다는 전통 행사 때 사람들이 착용한 신발을 유심히 지켜본다. 국가적인 축제라서 모두 최고로 치장을 하기 때문에 이날만큼은 다른 사람의 신발을 빌릴 수가 없다고 한다. 따라서 축제 때 신고 나오는 신발을 작년에 신고 나온 것과 비교하면 경제 상황을 GNP를 확인하는 것보다 더 정확히 알 수 있다는 것이다. 인간을 둘러싼 생활 여건을 수치로 모두 환산할 수는 없다. 물론 수치를 이용하지 않고는 세계를 이해하기 어렵지만 수치만으로 세계를 이해할 수 있는 것은 아니다.

세상을 좀 더 사실충실성에 입각해서 보려면 교육의 역할도 중요하다. 화산이 없는 스웨덴이 공적 자금을 투입해서 화산을 연구하면서 왜 변화하는 세계에 대한 교육은 외면하느냐고 로슬링은 질타한다. 아울러 철저하게 사실에 입각한 사고의 틀을 가르치고 사실에 근거한 생각하는 법을 훈련해야 한다고 역설한다. 또 언론도 좀 더 사실에 근거한 보도를 하고 세계를 좀 더 이해하는 데 도움이 되는 뉴스를 보도해야 한다고 주장한다.

《팩트풀니스》는 이상에서 살펴본 것처럼 세상을 왜곡해서 바라보게 만드는 인간 심리를 섬세하게 서술하고 대안을 제시했다는 점에서 의미심장한 저작이 아닐 수 없다. 또 정보를 너무 단편적으로 받아들이는 경향이 있는 사람에게 특히 유용한 책이다. 그러나 세상을 너무 꽃길로만 바라보게 할 수 있는 위험성도 함께 가지고 있다. 따라서 세상을 좀 더 균형적으로 바라보고 통계 수치에 너무 매몰되지 말라는 메시지를 주는 책 정도로 읽는 것이 좋겠다.

20
코로나19 팬데믹 시대에
주목받는 소설

알베르 카뮈 《페스트》

□□□

코로나19 팬데믹 시대는 우리 생활의 많은 것을 바꿔 놓았다. 하루가 다르게 기술과 문명이 발전하는 21세기에 전염병의 공격으로 삶의 많은 것들이 무너지리란 생각을 누가 했었을까. 그 때문일까, 알베르 카뮈의 《페스트》가 다시금 주목받고 있다. 카뮈의 대표작인 《페스트》는 1940년대 알제리의 도시 오랑시에서 전염병이 창궐하면서 벌어지는 일들을 다룬 소설이다. 도시는 폐쇄되고 고통에 내몰린 사람들은 각자의 방식으로 절망과 싸워 나간다. 이를 통해 우리는 극한의 상황 속에서도 꺾이지 않는 인간의 희망찬 걸음을 발견할 수 있다.

페스트를 어떻게 읽어야 할까?

많은 고전 소설이 그러하듯이 《페스트》는 독자에 따라서 여러 각도로 읽힌다. 우선 페스트라는 무서운 전염병에 관한 자세한 서술의 관점에서 보면, 사실주의 소설로 읽히고 전염병에 대처하는 개인과 집단에 대한 반응을 분석한 소설로도 읽히기도 한다. 또 작가 스스로 밝힌 듯 나치라는 인류를 파멸에 이르게 하는 역병에 항거하는 유럽의 레지스탕스를 그린 소설로 읽을 수도 있다. 실제로 알베르 카뮈는 제2차세계대전 당시 프랑스가 나치에 의해서 점령당하자 레지스탕스에 가담하였고 나치 독일에 저항하는 언론의 편집장으로도 활동했다.

카뮈는 《페스트》를 1947년에 발표했지만 알제리의 신문사에서 기자로 일하던 1938년부터 이미 이 소설을 계획했다. 말하자면 7년 만에 《페스트》를 완성했다는 뜻이다. 이 시기 카뮈는 프랑스의 식민지였던 알제리의 정치 상황에 깊은 관심을 가졌으며, 페스트를 사실적으로 기술하기 위해 페스트에 관한 다양한 문헌 자료를 탐독했다.

1940년쯤에 직장에서 쫓겨난 카뮈는 두 번째 아내 프랑신 포르와 알제리의 오랑시에서 머물렀다. 그러다가 때마침 오랑시에 티푸스가 창궐했다. 이때부터 본격적으로 카뮈는 페스트에 관한 자료를 수집하고 연구한 것으로 알려졌다. 더구나 카뮈는 전직 기자였기 때문에 자료 수집과 사실 관계 파악에 익숙했다.

제2차세계대전이 발발하고 카뮈는 자신이 겪은 경험들을 책 속에 쏟아붓기 시작했다. 교수 자리를 놓칠 만큼 끈질기게 들러붙던 폐결핵을 앓았던 경험, 아버지를 앗아갔던 제1차세계대전, 지병이 악화되어 요양원에서 혼자 고립되어 보낸 시간, 가난과 차별받는 식민지 사람들과 왜곡된 정치 상황 등은 그동안 준비했던 페스트에 관한 방대한 자료들과 더불어 《페스트》의 살이 되고 피가 되었다.

카뮈가 《페스트》를 집필하면서 보낸 수많은 시간과 열정을 보면, 과연 이 책은 페스트라는 전염병을 주인공으로 삼은 사실주의 소설을 훌쩍 넘어서는 듯하다. 오히려 이 책은 페스트라는 역병에 둘러싸인 인간의 고립과 실존 문제를 심도 깊게 다룬 철학책이라고 볼 수도 있다.

코로나19 팬데믹 시대와《페스트》

카뮈는 원래 한국인 독자에게《이방인》으로 더 잘 알려진 작가다. 따라서《페스트》는《이방인》에 비해 상대적으로 덜 팔리고 덜 읽히는 책이었다. 그러나 2020년 이후로 코로나19 팬데믹 현상과 더불어 독자들의 관심과 판매량이 급증했다. 이런 현상은 비단 우리나라에 국한되지 않는다.

2020년 영국의《가디언》지는《페스트》가 프랑스 소설임에도 올해의 소설로 선정하는 이변을 연출했다.《페스트》가 단지 팬데믹을 다룬 소설이기 때문에 전 세계의 관심을 끄는 것은 아니다. 읽어 본 독자들은 모두 공감하겠지만《페스트》에서 서술하는 팬데믹에 임하는 인간 군상들의 다양한 모습들이 오늘날 코로나19에 대처하는 현대인들의 모습과 거의 정확히 일치하는 면이 많기 때문이다.

갑작스러운 전염병 유행, 정부의 초기 대응 실패, 가짜 뉴스, 언론의 대응, 사회적 거리두기, 도시 봉쇄, 생필품 부족, 치안 문제, 코로나19 우울증, 역병을 사리사욕을 채우기 위한 수단으로 삼는 사람들, 역병에 대항하는 사람들, 이 모든 것들이《페스트》에서 서술된 코로나19에 대처하는 현재 상황과 닮은 모습들이다.《페스트》에서 지명과 역병 이름을 페스트에서 코로나로 바꾼다면 정확히 현재 우리나라 상황을 묘사하는 소설이라고 해도 크게 무리가 없을 정도다. 따라서 우리는 《페스트》를 읽음으로써 역병에 대처하는 인간의 대처를 배우고, 어떻게 우리가 이 위기를 헤쳐 나갈 수 있는지에 관한 실마리를 얻을 수 있다.

또 카뮈는 페스트가 창궐하고 사라질 때까지의 과정을 마치 희곡처럼 5부로 구성해서 독자로 하여금 명확한 기승전결을 맛보도록 한다. 우선 1부는 누구도 예상하지 못한 페스트의 등장과 당국의 뒤늦은 공식 발표로 시작한다. 이어서 2부는 오랑이 봉쇄되면서 시민들이 겪은 고통과 불안을 다루며 3부에 이르러 페스트 희생자가 급격히 증가함과 동시에 이에 대처하는 자원봉사 보건대가 조직되고 역병에 대한 시민들의 연대가 4부에서는 온갖 사투에도 사그라들지 않은 페스트와 시민들의 동요와 자원 보건대의 피로 누적을 다룬다. 마침내 5부에 이르러 페스트가 종식되고 도시는 봉쇄에서 해제되며 시민들은 다시 자유를 얻는다는 결말을 맞는다.

폭풍 전야의 오랑

카뮈는 소설을 쓸 때 작품의 배경 묘사에는 인색한 작가다. 이 사실을 감안하면 《페스트》가 유독 초반부를 배경이 되는 오랑이라는 도시에 대한 자세한 서술에 할애하는 것은 이례적이다. 카뮈가 소설 초반부에 오랑시를 자세하게 묘사한 것은 이 도시가 소설에서 차지하는 비중이 높다는 것과 장차 페스트로 고통받을 만한 환경을 갖추고 있다는 점을 암시하기 위해서라는 분석이 지배적이다. 카뮈는 오랑을 비둘기도 구경할 수 없고 나무도 없으며 공원도 없는 못생긴 도시로 묘사한다. 또 가을은 진흙의 홍수이며 겨울이 되어서야 맑은 날씨를 구경할 수 있다는 설명 또한 페스트가 창궐하기 적합한 도시라는 점을 암시한다.

오랑이 비록 항구 도시이기 때문에 개방과 자유 또는 연결이라는 키워드를 떠올릴 수 있지만 바다를 등지고 있어서 일부러 찾아가야만 바다를 구경할 수 있다는 설명 또한 오랑이 페스트로 고통받으며 감금과 밀폐의 공간으로 전락할 수 있다는 앞으로의 전개를 독자들에게 미리 알려준다. 급기야 오랑시에서 처음으로 죽은 쥐가 발견될 즈음에는 도시 전체가 폭우, 습기, 안개로 휩싸인다는 서술을 통해서 여러 면에서 오랑시가 페스트가 창궐하기 안성맞춤이라는 설정을 더욱 구체화한다.

역병에 대항한 위대한 영웅들

많은 독자들은 의사라는 직업 때문에 《페스트》의 주인공을 의사인 베르나르 리외라고 생각하는 경향이 있다. 그러나 오늘날 코로나19에 대항하는 영웅이 어느 한 사람 어느 한 계층이 아닌 것처럼《페스트》에도 역병에 맞서 용감하게 싸우는 여러 영웅이 등장한다.《페스트》를 이끌어 가는 주요 인물은 의사 리외를 비롯해서 그랑, 타루 등을 들 수 있다. 이 세 명은 직업이 모두 다르기도 하지만 각자의 위치에서 각자의 방식대로 페스트에 대항한다.

우선 그랑은 지나칠 만큼 순진하고 착한 인물이다. 승진을 시켜 준다는 약속을 믿고 수십 년간의 말단 공무원 생활을 꿋꿋하게 감내한다. 가난에 지쳐 자신을 떠난 아내를 그리워하고, 녹록치 않은 현실에 마주치며 힘겹게 살아가는 그랑의 취미는 '적절한 단어 찾기'다. 하급 관리로서 사람들을 향한 적절한 단어나 표현을 찾기 위해서 늘 고심하고 자신감이 결여되어 있어서 타인을 당당하게 대할 수 없는 그랑으로서는 적절한 단어 찾기야 말로 소박한 위안을 주는 취미이자 생존 수단에 가깝다고 할 수 있다.

카뮈는 그랑이라는 인물에 대해서 상당한 호감을 가지고 있는 듯하다. 왜냐하면 그랑은 시청의 하급 공무원이라는 변변찮은 직위를 가지고 있음에도 '위대한'을 뜻하는 Grand라는 성을 붙여 주었을 뿐만 아니라 리외와 더불어 소설의 시작에서부터 끝까지 등장하는 인물로 부각시켰기 때문이다.

이 사실로 미뤄 짐작하자면 카뮈는 역병이라는 재난 앞에서 평범한 사람들의 역할이 중요하다는 메시지를 주고 싶었던 것으로 보인다. 그렇다고 그랑이 대단한 일을 하는 것도 아니다. 그랑은 자기 직분에 맞게 환자 카드를 분류하고 사망 집계를 하는 등 어쩌면 사소하다고 생각될 수 있는 업무를 처리하지만 결국은 그가 한 일은 역병에 대한 승리의 분기점을 상징한다.

코로나19에 맞서 싸우는 우리의 현실도 다르지 않다. 물론 방역 당국이나 보건 인력이 세운 공헌과 희생도 코로나19를 극복하는 데 큰 도움이 되겠지만 눈에 보이지 않는 봉사자의 희생과 노력도 꼭 필요하다. 나아가 자신의 생계가 위협받으면서까지 방역 당국의 시책에 묵묵히 따라준 상공인 또한 우리 시대의 그랑이라고 할 수 있다. 결국 그랑이야말로 재난을 극복하는 데 기여를 한 수많은 숨은 공로자를 대변하는 인물이다. 카뮈는 페스트에 대처하는 그랑을 통해서 결국 인간을 위협하는 재난을 극복하는 것은 소수의 뛰어난 역량보다는 사회 구성원 간의 연대와 자발적인 봉사가 더 큰 역할을 한다고 주장하는 셈이다.

또 카뮈는 "이 상황이 끝난 후에 어떤 상황이 나를 기다리고 있을지, 어떤 상황이 벌어질지 나는 모릅니다. 단지 지금 환자가 있으니 치료를 해야 한다는 것밖에 몰라요. 나중 일은 함께 생각해 보기로 하고 지금 급한 것은 환자를 치료해야 한다는 것입니다. 최선을 다해서 환자를 지켜야죠. 그게 전부입니다."라는 리외의 대사를 통해서 위기 상황이 닥쳤을 때는 소수의 영웅주의보다는 자기 분야에서 자기가 해야 할 일을 묵묵히 수행하는 의지가 중요하다는 주장을 펼친다. 즉 자기에게 주어진 직분을 성실히 수행하는 것이야말로 위기에 처한 인간을 지키는 탈출구라는 메시지를 우리에게 던진다.

물론《페스트》에는 좀 더 적극적이고 활동적으로 재난에 맞서 싸우는 인물이 있는데 그가 바로 자원 보건대를 조직해서 환자를 분류하고 수송하며 치료를 받을 수 있도록 돕는 타루다. 카뮈는 타루라는 인물을 통해서 자신의 소설을 페스트가 창궐하는 도시라는 무대에서 역병에 맞서 싸우는 자원봉사자의 연대라는 새로운 장으로 독자들의 시선을 옮긴다.

소설 속에서 죽은 쥐를 발견하며 누구보다 먼저 페스트 창궐을 예견한 의사 리외도 자기를 내세우기보다는 자기 직분에 충실한 소시민적인 행보를 보인다. 페스트가 창궐해서 온 도시가 마비가 되고 사망자가 속출했지만 리외는 흔들리지 않고 자기만의 방식으로 페스트와 맞서 묵묵히 싸운다. 그리고 모두가 페스트의 종결로 흥분하고 기뻐할 때 냉정하게 또 다른 페스트가 등장할 것이라는 예견을 한다. 즉 리외는 눈에 보이는 현상에 휘둘리지 않고 묵묵히 자신의 직분에 성실할 뿐만 아니라 좀 더 멀리 보면서 재난에 대처하는 지식인의 모습을 보여 준다.

기자 랑베르는 오랑에 페스트가 창궐하자 아내가 있는 파리로 탈출을 하려고 했다. 하지만 결국 오랑에 남아 페스트를 퇴치하는

데 힘을 보탠 숨은 공로자다. 그는 자신의 과오를 반성하고 역병을 퇴치하는 데 기여를 하는데 자신과 이해관계가 없는 오랑의 페스트를 자신의 일로 여기고 힘을 보탰다는 점에서 지식인이 가져야 할 중요한 덕목을 가진 인물로 평가할 만하다. 참다운 지식인이란 다른 사람의 고민과 고통을 자신의 고민과 고통으로 여기는 사람이라고 하지 않는가. 랑베르는 누구의 강요가 아닌 자발적인 각성만으로 다른 사람의 문제를 공동체가 지켜 나가야 할 과제로 삼았다는 점에서 높이 평가할 만하다.

판사 오통 또한 처음에는 페스트를 다른 사람의 불행으로 여겼지만 사랑하는 아들이 페스트로 신음하다가 사망한 사건을 계기로 자신이 겪은 불행을 다른 사람의 행복으로 승화하려는 희생정신을 보여 준다. 판사 오통은 "말씀드리자면 나도 뭔가 일을 좀 하고 싶습니다. 더구나 바보 같은 이야기 같지만 내 아들 놈하고 헤어졌다는 고통도 잊을 수 있으니까요."라는 말에서 알 수 있는 것처럼 자신은 비록 페스트로 아들을 잃었지만 다른 사람은 그런 고통을 겪지 않도록 하겠다는 숭고한 시민 의식을 발휘해서 페스트 퇴치에 앞장선다.

가족을 불의의 사고로 겪은 사람들이 슬픔을 극복하고 다른 사람들은 자신이 겪은 불행을 겪지 않도록 안전을 확보하는 법률 제정에 앞장서는 모습은 우리 시대에도 어렵지 않게 볼 수 있다.

많은 사람들은 자식을 어이없는 사고로 잃은 부모가 무슨 정신으로 안전에 관한 법률 제정에 앞장서는지 가늠하기 어려운 때가 있다. 그러나 이런 숭고한 공동체 의식이야말로 우리 사회를 더 안전하고 살 만한 곳으로 만들기 위한 위대한 초석이라는 것을 카뮈는 알고 있었던 것이다.

파늘루 신부는 세속적인 재난을 초월적인 힘으로 극복하려는 종교인의 전형을 보여 준다. 종교인의 이런 경향은 시대와 장소를 가리지 않는 공통적인 경향으로 보인다. 파늘루 신부는 페스트가 발발한 초기에는 '기도를 하면 모두 들어준다'는 종교적인 신념으로 역병 또한 신이 믿음이 부족한 사람에게 내린 형벌쯤으로 간주한다. 카뮈가 가지고 있는 시대를 초월하는 예지력은 파늘루 신부의 행동에 대한 묘사에서도 충분히 감지할 수 있다.

카뮈가 리외의 입을 빌려서 예언한 것처럼 21세기에도 코로나19라는 역병이 출현했다. 마찬가지로 역병이나 자연재해로 고통받는 사람이나 나라를 향해서 믿음이 부족한 죄를 저질렀기 때문에 신이 형벌을 내렸다고 설교를 하는 일부 종교 지도자가 지금도 있다. 그러나 페스트나 코로나19와 같은 대규모 재난을 두고 신이 내린 형벌이니 회개를 해야 한다는 설교는 재난의 원인을 규명하거나 사태를 해결하는 데 아무런 실천적인 도움이 되지 못한다.

파늘루 신부는 아무런 죄가 없는 아이가 페스트로 숨지자 모든 것을 세속적인 믿음에 의지하는 태도를 버리고 봉사대에 합류를 하고 헌신적인 봉사를 하기에 이른다. 파늘루 신부의 이런 변신은 역병이 신이 내린 형벌이라고 강조한 첫 번째 연설과는 달리 두 번째 연설에서 신도들을 '여러분'이 아니고 '우리'라고 부름으로서 더욱 명백해진다. 즉 페스트를 자신의 문제가 아닌 신도들의 문제로 치부했다가 자기 성찰을 통해서 자신의 문제로 인식하게 되었다. 고통에 대한 연대야말로 종교인에게 꼭 필요한 덕목이라는 것을 파늘루 신부는 우리에게 알려준다.

정부 주도형 위기 극복 vs.
자발적인 연대와 봉사형 위기 극복

카뮈는 《페스트》를 통해서 정부나 관청 주도의 위기 극복보다는 시민들과의 연대와 자발적인 봉사를 더 중요한 위기 극복 수단이라고 주장한다. 카뮈의 이 주장은 우리 시대에도 유효할까? 정부가 주체가 되는 위기 극복 정책은 권위적이며 폐쇄적이라는 특징이 있고, 시민 간의 자발적인 연대와 봉사는 민주적이며 개방적이라는 특징을 가진다.

물론 정부 방역 정책을 수립하면서 시민 여론을 수집해서 반영하기도 하지만 구성원 간의 자발적인 연대는 누구나 참여할 수 있고 좀 더 구체적인 여론을 직접 수렴하기 때문에 위기에 좀 더 유연하고 직접적으로 대처할 수 있다는 장점이 있다. 또 정부가 주도하는 방역 정책에서는 시민은 통제해야 할 대상으로 여겨질 뿐이지만 시민 주도형 봉사와 연대는 참여자 모두가 동등하고 주체적인 역할을 할 수 있다.

사실《페스트》에서도 극적으로 상황을 반전시킨 것은 오랑시의 정책이 아니고 시민의 자발적인 참여였다. 오랑 시민들은 페스트가 결국은 자신들의 문제라는 것을 인식하고 자신들의 터전을 지키기 위해서 자발적으로 연대를 한 결과 페스트에서 해방되는 쾌거를 일궈 냈다. 코로나19로 고통받는 우리도 정부 정책과 지원에만 의지하기보다는 우리들의 공동체를 지키려는 자발적인 참여와 봉사가 더욱 필요하지 않느냐는 생각을 하게 된다.

어쩌면《페스트》에서 눈에 보이지 않은 참다운 영웅은 오랑 시민 전체가 아닌가 하는 생각도 든다. 물론 페스트가 창궐한 초기에 오랑 시민은 페스트가 자신의 일이 아닌 남의 일로 여기고 오로지 자신의 생업에 몰두하는 이기적인 모습을 보였다. 그러나 오랑시가 봉쇄되자 더는 페스트가 남의 일이 아닌 자신의 일이라는 인식을 하고 자발적인 봉사 활동 참여와 네트워크를 구축함으로써 힘을 합쳐 페스트를 퇴치하는 데 성공했다.

《페스트》를 통해서 나치에 대항하는 레지스탕스를 상기시키자는 것이 집필 의도 중의 하나라는 것을 감안하면 카뮈는 나라를 지키는 일에 있어서도 국가에 의한 강제가 아닌 스스로 가족과 삶의 터전을 지키기 위해서 모여든 레지스탕스야말로 가장 강력한 군대라는 것을 강조하는 것은 아닐까?

《페스트》는 우리가 고전을 읽어야 할 이유를 가장 잘 알려주는 소설 중의 하나다. 우리가 고전을 오래되고 지겨운 책이라고 생각하기 쉽지만 사실 고전은 우리가 사는 현재를 비추는 거울이다. 인간 심리는 세월이 아무리 지나도 변하지 않으며 우리는 고전을 통해서 오늘을 살아가는 지혜와 통찰을 배울 수 있다.

■ 단과대학별 지원자들이 가장 많이 읽은 도서

단과대학	1위	2위	3위
인문대학	데미안	선량한 차별주의자	1984
사회과학대학	공정하다는 착각	팩트풀니스	선량한 차별주의자
자연과학대학	침묵의 봄	부분과 전체	페르마의 마지막 정리
간호대학	아픔이 길이 되려면	페스트	아내를 모자로 착각한 남자
경영대학	넛지	파타고니아, 파도가 칠 때는 서핑을	팩트풀니스
공과대학	엔트로피	부분과 전체	침묵의 봄 | 공학이란 무엇인가(공동)
농업생명과학대학	침묵의 봄	왜 세계의 절반은 굶주리는가	멋진 신세계 | 이기적 유전자(공동)
미술대학	변신	디자인 인문학	인간을 위한 디자인
사범대학	죽은 시인의 사회	평균의 종말	수레바퀴 아래서
생활과학대학	이상한 정상 가족	넛지	돈으로 살 수 없는 것들
수의과대학	의사와 수의사가 만나다	인수공통 모든 전염병의 열쇠	동물 해방
약학대학	새로운 약은 어떻게 창조되나	신약의 탄생	위대하고 위험한 약 이야기
음악대학	하노버에서 온 음악 편지	젊은 음악가를 위한 슈만의 조언	미움받을 용기
의과대학	숨결이 바람될 때	아내를 모자로 착각한 남자	아픔이 길이 되려면
자유전공학부	팩트풀니스	데미안	1984
치의학대학원	입속에서 시작하는 미생물 이야기	치과의사가 말하는 치과의사	아픔이 길이 되려면 | 치과의사는 입만 진료하지 않는다(공동)

자료 출처 : 서울대학교 누리집, 아로리

서울대 지원자들이 가장 많이 읽은 책 20

초판 1쇄 발행 2023년 3월 30일
초판 2쇄 발행 2023년 12월 18일

지은이 박균호
펴낸이 정덕식, 김재현

책임편집 김혜연, 김지숙
디자인 책만드는 사람
경영지원 임효순

펴낸곳 (주)센시오
출판등록 2009년 10월 14일 제300-2009-126호
주소 서울특별시 마포구 성암로 189, 1711호
전화 02-734-0981
팩스 02-333-0081
메일 sensio@sensiobook.com

ISBN 979-11-6657-099-5 (03800)

소중한 원고를 기다립니다. sensio@sensiobook.com